I0561224

HEXENLIED

DIE HEXEN VON KEATING HOLLOW, BAND 16

DEANNA CHASE

Übersetzt von
HELENA TAMIS

Copyright © 2025 by Deanna Chase

Die Hexen von Keating Hollow 15: Hexenglück

Originaltitel: Fortune of the Witch © 2024 Deanna Chase

Copyright für die deutsche Übersetzung: Die Hexen von Keating Hollow 15: Hexenglück

© 2025 Helena Tamis

Lektorat: Nadine Manz

Lektorat Original: Angie Ramey

Cover Art: © Ravven

ISBN 978-1-965804-05-6

Deutsche Erstausgabe

Alle Rechte vorbehalten. Kein Teil dieses Buches darf ohne Zustimmung der Autorin nachgedruckt oder anderweitig verwendet werden, ausgenommen kurze Ausschnitte als Zitate zur Verwendung in Kritiken und Rezensionen.

Bayou Moon Press, LLC

www.deannachase.com

ÜBER DIESES BUCH

Geisthexe Sadie Lewis war niemals sonderlich mächtig. Ihr einziges Talent besteht darin, die Gefühle anderer zu spüren, insbesondere, wenn sie singt. Das hielt sie davon ab, eine Laufbahn als Musikerin einzuschlagen. Der Gedanke, von ihren empathischen Fähigkeiten überwältigt zu werden, während sie in einer gut gefüllten Konzerthalle auftritt, ist furchtbar. Doch als der perfekte Platten-Deal vor ihr liegt, kann sie nicht anders. Nur muss sie mit King McGrath arbeiten, einem Jungen aus ihrer Vergangenheit, den sie einst so schlimm verletzte, dass er ihr vielleicht nie verzeihen kann.

Der Rocker King McGrath führte ein nicht gerade leichtes Leben. Nachdem er als Teenager zu Hause rausflog, weil er ungewöhnliche Fähigkeiten besaß, vertraut er kaum jemandem. In jedem kleinen Erfolg, den er hatte, steckt harte Arbeit, doch seine Karriere ist auf einem Tiefpunkt. Als er einen Vertrag landen kann, der ihm die Kontrolle verspricht, die er sich immer ersehnte, erfährt er, dass er mit der einen Person arbeiten muss, von der er dachte, er würde sie nie wiedersehen. Jetzt will er eigentlich nur noch weg.

Doch als Schmerz zu Genesung wird und King endlich wieder Vertrauen fasst, stiftet ein Fluch Chaos unter den Bewohnern von Keating Hollow. Jetzt liegt es an Sadie und King, ihn zu brechen und die magische Ordnung in der besonderen kleinen Stadt wieder herzustellen, die sie inzwischen beide lieben. Und vielleicht finden sie eine Möglichkeit, die Wunden der Vergangenheit zu heilen und das glückliche Ende zu bekommen, das sie beide verdienen.

KAPITEL 1

„Kannst du das ins System eingeben?", fragte Rhys, der Sadie eine handgeschriebene telefonische Bestellung überreichte.

„Klar." Sadie wischte sich die Hände an ihrer Schürze ab und nahm den Zettel. Wie auf Autopilot tippte sie auf das Verkaufsdisplay und gab eine Bestellung für einen Cheeseburger, Fritten und ein Stück Apfel-Pie ein. Ihr Magen versuchte, sich selbst zu verschlingen bei dem Gedanken an die leckere Apple-Crumble-Pie, die diesen Monat auf der Speisekarte stand. Wenn sie endlich ihre Pause bekam, würden sie und dieses Stück Pie einen schönen gemeinsamen Augenblick verbringen.

Während sie vor sich hin lachte, kniff Sadie die Augen zusammen, um den Namen zu lesen, den Rhys unten hingeschrieben hatte, und drehte sich abrupt zu ihm um. „Steht da King?"

Er schaute nicht von seinem Notizbuch auf, in das er etwas kritzelte, während er sagte: „Ja."

Sadie keuchte und schlug sich dann rasch eine Hand vor den Mund.

Rhys schaute zu ihr, die Augenbrauen gehoben. „Ich nehme an, das bedeutet, ihr beiden habt noch keinen reinen Tisch gemacht?"

Mit verzogenem Gesicht schüttelte sie den Kopf. Vor einer Woche war King McGrath zurück in ihr Leben getreten, und als ihm klar geworden war, wer sie war, war er direkt wieder gegangen. Das wäre schon schlimm genug gewesen, aber sie hatten dabei auf der Bühne der Brauerei vor einer großen Menge gestanden, hatten ein Lied für den Produzenten gesungen, mit dem sie gehofft hatte, zusammenzuarbeiten, als er abrupt abgehauen war. Sadie war fast an Ort und Stelle gestorben. Es war ja nicht so, als wäre sie eine erfahrene Entertainerin. Danach war ihr Auftritt zittrig geworden, und sie war sicher gewesen, dass sie ihre Chance auf einen Plattenvertrag vermasselt hatte.

Ein paar Tage später hatte sie herausgefunden, dass sie es mitnichten vergeigt hatte. Aber wenn sie den Vertrag wollte, würde sie ein Duett mit King McGrath aufnehmen müssen. Ihr ureigener Instinkt hatte ihr geraten, es abzublasen. Und das hätte sie auch getan, so wie sich King benommen hatte, aber sie brauchte das Geld. Ihre Trinkgelder in der Townsend-Brauerei würden nicht den Termitenschaden bezahlen, der fast das Fundament und die Veranda des Hauses zerstört hatten, das sie von ihrer Mutter geerbt hatte. Entweder sang sie also mit King, oder sie verkaufte das geliebte Haus ihrer Mutter für Peanuts an irgendeinen Investor, bevor es so schlimm wurde, dass man es nicht mehr retten konnte.

Es hatte gar keine Frage bestanden. Sie hatte am selben Nachmittag den Vertrag unterschrieben.

Doch sie hatte noch immer nicht mit King gesprochen. Hatte keine Gelegenheit gehabt, reine Luft zu machen. Zu erklären, weshalb sie vor zehn Jahren spurlos verschwunden war.

„Entschuldigung!", rief ein glitzernder Teenager durch den Pub. Das Mädchen wedelte mit den Armen, benahm sich, als wäre sie auf einer Wüsteninsel gestrandet und würde ein Rettungsboot heranwinken.

Sadie seufzte und ging hinüber zu dem Tisch, an dem sechs Teenager saßen, jede von ihnen klammerte sich an ein Glas Eistee. Sie setzte sich ein Lächeln auf. „Seid ihr bereit zum Bestellen?"

„Ja", sagte die eine, die gewinkt hatte, während sie sie fies anschaute. Ohne Zweifel dachte sie, Sadie hätte sie ignoriert, aber was erwartete sie denn? Sie hatten sich vor über zwei Stunden hingesetzt und jedes Mal abgewinkt, wenn sie gekommen war, um zu fragen, ob sie noch was anderes brauchten, als ihnen gratis ihren Eistee nachzufüllen.

„Legt los", sagte Sadie, die ihr Tablet für die Bestellungen herausholte.

„Zweimal Pommes mit Ranchdressing und zusätzlich Ketchup", sagte die, die so glänzte.

Sadie wiederholte ihre Bestellung und schaute dann die Brünette neben ihr an. „Und du?"

„Ach, nichts", erwiderte sie fröhlich. „Wir teilen uns die Pommes."

„Zweimal Pommes für euch alle. Das ist alles?"

„Ach, man müsste mal nachfüllen", sagte das glitzernde Mädchen mit leichtem Biss in der Stimme.

„Stimmt. Ich bin gleich zurück."

Sadie hörte ein Kichern, während sie den Tisch verließ, und fragte sich, wie sie mit siebenundzwanzig so uncool bei den Teenagern geworden war. Sie war eindeutig schon über dem Zenit.

Nachdem sie den Tee der Mädchen aufgefüllt und ihnen

ihre Pommes gebracht hatte, war sie damit beschäftigt, Bier vom Hahn zu zapfen, als sie hörte: „Bestellung fertig!"

Kings Bestellung stand unter den Wärmelampen, und sie packte sie rasch ein, legte einige Soßen extra dazu. Sie stellte alles in den Wärmeofen und wartete ungeduldig, dass King kam, um sich sein Mittagessen abzuholen.

Was sollte sie sagen? Sollte sie mit einer Entschuldigung anfangen und dann versuchen, zu erklären, was in jenem Sommer vor all den Jahren passiert war? Aber wie konnte sie das, wenn sie es selbst nicht ganz verstand? Sie sank an den Tresen und betete, dass King nicht mehr so wütend sein würde, sobald der Schock mal nachgelassen hatte. Dass er die Vergangenheit auf sich beruhen lassen konnte, damit sie mit ihrer Zusammenarbeit weitermachen konnten.

Die Tür schwang auf, und herein kam King McGrath, der dunkelhaarige Mann mit den herrlich dichten Locken, durch die sie mit den Fingern streichen wollte.

Kings Blick landete sofort auf ihr. Seine Miene war fast neugierig, aber als er gleich ein finsteres Gesicht zog, wusste sie, dass er überhaupt nichts hinter sich gelassen hatte. Plötzlich war auch sie wütend. Keiner von ihnen war mehr ein Teenager. Es gab keinen Grund, noch einen Groll zu hegen. Besonders, da sie Schmetterlinge im Bauch hatte, wenn sie den attraktiven Mann nur ansah. Sadie drückte sich eine Hand auf den Magen und zwang sich dazu, sich zu beruhigen. Wenn sie so weiter machte, würde sie ihn anschreien, während sie sich nach einem seiner Küsse sehnte.

Das würde gar nicht gehen. Überhaupt nicht.

„Oh. Mein. Gott. Es ist King McGrath!", rief das glitzernde Mädchen, das sich die Hand an die Brust presste.

Alle ihre Freundinnen sprangen aus den Stühlen und rannten auf ihn zu, brüllten seinen Namen.

Kings Augen wurden groß, und ein Ausdruck der Panik

trat auf seine einnehmenden Züge. Er ging ein paar Schritte rückwärts und fiel fast über den Eingangstresen.

„Es ist Schicksal!", rief eine von ihnen, während sie versuchte, um einen der Tische zu laufen.

„Zurück mit dir, Barbie!", rief die Brünette.

Die fünf Mädchen begannen zu streiten, jede von ihnen versuchte die anderen zu übertönen.

King warf einen Blick auf Sadie und die Tüte, die sie hielt, aber er schüttelte rasch den Kopf und lief zur Tür.

„Warte!", rief das glitzernde Mädchen, während sie über einen Tisch zu steigen versuchte. „Weißt du nicht mehr?" Sie machte einen Schritt auf den Rand zu und ging weiter. „Wir haben uns letzten Sommer getroffen und – uff!"

Der Tisch brach zusammen, und das glitzernde Mädchen ruderte mit den Armen, die Hände ausgestreckt, um den Fall abzufangen, bevor sie mit einem dumpfen Geräusch auf der rechten Seite landete.

Alle waren still, während sich die Eingangstür mit einem lauten Klicken schloss.

„Penny?", fragte die Brünette leise, bevor sie hinüberlief zu dem Mädchen, das sich den Arm hielt und vor und zurück wiegte.

„Ach, Scheiße", sagte Rhys leise vor sich hin, während er hinter dem Tresen hervor zu Penny und der Brünetten lief.

„Was zum Teufel ist passiert?", fragte Clay Garrison, der Betreiber des Pubs.

Sadie fuhr zusammen, bevor sie sich umdrehte und feststellte, dass ihr Chef direkt hinter ihr stand. Sie hatte nicht mal gehört, wie er hinten herauskam. „Diese Mädchen haben King McGrath gesehen und sich auf ihn gestürzt wie auf die Beatles. Als er abgehauen ist, ist eine auf den Tisch gestiegen, der ist zusammengebrochen und sie ist runtergefallen. Ziemlich heftig."

„Was glaubt die denn, was das hier ist? Ein Nachtklub?" Sein Tonfall war empört, während er sein Handy nahm und einen Anruf tätigte. „Drew?", sagte er fast sofort.

Sadie wusste, dass es wohl Drew Baker war, der Sheriff der Stadt, der zufällig auch Clays Schwager war.

„Wir brauchen einen Transport zur Heilerin. Ein Gast ist ein bisschen außer Rand und Band geraten, und es sieht aus, als hätte sie sich ziemlich schlimm am Arm verletzt." Clay hielt kurz inne. „Ja. Okay. Wir sehen uns gleich."

„Du hetzt ihr den Sheriff auf den Hals?", fragte Sadie ungläubig. „Ist sie nicht schon genug gestraft?"

„Ich will, dass es im Bericht steht, dass sie auf den Tisch gestiegen ist. Wenn sie oder ihre Eltern später dann beschließen, uns zu verklagen, haben wir diesen Bericht", erwiderte Clay ruhig. Dann schaute er auf die Tüte, die sie noch hielt. „Was ist das?"

„Kings Bestellung. Er hat es nicht mal durch die Tür geschafft, bevor die Mädchen sich auf ihn gestürzt haben."

Er nickte einmal und ging dann hinüber zu Rhys. Ein paar Sekunden später war Rhys zurück, nahm ihr das Essen ab. „Ich bringe das rüber zu King."

„Ich kann das machen", sagte Sadie rasch, griff wieder nach dem Essen. Das wäre die perfekte Gelegenheit, um sich zu entschuldigen, dann würde es hoffentlich morgen nicht so unbehaglich im Studio werden.

Aber Rhys schüttelte den Kopf, während er ein paar Schritte zurückging. „Clay wird dich brauchen, um deine Aussage bei Drew zu machen. Ich bin gleich zurück."

Sadie sah ihm nach, lehnte sich dann mit beiden Ellbogen auf den Tresen und stieß einen langen, frustrierten Atemzug aus. Warum war es so schwer, einfach nur einen ganz kurzen Augenblick mit King zu kriegen? Dann schaute sie zu den Teenagern, die um Penny versammelt waren, und beschloss, dass sie andere Dinge hatte, um die sie sich sorgen musste. Wie etwa diese zerbrochenen Schalen mit Ranchsoße und Ketchup wegzuräumen. Ganz zu schweigen von dem zersplitterten Tisch.

Es war bereits ein anstrengender Tag gewesen, und es war gerade mal Mittag. Sie starrte auf die Stelle, wo sie King zuletzt gesehen hatte, und dieses Flattern war wieder in ihrem Bauch, nur weil sie an ihn dachte. Sie stieß ein Stöhnen aus. Was war nur los mit ihr? Als sie sich aufrichtete, sagte sie sich, sie solle den Sänger aus ihren Gedanken schieben, während sie zurück an die Arbeit ging.

KAPITEL 2

„Sadie!", rief Imogen Thane, während sie an ihrem Tisch im Incantation Café winkte. „Hier drüben." Die Frau mit den dunkelblonden Haaren hatte ihre Locken auf dem Kopf aufgetürmt und war in eine Jeans und ein T-Shirt mit einem *Hochzeit in den Redwoods*-Logo vorne für ihr Geschäft als Hochzeitsplanerin gekleidet.

„Sag mir, dass du schon meinen Latte bestellt hast", flehte Sadie, die auf einen der Stühle gegenüber ihrer Freundin sank und einen langen Atemzug ausstieß.

„Ist unterwegs." Imogen lächelte sie mitfühlend an. „Schwieriger Tag?"

„Sehr. In der Brauerei war mehr los als sonst. Ich glaube, es sind viele Leute in der Stadt, um den Halloween-Schmuck zu sehen. Aber es ist auch irgendwie die Nachricht durchgesickert, dass King McGrath hier ist, und ein halbes Dutzend Mädchen hatte sich dort gemütlich eingerichtet und einfach abgewartet, um zu sehen, ob er auftauchen würde. Sie haben einen großen Tisch den ganzen Tag belegt und nur Eistee und zweimal

Pommes bestellt, und das in ganzen drei Stunden. Hast du eine Ahnung, wie viel Tee Teenager trinken können? Da habe ich nicht nur Trinkgeld verloren, sondern ich bin auch ziemlich sicher, die Townsends haben dabei draufgezahlt."

„Klingt furchtbar." Imogen verzog das Gesicht. „Und weder Clay noch Rhys hatten Bedenken, dass sie den ganzen Tisch beanspruchen?"

Sadie stieß ein humorloses Lachen aus. „Nein. Es war ja nicht, als hätten Leute gewartet, die sich hinsetzen wollten, darum haben sie sie einfach ignoriert. Auf jeden Fall bis King tatsächlich reinspazierte, und plötzlich haben die Mädchen versucht, sich auf ihn zu stürzen. Nicht nur konnte ich nicht mit ihm sprechen, sondern eines der Mädchen ist auf den Tisch geklettert und der ist dann unter ihr zusammengebrochen, und sie hat sich den Arm gebrochen. Das war ein kompletter Reinfall."

„Den Arm!" Imogen drückte sich eine Hand auf den Mund, dann schüttelte sie den Kopf. „Tut mir leid, das zu sagen, aber das hat sie irgendwie verdient, oder?"

„Ich bin mir nicht sicher, ob ich so weit gehen würde, aber es ist schwierig, Mitgefühl mit ihr zu haben, wo sie doch über die ganzen Möbel gestiegen ist."

„Für euch, Ladys", sagte Hanna, die Besitzerin des Cafés, während sie zwei Tassen auf dem Tisch abstellte, zusammen mit zwei süßen Teilchen. Die umwerfende dunkelhäutige Frau hatte ihre Locken zu einem hohen Pferdeschwanz hochgebunden. Sie trug Jeans, eine rote Bluse und eine schwarze Schürze, die sie aussehen ließ, als wäre sie gerade einem Backmagazin entstiegen. „Kann ich euch sonst noch was bringen?"

Sadie griff nach ihrem Kaffee, während sie dankbar Hanna anschaute. „Du bist eine Göttin."

Hanna lachte leise. „Ich habe gehört, in der Brauerei gab es heute Aufregung. Geht es allen gut?"

„Zum Großteil." Sadie nippte lang an ihrem Getränk, bevor sie weiter erzählte. „Es gibt eine Touristin mit einer frischen Schiene am Arm, die vermutlich sechs Wochen dranbleiben wird. Ich schwöre, rund um Promis werden die Leute verrückt."

„Das stimmt", sagte Hanna mit einem Nicken. „Wem sind sie denn nachgestiegen? Sind Levi und Silas wieder in der Stadt?"

Sadie zuckte mit den Schultern. „Keine Ahnung. Aber falls ja, waren sie heute nicht in der Brauerei. Der Mob hat versucht, einen Blick auf King McGrath zu erhaschen."

„Ernsthaft?" Hanna wirkte verwirrt. „Der Typ, mit dem Austin arbeitet, um sein Comeback-Album aufzunehmen?"

„Ja", sagte Sadie.

„Er hatte doch nur einen Hit oder so?" Hanna starrte aus dem Eingangsfenster des Cafés, als würde sie nach dem fraglichen Mann suchen. „So berühmt kann er doch gar nicht sein, oder? Und woher wissen sie überhaupt, wo er ist? Das ist doch nicht L.A. oder New York."

„Ach, er ist schon berühmt", erklärte Imogen. „Ich habe eine kleine, aber komplett tollwütige Gemeinschaft von Fangirls online gefunden, die jede seiner Bewegungen in den letzten paar Jahren verfolgt hat. Sie scheinen ihn zu finden, indem sie sehr entschlossen das ganze Internet nach jedem Hinweis auf eine Sichtung absuchen. Es braucht dann nur einen Tweet oder ein TikTok, und plötzlich weiß das ganze Forum, wo er ist."

„Gütige Göttin. Das klingt furchtbar. Ich würde niemals berühmt sein wollen." Hanna verzog das Gesicht. „Kam King da gut raus?"

„Ja", sagte Sadie mit einem Seufzen. „Er war nur da, um sein

Essen abzuholen, aber er hat es nicht mal zum Tresen geschafft. Er kam rein, sah die Masse aus Teenagern und ist abgehauen. Rhys hat letztlich die Bestellung rüber zu Austins Studio gebracht."

„Schade auch, dass du nicht mit dem reden konntest", sagte Imogen, in ihrem Blick stand Mitleid.

„Ich hatte gehofft, das wäre meine Chance, bevor wir uns morgen treffen müssen." Nach dem Debakel, bei dem King Sadie hatte stehen lassen, während sie in der Brauerei gesungen hatten, hatte sie sich Imogen anvertraut und ihr die Vorgeschichte erzählt. Imogen war diejenige, die sie ermutigt hatte, einfach zu versuchen, mit King darüber zu reden.

Und Sadie hatte es probiert. Bevor sie vor einer Woche überhaupt erst auf die Bühne gegangen waren, war King nett gewesen und hatte mit ihr geflirtet. Sie hatten Nummern ausgetauscht, obwohl sie einander nicht mal erkannt hatten. Weil sie seine Nummer hatte, hatte sie ihn angerufen und ihm geschrieben, doch er hatte nicht geantwortet. Ehrlich gesagt machte sie es ihm nicht mal zum Vorwurf. Nicht wirklich. Sie war vor zehn Jahren komplett aus seinem Leben verschwunden, ohne sich auch nur zu verabschieden. Wäre die Lage umgekehrt gewesen, wäre sie vermutlich auch immer noch wütend. Wahrscheinlich half es auch nicht, dass sie ihn anfangs nicht mal erkannt hatte. Aber um ehrlich zu sein, er hatte sie auch nicht erkannt. Sie waren damals beide dürre Teenager gewesen, und sie hatte King als Kevin gekannt, unter seinem richtigen Namen, also dachte sie, man sollte ihr dieses Versehen schon nachsehen können. Obwohl sie nicht sicher war, wie seine Ausrede lautete. Sie hatte schon immer den Namen Sadie benutzt.

„Das nervt." Imogen griff über den Tisch und drückte Sadie die Hand. „Ich weiß, dass du die Dinge mit ihm wirklich glatt ziehen wolltest. Aber du triffst ihn morgen im Studio, oder?"

DEANNA CHASE

Sadie sank zurück in ihren Stuhl, fühlte sich geschlagen. „Klar. Aber das nennt man dann unbehaglich. Was soll ich denn machen? Direkt dort drin vor Austin Steele auf die Knie gehen, vor dem Plattenproduzenten?"

Hanna blinzelte Sadie an, dann räusperte sie sich. „Ich weiß, es geht mich nichts an, aber ist irgendwas letzte Woche zwischen dir und King passiert? Ihr streitet euch doch nicht schon, oder?"

„Nicht letzte Woche", sagte Sadie. „Vor zehn Jahren. Wir haben eine Vorgeschichte. Aber wir waren damals nur Teenager, und wir haben einander nicht mal erkannt, bis wir auf der Bühne standen und sangen."

Hanna stieß einen leisen Pfiff aus. „Das ist kompliziert. Und nun müsst ihr zusammenarbeiten?"

„Nur, wenn King morgen auftaucht", sagte Sadie, die nicht ganz sicher war, ob er das tun würde. Austin hatte … unsicher gewirkt, doch er hatte gesagt, er würde ihn bearbeiten.

„Ich bin mir sicher", sagte Hanna, während sie mit dem Kinn auf etwas draußen wies.

Sadie drehte sich um und sah King vor dem Café stehen, wo er sie direkt anstarrte. Einen Augenblick lang hielt er ihren Blick fest. Sadie stand abrupt auf und ging zur Tür, wollte mit ihm reden. Aber bevor sie es nach draußen schaffte, verzog King das Gesicht und ging rasch weg.

„Verdammt", murmelte Sadie vor sich hin, während sie nach draußen eilte. „King! Warte, ich will mich entschuldigen!"

Doch King schaute nicht zu ihr zurück, während er rasch um die Ecke bog, mit einem anderen Mann, der etwa einen Kopf größer war als er.

Geschlagen ging Sadie langsam zurück ins Café und nahm Platz.

„Brutal", murmelte Hanna.

Imogen gab ein zustimmendes Geräusch von sich.

„Was soll ich tun?", fragte Sadie die beiden Frauen. „Dieser Vertrag wird das Haus meiner Mutter retten. Ich kann für die Reparaturen nicht bezahlen, und ich könnte bald obdachlos sein."

„Erst mal wird Austin dich nicht aus dem Vertrag rausschreiben, nur weil King Schwierigkeiten macht", sagte Imogen, ihre Stimme voll überzeugt. „Zum Zweiten wirst du nicht obdachlos sein. Wir kriegen eine Möglichkeit hin, um dir das Geld für die Reparaturen zu beschaffen, und selbst wenn wir eine Spendenaktion in der Stadt aufstellen müssen."

Sadie stöhnte. „Ich kann doch keine Almosen annehmen. Vielleicht finde ich eine andere Bank, die mir den Kredit gibt. Wenn ich eine Möglichkeit finde, das Verhältnis zwischen meinem Einkommen und den Schulden ein wenig bankfreundlicher zu gestalten, glaube ich, sie könnten es vielleicht machen."

Hanna biss sich auf die Unterlippe, als würde sie das Problem betrachten. „Du kannst immer draußen auf dem Weingut für zusätzliches Geld aushelfen, wenn du musst. Candy und ich können auf jeden Fall Hilfe brauchen, und ich weiß, dass meine Eltern für all die Events, die sie inzwischen ausrichten, nach Helfern suchen."

„Echt?", fragte Sadie, die ein wenig mehr Hoffnung spürte. Sie war nicht begeistert von dem Gedanken, sieben Tage die Woche zu arbeiten, aber das würde sie, wenn sie es tun musste. „Danke, Hanna. Das weiß ich zu schätzen."

„Kein Problem. Rhys erwähnt immer, wie schwer du arbeitest. Wenn es nach mir ginge, hätten wir dich schon längst gestohlen, aber ich weiß, dass wir nicht mit dem Trinkgeld mithalten können, das du bestimmt in der Brauerei bekommst." Hanna war mit Rhys verheiratet, dem stellvertretenden Betreiber des Pubs, und sie kam regelmäßig vorbei. Sie war auch die beste Freundin von Abby Townsend, also kannte Sadie sie seit Jahren. Hanna war ein guter Mensch, und Sadie wusste das Angebot sehr zu schätzen.

„Ja", sagte Sadie, die sich zu einem Lachen zwang. „Ich könnte die Townsends nie verlassen. Nach all den Jahren sind sie wie eine Familie. Aber ich lass dich wissen, wenn das mit dieser Musiksache nicht klappt."

Hanna drückte ihr die Schulter, während sie nickte, und eilte dann zum Tresen, um ihrer Cousine Candy zu helfen, die gerade von einer frischen Welle Kunden überrollt wurde.

Sie schnappte sich ihren Kuchen und ihre Tasse. „Bist du bereit für diese Wanderung? Ich könnte ein wenig Frieden und Stille gebrauchen."

„Auf jeden Fall." Imogen sammelte ihre Sachen auf, und die beiden verließen das Café und gingen hinüber zu Sadies rotem Toyota Camry, der ein paar Läden weiter vor *Ein Löffelchen Magie* geparkt war.

„Danke, dass du mitkommst", sagte Sadie, während sie rückwärts aus dem Parkplatz fuhr. „Ich liebe Wandern, aber allein fühlt es sich immer ein bisschen riskant an."

„Natürlich. Du weißt doch, dass ich immer dafür zu haben bin, mir mal die Beine zu vertreten. Außerdem ist es eine gute Möglichkeit, um ein bisschen Mädelszeit zu haben, nachdem ich es den ganzen Tag mit Brautzillas zu tun habe." Sie zwinkerte, um Sadie wissen zu lassen, dass sie nur scherzte. In Wahrheit liebte Imogen ihren Job. Und sie plante nicht nur Hochzeiten. Sie organisierte alle möglichen Partys und war die Nummer-Eins-Eventplanerin in Keating Hollow geworden, und das nur in wenigen Monaten.

Sie lächelten einander an. Imogen war ziemlich neu in der Stadt und war nur hergezogen, nachdem ihre Schwester Harlow Thane, die berühmte Geisterjägerin, nach Keating Hollow gekommen war, sobald ihre Fernsehserie ein Ende gefunden hatte. Imogen und Sadie hatten sich schnell angefreundet, nachdem Imogen vor ein paar Monaten an der Hochzeit von Sadies Cousine gearbeitet hatte.

Es brauchte nicht lange, bis sie den Anfang des Wanderwegs erreichten, der nur ein paar Kilometer außerhalb der Innenstadt lag.

„Sieht so aus, als wären wir nicht die einzigen, die sich heute Nachmittag die Wasserfälle ansehen möchten", sagte Imogen, während sie aus dem Auto sprang.

„Huch." Sadie beäugte den schwarzen SUV, der zwei Parkplätze einnahm, und verdrehte dann die Augen. „Sieht so aus, als wäre da ein paar bisschen Parkunterricht fällig."

Die beiden lachten, während sie ihre Pullis anzogen, sich ihre Wasserflaschen schnappten und dann loswanderten. Die Nachmittagssonne stand bereits tief im Himmel, und wenn sie die Wasserfälle erreichen und zurückkommen wollten, bevor es dunkel wurde, würden sie schnell machen müssen. Sie redeten nicht viel, während sie über den Pfad eilten, und erst als sie die Wasserfälle hörten, sagte Sadie: „Ach, gut. Wir sind fast da."

Sie ging schneller um eine Biegung im Pfad, und sobald sie an einem großen Mammutbaum vorbei war, lief sie direkt in jemanden hinein. „Uff!"

„Was soll das?", fuhr der Mann sie an. „Pass doch auf, wo du …"

Ihre Blicke trafen sich, und der Mann, King McGrath, hörte plötzlich auf zu sprechen.

Sie erstarrten beide.

„Kevin?", fragte Sadie, die automatisch den Namen benutzte, den er ihr vor all den Jahren genannt hatte. „Was machst du hier?"

Er trat einen Schritt zurück, brachte etwas Abstand zwischen sie. „Folgst du mir?"

„Was?" Sadie war verdutzt über seinen Vorwurf.

„Erst bist du mir am Café nachgelaufen, jetzt bist du hier. Wie soll man das sonst nennen?"

Sadie blinzelte ihn an. „Am Café? Du warst derjenige, der stehen geblieben ist, um mich anzuschauen. Ich habe nur versucht, mit dir zu reden, bin aber gleich wieder nach drinnen gegangen, als du weggelaufen bist. Was daran soll denn Folgen sein?"

„Du weißt, dass ich kein Interesse daran habe – weißt du was? Ach, egal." Er deutete auf einen Mann hinter ihm, der ihr gar nicht aufgefallen war. Es war der hochgewachsene Mann, den sie bei ihm gesehen hatte, als sie ihn am Café getroffen hatte. „Gehen wir, Briggs", sagte King. „Ich brauche das nicht. Nicht heute." Er ging an ihr vorbei, blieb dann aber stehen und sagte: „Ich heiße King, nicht Kevin."

Briggs sagte tonlos „Tschuldigung", während er King den Pfad entlang folgte.

Sadie starrte ihnen nach, ihr stand der Mund offen.

„Hey!", sagte Imogen sanft. „Alles okay?"

„Was?" Sadie riss den Kopf herum, während sie sich umdrehte und ihre Freundin anschaute. „Oh. Tut mir leid. Ja. Es ist nur … komisch, oder?"

„Auf jeden Fall." Imogen schob den Arm durch den von Sadie und sagte: „Gehen wir einfach und sehen uns den Wasserfall an, damit wir zurückkönnen, bevor es dunkel wird."

Sadie nickte abwesend und ließ sich von ihrer Freundin den Rest des Pfades führen. Aber ihre Gedanken waren eine Million Meilen entfernt, während sie versuchte, den Mann, der gerade weggestapft war, mit dem Jungen in Einklang zu bringen, den sie an einem Stand in Westhaven vor all den Jahren getroffen hatte.

KAPITEL 3

*K*ing ging im Wohnzimmer des Hauses seines Freundes auf und ab und fuhr sich mit der Hand durch die kurzen Locken. Was um alles in der Welt stimmte nicht mit ihm? Weshalb ließ er Sadie Lewis so an sich rankommen? Es war Jahre her, dass er an das Mädchen gedacht hatte, das er am Strand getroffen hatte, als er gerade siebzehn gewesen und kaum klargekommen war, nachdem seine Eltern ihn rausgeworfen hatten.

„Hey", sagte Briggs, der mit nassen Haaren aus der Dusche ins Zimmer kam. „Ich habe Pizza bestellt, und ich kaufe Bier, nachdem ich sie abgeholt habe. Irgendwelche Sonderwünsche?"

„Können wir nach L.A. runter und sie dort bestellen?", fragte King, der sich auf das Sofa warf. „Wenn wir fliehen, kann ich Austin vielleicht überzeugen, das Album da unten aufzunehmen."

„Du weißt doch, dass er sein Studio da unten verkauft und all seine Geschäfte hierher verlegt hat, oder?" Briggs zog sich ein Sweatshirt an und ein Baseball-Cap über die Haare. „Ich bezweifle, dass er sich was mieten würde, nur weil du nicht im selben Raum mit dem Mädchen sein willst, das du vor zehn Jahren süß fandst."

King funkelte seinen Freund an. „Du weißt doch gar nicht, wovon du redest."

Briggs zuckte mit den Schultern. „Vielleicht nicht. Aber ich weiß genug, um zu verstehen, dass du ziemlich dramatisch wegen eines Mädchens bist, mit dem du jahrelang nicht geredet hast. Wenn sie dich so sehr nervt, sag Austin einfach, dass du kein Duett mit ihr machen möchtest. Was ist denn das Schlimmste, was er sagen kann? Nein? Wenn die Wahl zwischen dir und ihr liegt, wird er sich für dich entscheiden. Du bist derjenige mit dem Hit, weißt du noch?"

„Ja, schätze schon." King starrte Briggs an, versuchte, das Gesicht der umwerfenden Frau auszublenden. Er verstand immer noch nicht, weshalb er sie in der Vorwoche im Pub nicht erkannt hatte, bis sie angefangen hatten, miteinander zu singen. Ihre Augen hatten ihn doch jahrelang heimgesucht. Ganz zu schweigen von diesem dichten, dunkelblonden Haar. Weshalb hatte er ihre dunklen Augen nicht erkannt? Der ganze Rest … Na ja, sie war in den letzten zehn Jahren schon ziemlich erwachsen geworden.

„Ich komme dann mit Pizza und Bier zurück. Triff noch keine Entscheidungen, bis ich wieder da bin", sagte Briggs.

King winkte ab. Er würde Austin nicht anrufen. King war kein Idiot. Nicht nur wollte er bei Austin keine Probleme verursachen, dem einen Produzenten, der zugestimmt hatte, King seine Musik auf seine Art aufnehmen zu lassen, sondern er wusste auch, dass Sadie die Stimme eines Engels hatte. Sie war absolut perfekt für das Duett. Er stieß ein Stöhnen aus und sank mit geschlossenen Augen tiefer in das Sofa.

Die kühle Brise vom Meer und der Geruch nach Salzwasser kamen zurückgerauscht. Da war er, wieder siebzehn, hielt

Händchen mit Sadie, während sie unter dem Mondlicht am Ufer entlang gingen. Er war so nervös gewesen, als er zum ersten Mal nach ihrer Hand gegriffen hatte, aber als sie die Finger durch seine geschoben und ihn angelächelt hatte, hatte er gespürt, wie sein Herz flog. Die Dunkelheit, die sich an ihn geklammert hatte, hatte sich aufgelöst. Und endlich, nach einem Leben, das voller Ablehnung zu sein schien, hatte King das Gefühl gehabt, gewollt zu werden. Lebendig. Als würde sein Leben endlich einen Sinn ergeben.

Etwas an diesem stillen Mädchen gab es, das schon beim ersten Mal zu ihm gesprochen hatte, als sie sich begegnet waren. Er hatte sich einfach … richtig gefühlt. Als wäre sie ein verwandter Geist.

„Ich habe mit dem Geschäftsführer bei Westie's gesprochen", hatte King zu ihr gesagt, seine Stimme voller Aufregung. „Er sagte, wir könnten morgen Abend als Vorband dran kommen. Wir werden nicht bezahlt, aber würden einen Teil des Trinkgelds kriegen. Was meinst du?"

Sie schaute ihn an, ihre Augen groß, während sie sich auf die Unterlippe biss. „Morgen Abend?"

Er drückte ihr die Hand, wusste, dass sie ein Nervenbündel war. Das war er ja auch. Es wäre das erste Mal, dass er live singen sollte, außer als Straßenmusiker unten am Hafen. Sie würden auf einer Bühne stehen, unter den Lichtern, und es wurde von ihnen erwartet, dass sie das Publikum anheizten. „Du kannst das. Du bist ein Naturtalent."

„Davon weiß ich nichts", sagte sie mit einem nervösen Lachen. „Ich habe so was noch nie vorher gemacht. Was, wenn ich vor allen erstarre?"

King blieb stehen und nahm ihre beiden Hände, schaute ihr in die Augen. „Du wirst nicht erstarren, aber falls du das doch tust, bin ich gleich neben dir. Konzentrier dich nur auf mich, und wir singen genauso, wie wir das in der Bucht drüben getan haben, an dem Abend, als wir uns begegnet sind." Er deutete auf den Felsvorsprung, der eine kleine Bucht neben dem Stand verbarg.

Sadie warf einen Blick hinüber zu der Stelle, die er inzwischen als die ihre betrachtete. Der winzige Hauch eines Lächelns trat auf ihre Lippen.

„Komm schon", sagte er, zog sie sanft zu der Bucht hin.

„Versuchst du, mich allein zu erwischen, Kevin?", hatte sie mit diesem flirrenden Lachen gefragt, das er nun in seinen Träumen hörte.

„Was hat mich denn verraten?", fragte er mit einem Zwinkern, dann lachte er, als sie anfing, zu ihrem Ort zu laufen. Er sprintete ihr nach, und als sie um die Ecke des Felsens bogen, der den Eingang zu der kleinen Bucht abschirmte, waren sie beide außer Atem.

Sadie brach auf dem Sand zusammen, dann griff sie vor, nahm seine Hand und zog ihn mit sich nach unten. Er landete halb auf ihr und halb auf dem Sand, ihre Lippen nur wenige Zentimeter voneinander entfernt.

„Sadie", flüsterte er, starrte auf ihre rosa Lippen, wollte sie unbedingt küssen. Seit dem ersten Tag, als sie sich begegnet waren, hatte er unbedingt seine Lippen auf ihre drücken wollen, hatte es aber nicht geschafft, den Mut aufzubringen. Doch jetzt …

„Kevin", flüsterte sie zurück, während ihre Augen sich flatternd schlossen, und sie drückte ihm leicht eine Hand auf die Wange. Als ihre Zunge vorschnellte, ihre Lippen befeuchtete, wusste er, es war jetzt oder nie.

Die Welt stand still. Er hörte nichts bis auf das Branden der Wogen und die sanften Geräusche ihres Atems, während er den Kopf beugte und sie ganz leicht küsste.

Sadie bog sich leicht nach oben, erhöhte den Druck ihrer Lippen, während sie ein leises Seufzen ausstieß. Dieses winzige Geräusch, zusammen mit dem Geruch der salzigen Luft, war in seine Erinnerungen eingebrannt. Bis zum heutigen Tag wachte er manchmal auf und hörte dieses Seufzen, war überzeugt, dass er wieder zurück am Strand war, mit dem einzigen Mädchen, das er je in seinen Armen gewollt hatte.

Kings Augen klappten auf, und seine Hand ging an den Mund. Seine Lippen prickelten, als hätte er tatsächlich gerade Sadie Lewis geküsst, anstatt sich nur an den letzten Abend zu erinnern, bevor sie ihn geghostet hatte, indem sie die Stadt verlassen hatte, ohne sich auch nur zu verabschieden.

Sein Herz schmerzte direkt unter dem Brustbein, wie immer beim Gedanken an sie. Unbewusst rieb er sich über die Stelle und fragte sich, ob Briggs da etwas auf der Spur war. Vielleicht sollte er Austin sagen, dass das Duett doch nicht funktionieren würde. Wie würde er es überleben, im selben Raum wie sie zu sein, wenn seine Brust immer schmerzte, wenn er nur an sie dachte?

Sein Handy vibrierte, riss ihn aus seinen Gedanken. King schaute auf das Display hinab und runzelte die Stirn, als er sah, wer anrief. Normalerweise hätte er es ignoriert und den Anruf auf die Mailbox gehen lassen, aber er war schon in schlechter Stimmung, und seinen Frust an Cindy McGrath auszulassen, schien ziemlich perfekt.

„Mutter", sagte er kühl ins Handy.

„Ach, Kevin", grüßte sie, ihr Tonfall besonders süß. „Ich habe es endlich geschafft, dich ans Handy zu kriegen. Du musst sehr beschäftigt sein. Wie lang ist es her? Sechs Monate, seit wir gesprochen haben?"

Schon eher achtzehn, dachte er verbittert. Und das war nur, weil er früher in jenem Jahr einen Hit gelandet hatte, und sie hatte versucht, daraus Profit zu schlagen. Da und nur da hatte seine Mutter beschlossen, dass es sich lohnte, mit ihm zu reden. Er wäre nicht mal drangegangen, nur dass sie schon ein paar Wochen lang anrief, und er wusste, sie würde nicht aufhören, bis sie ihn dran bekam. „Etwas in der Art", sagte er. „Was brauchst du denn?"

„Echt jetzt, Kevin. Sei doch nicht so. Ich hab nur angerufen, um zu sehen, wie es dir geht."

Das kaufte King ihr keine Sekunde lang ab. Seine Mutter rief nur immer an, wenn sie etwas wollte. „Ich heiße jetzt King", sagte er zum hundertsten Mal.

„Stimmt." Sie lachte leise. „Es ist nur so schwer für mich, mir das zu merken. Du bist für mich immer Kevin. Mein Baby."

Er wollte sie anbrüllen. Oder etwas auf den Fernseher werfen, der vor ihm stand. King war immer nur unwichtig gewesen, außer seine Magie meldete sich. Dann hatten sie ihn für einen großen Störenfried gehalten. Als wäre es seine Schuld, dass er seine Magie nicht kontrollieren konnte, wo er doch erst sechs Jahre alt gewesen war.

„Wozu rufst du an, Mutter?", fragte er, machte sich nicht die Mühe, den Ärger aus dem Tonfall fernzuhalten.

Sie seufzte schwer. „Kann eine Mutter nicht einfach mal bei ihrem Sohn nachhorchen?"

Das wäre toll, doch sie wussten beide, dass das nicht der Grund war, weshalb sie anrief. Er erwiderte nichts, wartete darauf, dass sie zum Punkt kam.

„Also gut. Ich brauche was, aber ich bin sicher, das ist für dich nur Kleinkram. Ich muss mir ein neues Auto kaufen."

Er schnaubte humorlos, fast ein Lachen. „Was stimmt denn nicht mit deinem alten?"

„Dein Vater ist leicht angeeckt, und wir haben gehört, es lohnt sich nicht, das zu reparieren."

Er bezweifelte ihre Geschichte sehr. Ihr SUV war erst ein paar Jahre alt. Wenn er nur leicht angeeckt war, würden sie doch die Delle ausdengeln und weiter damit fahren. „Wie viel?"

Diesmal stieß sie ein leicht nervöses Kichern aus. „Na ja, da ist dieser süße kleine Lexus, der gerade auf den Parkplatz gerollt ist."

„Du willst Geld für einen brandneuen Lexus?", fragte er ungläubig. Wie viel war das? Mindestens fünfzigtausend? Aber da er seine Mutter kannte, würde sie sich natürlich etwas aussuchen, das purer Luxus war.

„Du willst doch, dass deine Mutter in Sicherheit ist, oder? Lexus hat die höchste Bewertung für Sicherheitsausstattung", sagte sie, als wäre das völlig vernünftig.

„Du kannst dir einen Toyota kaufen. Gebraucht. Ich überweise heute Abend etwas, aber frag nicht nach mehr. Anders, als du glaubst, drucke ich hier drüben kein Geld. Verstanden?"

„Aber, Kevin ..."

„Gute Nacht, Mutter." Er beendete den Anruf und stellte ihre Nummer auf Ignorieren. Er ging zu seiner App, schickte seiner Mutter genug Geld für einen anständigen Gebrauchtwagen, und dann warf er sein Handy durch das Zimmer. Es krachte in eine Wand, bevor es auf dem Dielenboden klapperte und zweimal sprang. Ihm war egal, ob er es zerbrochen hatte, und er marschierte in die Küche und schnappte sich wütend das letzte Bier im Kühlschrank. Nachdem er die Hälfte hinuntergestürzt hatte, schaute er die Flasche an und sagte: „Briggs, beeil dich lieber. Ich brauch noch ein oder zwei Sixpacks."

Als er gerade das letzte Bier ausgetrunken hatte, hörte er, wie Briggs die Eingangstür öffnete und rief: „Pizza!"

Ohne ein Wort ging King ins Wohnzimmer, nahm seinem Freund das Bier ab und öffnete es gleich dort auf dem Beistelltisch. Er nahm den Flaschenöffner, den er dabei hatte, um zwei aufzumachen. Dann hob er sie beide und sagte: „Auf alle Mütter, die niemals Kinder hätten haben sollen."

Briggs hob beide Augenbrauen. „Hast du mit Cindy gesprochen?"

„Ja." King kippte eine der Flaschen hoch und trank ein gutes Drittel aus, bevor er aufhörte.

Sein Freund nahm die andere offene Flasche, stieß damit an die von King und sagte: „Auf Wahlfamilien."

King schaute zu seinem Freund und spürte, wie ein wenig von dem Schmerz in seiner Brust nachließ. Als er die Flasche wieder hob, stieß er hervor: „Auf Wahlfamilien."

Jeder nippte einmal, bevor Briggs den Arm um Kings Schultern legte und ihn zur Küche lotste. „Komm schon. Wir haben Pizza zu verspeisen."

King nickte und ließ sich von seinem Freund führen, bis er ihn am Tisch in der Küche absetzte. Bevor er wusste, wie ihm geschah, hatte Briggs auf einem Teller Pizza gestapelt, ihm noch ein Bier geholt, und war zurück in seinem Stuhl, stürzte sich auf das Käsefest.

King tat es seinem Freund nach, konzentrierte sich auf die Pizza und tat sein Bestes, um Cindy McGrath aus seinen Gedanken zu schieben. Schade auch, dass, sobald er seinen Kopf klar bekommen hatte, gleich wieder Sadie hineinkroch. Er stieß ein Stöhnen aus und nahm einen großen Bissen Pizza. Es würde ein langer Abend werden.

KAPITEL 4

S adie Lewis saß im Aufnahmestudio und wischte sich über die Stirn. Die Lichter hämmerten auf sie herab, aber das war nicht das Einzige, was sie zum Schwitzen brachte. King McGrath saß bei Austin, starrte sie durch die Scheibe vom Nebenraum aus an.

„King?", fragte Austin Steele, der Musikproduzent, ins Mikrofon. „Kannst du zu Sadie in die Aufnahmekabine gehen?"

„Aber sie ist noch nicht mit ihrem Text fertig", sagte King.

„Ich weiß. Ich möchte es mit euch beiden versuchen, wenn ihr den Refrain singt, dann die Stimmen übereinanderlegen."

„Aber so ist das Lied doch gar nicht geschrieben", wehrte sich King.

„Du hast recht", sagte Austin, der ungeduldig klang. „Wir versuchen es trotzdem."

King zog ein finsteres Gesicht, stand aber auf und tat, was Austin gesagt hatte, ohne noch ein Wort einzubringen. Die Tür wurde hinter ihm zugeworfen, während er in die Kabine ging, und die beiden starrten einander einen langen Augenblick an.

Sadie schluckte den Kloß in ihrer Kehle, während sie darauf wartete, was er tun würde.

Schließlich seufzte er, schnappte sich eine Akustikgitarre vom Ständer neben Sadie und setzte sich auf einen Hocker, während er seine Aufmerksamkeit zu Austin wandte. „Jetzt hast du mich hier drin. Was willst du nun?"

Austin verdrehte die Augen. „Offensichtlich will ich, dass du mit Sadie singst. Versucht es so, dass sie die erste Strophe singt, ihr beide den Refrain, und dann kommst du für die zweite Strophe dazu. Falls das funktioniert, machen wir für die Bridge ein bisschen Vocal Layering. Verstanden?"

„Klar", sagte King, der sich auf seine Gitarre konzentrierte.

„Sadie?", fragte Austin.

Sie räusperte sich, betete darum, dass sie nicht aussah, als würde sie aus dem Raum flüchten wollen. Seit sie hergekommen war, hatte King sie entweder abwehrend behandelt oder komplett ignoriert. Das sorgte für Anspannung in der Session. Sadie hatte sich gefragt, ob sie einfach gehen sollte. War es ein Plattenvertrag wert, sich der Folter auszusetzen, sich mit einem feindselig eingestellten Rockstar herumzuschlagen? Aber wenn sie das tat, wäre das das zweite Mal in ihrem Leben, dass sie King sitzen ließ, und das war einfach nichts, das sie ertragen konnte. Sadie hob den Kopf und sagte: „Ja, ich bin bereit."

Die Musik fing an, und Austin deutete auf Sadie, gab ihr das Signal, um mit der Aufnahme zu beginnen.

Die Musik strömte über sie hinweg, und wie immer schienen die Töne direkt in ihre Seele einzusickern. Die Musik hatte sie schon immer im Griff gehabt, und wenn sie sang, dann war das der einzige Zeitpunkt, zu dem sie sich komplett fühlte.

Es war auch der Zeitpunkt, zu dem ihre Fähigkeit als Empathin sich einstellte, und sie die Gefühle anderer Leute spüren konnte. Sofort wurde sie von einem Andrang von Kings Gefühlen überwältigt. Wut erhitzte ihre Haut, und sie brachte gerade noch die Strophe heraus, bevor sich ihre Kehle wegen der Heftigkeit des Ganzen zusammenzog.

Sobald die Töne verklangen, öffnete sie die Augen und starrte den Mann an, der ihr gegenüber saß. Sein Blick war auf sie gerichtet, und Sadie fühlte, wie sie in sich zusammenschrumpfte, sich wünschte, der Boden würde sich auftun und sie verschlucken. Wie zum Teufel sollte sie es ertragen, ein ganzes Lied mit einem Mann aufzunehmen, der sie für etwas verabscheute, das vor zehn Jahren passiert war?

Aber sobald sie mit dem Refrain anfing und Kings Stimme sich ihrer anschloss, löste die Wut sich auf. Und unter diesen ganzen Gefühlen spürte sie einen Schmerz, der in einer tief sitzenden Wunde vergraben war, und sie konnte nicht anders, als sich zu fragen, ob ihre Handlungen vor all den Jahren zum Trauma dieses schönen Mannes beigetragen hatten.

King hob den Blick zu ihr, und zusammen sangen sie den Refrain fertig, ihre Stimmen verschmolzen in der wunderschönen Melodie. Magie knisterte um sie herum, als die ganzen schmerzende Gefühle verblassten, ersetzt durch etwas, das sie lebendig fühlen ließ, und als wäre alles einfach richtig. Es war, als hätte sich das Universum verschworen, sie zusammenzubringen, um dieses Lied zu singen, an diesem Ort, genau in diesem Augenblick.

Sadie schaute King in die Augen und verlor sich in dem blauen Meer, das zu ihr zurücksah, und sie gab jedes Quäntchen von sich in das Lied. Sie brannte innerlich, fühlte sich lebendiger, als sie es je zuvor getan hatte.

Erinnerungen an ihre Zeit mit King vor all den Jahren strömten herein. Die beiden am Strand. King, der ein Lied sang, das er geschrieben hatte. Wie sie Hand in Hand unter dem Mondlicht spazierten und Geheimnisse teilten, die sie niemals einem anderen anvertraut hatten. Sie waren jung gewesen, nicht mal achtzehn, und beide hatten sich mit schwierigen familiären Situationen herumschlagen müssen. Aber sie hatte sofort gewusst, dass sie sich aus einem bestimmten Grund begegnet waren. Es war eine Verbindung, die sie niemals zuvor gespürt hatte, und niemals seither. Und eine, die sie jeden Tag ihres Lebens vermisst hatte, nachdem ihr Dad aufgetaucht war und sie abrupt aus ihrem Leben gerissen und nach Salem mitgenommen hatte, ohne dass sie eine Vorwarnung bekommen hätte.

Das Lied endete damit, dass Sadie und King einander anstarrten. Die Magie knisterte immer noch um sie herum wie eine elektrische Ladung, und sie konnte nicht verhindern, dass ein schwaches Lächeln auf ihre Lippen trat. „Hast du das gespürt?"

Er hob fragend eine Augenbraue.

„Wir haben gerade was Besonderes gemacht, King. Das spüre ich bis in die Knochen."

Er kniff plötzlich die Augen zusammen, dann stand er abrupt auf, warf beinahe seinen Hocker um, bevor er aus der Kabine stürmte.

„King?", rief Austin, seine Stimme dröhnte über die Sprechanlage. „Wohin gehst du?"

Der schöne Mann mit den tiefblauen Augen und der Stimme wie ein Engel erwiderte nichts, während er durch eine weitere Tür verschwand.

Sadie traf Austins Blick durch das Glas und sagte: „Ich glaube, das ist gut gelaufen, meinst du nicht?"

Austin stieß ein lautes Lachen aus und schüttelte den Kopf. Er deutete dann auf die Tür und sagte: „Geh ihn suchen und bring ihn zurück. Wir haben immer noch zu arbeiten."

„Ich?", fragte sie, drückte sich eine Hand auf die Brust. „Ich bin ziemlich sicher, er ist meinetwegen gegangen. Vielleicht müssen wir ihn einfach einen klaren Kopf kriegen lassen."

Er runzelte die Stirn. „Er hat jetzt eine Woche lang versucht, sich da durchzuarbeiten. Nach dem, was ich gerade gesehen habe, ist klar, dass keine Zeit der Welt helfen wird, bis ihr beiden reine Luft macht."

„Und wenn wir das nicht können?", fragte Sadie, die auf die Tür starrte, durch die King verschwunden war. Jedes Mal, wenn sie diese Woche versucht hatte, mit ihm zu reden, war er vor ihr weggelaufen. Es schien nicht, als wäre er daran interessiert, irgendwas zwischen ihnen ins Reine zu bringen.

„Du kannst es, und du wirst es", sagte er sanft. „Und das liegt nicht an den Verträgen, die ihr beide unterschrieben habt. Es liegt an dem, was gerade passiert ist, als ihr beide gesungen habt. Das ist was sehr Seltenes, und wir alle drei wissen das. Also geh. Kriegt das hin. Ich bin da, wenn ihr beide bereit seid, dieses Lied zu beenden."

Sadies Glieder fühlten sich an wie Blei, als sie aufstand und sich dazu zwang, King zu folgen, während sie voll darauf eingestellt war, dass er wieder flüchtete. Er war nicht schwer zu finden. Sobald sie hinaus auf den Parkplatz trat, der hinter dem Gebäude war, fand sie King, der auf und ab ging und eine nicht angezündete Zigarette zwischen den Fingern hielt. Sadie ging langsam zu ihm hinüber und sagte: „Brauchst du Feuer?"

Er hielt inne und schaute zu ihr zurück. „Ich rauche nicht."

Ihr Blick wanderte zu der Zigarette zwischen seinem Daumen und Zeigefinger.

„Okay, ich habe mal geraucht, als ich ein dummer Teenager war. Eine zu halten hilft mir, mich zu beruhigen, wenn ich genervt bin."

„Verständlich." Sadies Großmutter hatte geraucht. Sie hatte gesehen, wie sie ihre Zigaretten ganz genauso hielt, wenn ihr irgendwas durch den Kopf ging. „Austin hat mich rausgeschickt, um reine Luft zu machen."

Er nickte nur.

Sadie schluckte den Kloß in ihrer Kehle und beschloss, sich stattdessen voll hineinzustürzen und ihm keine weitere Chance mehr zur Flucht zu geben. „Es tut mir leid, wie ich aus Westhaven weggegangen bin. Ich hätte es dir sagen sollen. Ich hätte mich verabschieden sollen. Ich konnte es einfach nicht."

„Du konntest nicht?", fragte er mit bissigem Unterton. „Woran liegt das, Sadie? War es einfach zu viel Arbeit? Oder hattest du Angst, dass ich so armselig wäre, dass ich dich anflehen würde, zu bleiben?"

„Was?", fragte sie, überrascht durch etwas in seinem Tonfall, das Selbsthass zu sein schien. „Nein. Das war es überhaupt nicht." Sie starrte auf seine Hand, die die Zigarette hielt, und wünschte sich verzweifelt, sie hätte selbst eine, nur um etwas zu haben, auf das sie sich konzentrieren konnte.

„Dann verrate es mir doch", forderte er, klang sowohl gequält als auch wütend. „Hast du irgendeine Vorstellung, wie es war, auf dich bei *Westie's* zu warten, nur dass du gar nicht aufgetaucht bist? Und dann, als ich angerufen habe, war dein Handy nicht erreichbar. Du hättest es nicht deutlicher machen können, dass du mich nicht sehen oder mit mir reden wolltest."

Tränen brannten in Sadies Augen, und sie blinzelte rasch, um sie wegzublinzeln. „Kevin, ich …"

„Ich heiße jetzt King."

„Stimmt. Tut mir leid." Ihre Kehle war eng, während ihre Nervosität hochschoss. Sie war nicht stolz auf die Art, wie sie damals mit allem umgegangen war, aber sie hatte jetzt zumindest die Gelegenheit, sich zu erklären. „Als ich an jenem Abend zurück zu meiner Oma gegangen bin, nachdem wir uns am Strand getroffen hatten, war mein Vater da."

„Dein Vater?" Er runzelte die Stirn. „Derjenige, der dich und deine Mom im Stich gelassen hat, als du sechs warst?"

Sadie nickte, überrascht, dass er sich diese Einzelheit gemerkt hatte. „Ja. Wie er leibt und lebt. Er kam mit einem Gerichtsbeschluss, der ihm das Sorgerecht übertrug. Und ich hatte keine Wahl, ich musste mit ihm nach Salem gehen. Meine Großmutter und ich bettelten ihn an, mich bleiben zu lassen, aber er sagte, wenn ich nicht gehen würde, würde er die Behörden einschalten. Er bedrohte meine Großmutter, indem er sagte, er würde eine Beschwerde einlegen und sie vor Gericht zerren, wenn sie mich bleiben ließ. Es war echt aggressiv und hässlich, und ich habe einfach ..." Sie schüttelte den Kopf. „Ich wusste nicht, was ich tun sollte."

King war erstarrt, während er ihr Geständnis verarbeitete. „Also ist dein Dad angerauscht und hat dich von deiner Großmutter weggerissen, nur drei Monate, nachdem du deine Mutter verloren hattest?"

„Ja. Das ist es so ziemlich." Sadies Mom war kurz vor ihrem siebzehnten Geburtstag gestorben. Sie war verzweifelt gewesen. Steph Lewis war nicht nur ihre Mutter gewesen, sondern auch ihre beste Freundin. Ihre Großmutter hatte sie oft besucht, und die drei hatten einander extrem nahegestanden. Sie war da gewesen, als Sadies Mom gestorben war, und nicht lange danach hatte sie Sadie eingepackt und sie mit sich nach Westhaven genommen, dem Strandstädtchen, wo sie ihr ganzes Leben verbracht hatte. Obwohl Sadie Keating Hollow nicht hatte verlassen wollen, hatte sie doch lieber bei ihrer Großmutter sein wollen.

„Sadie", sagte King leise.

Sie rieb sich die Tränen aus den Augen und schaute zu ihm auf. „Ja?"

King schob sich die Zigarette in die Tasche und kam rasch zu ihr, um sie in die Arme zu nehmen.

Sadie schmiegte sich an ihn, packte sein Shirt, während Tränen still über ihr Gesicht liefen. Sie hatte nicht weinen wollen. Hatte keinen Zusammenbruch haben wollen, während sie sich dafür entschuldigte, ihn so stehen gelassen zu haben. Aber das war einer der Gründe, weshalb sie nicht den Mut gehabt hatte, ihn zu treffen, bevor sie Westhaven verlassen hatte. „King, ich habe dich nicht besucht, bevor ich aufgebrochen bin, weil ich Angst hatte, ich würde dich anflehen, mit mir wegzulaufen."

Er stieß ein Lachen aus, das seinen ganzen Körper vibrieren ließ. „Du hättest mich nicht anflehen müssen."

„Ich weiß, aber wir waren doch nur Kinder mit nichts. Ich konnte dich doch nicht deine Pflegefamilie verlassen lassen. Nicht, nachdem du endlich eine anständige gefunden hattest. Wären wir weggelaufen, wer weiß, wo wir jetzt wären?" Sie vergrub das Gesicht an seiner Brust, bis die Tränen aufhörten, und zog sich schließlich zurück, wischte sich über die Wangen. „Tut mir leid. Ich wollte nicht, dass sich das alles nur um mich dreht."

Er schob sich die Hände in die Jeanstaschen und zog die Schultern hoch, plötzlich wirkte er unbehaglich. „Danke, dass du mir das erzählt. Aber nur fürs Protokoll, ich glaube, wenn wir abgehauen wären, wären wir vermutlich inzwischen internationale Rockstars." Seine Lippen verzogen sich zu einem schiefen Lächeln. „Ich habe gehört, dass an diesem Abend ein Scout im Publikum bei *Westie's* war."

„Er hat dich nicht sofort unter Vertrag genommen?", fragte sie, hielt den Typen bereits für einen Idioten. King McGrath hatte eine Stimme wie kein anderer.

Er lachte leise. „Es ist schwer, jemanden unter Vertrag zu nehmen, der zu seinem Gig nicht auftaucht."

„Moment. Du bist auch nicht hingegangen?"

„Ach, schon", sagte er. „Aber als du nicht aufgetaucht bist, bin ich los und habe nach dir gesucht. Ich habe mir Sorgen gemacht. Ich bin zum Haus deiner Großmutter, aber da kam niemand an die Tür. Ich war zu aufgeregt, um zu singen."

Sadies Herz tat weh, weil sie ihn das hatte durchmachen lassen. Hätte sie nur den Mut gehabt, es ihm zu sagen oder ihm zumindest eine Sprachnachricht oder einen Chat zu hinterlassen, hätte er sich zumindest keine Sorgen um ihre Sicherheit gemacht. Sie räusperte sich. „Meine Großmutter ist mit uns nach Salem gezogen. Fünf Monate später ist sie gestorben. In dem Augenblick, als ich die Highschool abgeschlossen habe, bin ich hierher zurück nach Keating Hollow gekommen, ins Haus meiner Mutter."

„Tut mir leid, Sadie. Ich weiß, wie sehr du sie geliebt hast."

Sie nickte. „Das stimmt."

„Aber nach Westhaven bist du nie zurückgekommen?", fragte er.

„Nein", sagte sie mit einem schwachen Kopfschütteln. „Das waren harte Zeiten, und alles, was ich tun konnte, war, den Kopf über Wasser zu halten."

„Verständlich." Er griff vor und drückte ihr kurz die Hand, bevor er sie losließ und wieder zurückging. Einen langen Augenblick waren sie still, bevor er sagte: „Wir sollten vermutlich zurück nach drinnen."

„Klar." Doch Sadie regte sich nicht.

„Was ist denn?", fragte er.

„Ist bei uns alles in Ordnung? Ich meine, in Ordnung genug, um zusammenzuarbeiten, denn dieser Song …"

King hob die Hand, hielt sie auf. „Ich nehme diesen Song auf. Da besteht kein Zweifel. Ich sage dir was …"

Sie hob eine Augenbraue und wartete darauf, dass er fortfuhr.

„Wie wäre es, wenn wir die Vergangenheit auf sich beruhen lassen und uns einfach auf die Zukunft konzentrieren?", fragte er.

„Das klingt perfekt." Sadie lächelte, und es fühlte sich an, als würde sie strahlen. Aber dann wurde sie nüchtern. „Es gibt nur eines, was ich wissen muss."

„Falls es irgendwas mit dem Vertrag oder der Bezahlung oder so zu tun hat, wirst du mit Austin reden müssen. Er hat Leute, die sich um so Zeug kümmern."

„Nein, das ist es nicht." Sie musste sich zurückhalten, nicht die Augen zu verdrehen. „Ich muss wissen, wie es kommt, dass du alte Erinnerungen aus Westhaven hast, aber du mich kürzlich am Abend letzte Woche nicht erkannt hast."

„Du hast mich auch nicht erkannt", entgegnete er.

„Das liegt daran, dass du einen neuen Namen und noch mal an die fünfundzwanzig Kilo Muskeln aufgelegt hast." Sadie ließ einen Blick an ihm hinab wandern, bevor sie ihm wieder in die Augen schaute. „Du siehst jetzt aus wie ein griechischer Gott. Damals …" Sie zuckte mit einer Schulter. „Du warst ein dürrer Teenager, nicht … das."

„Das könnte ich auch über dich sagen", erwiderte er, machte sich nicht die Mühe, zu verbergen, dass er sie auscheckte.

„Aber ich habe meinen Namen nicht geändert", sagte sie mit vorwurfsvollem Unterton.

„Stimmt, aber ich denke an dich immer als Kitty, darum habe ich kurz gebraucht, um die Verbindung zu knüpfen."

Sadie legte sich eine Hand aufs Herz, das versuchte, ihr direkt aus der Brust hüpfen. Sie konnte immer noch ihre Mutter oben rufen hören: *Kitty! Abendessen.*

„Ach, verflixt", sagte sie. „Willst du mich völlig fertigmachen?" Kitty war der Spitzname, den ihre Mutter ihr gegeben hatte, als sie noch ein kleines Kind gewesen war.

„Heute nicht", sagte er mit einem Grinsen, bevor er hinzufügte: „Komm schon. Austin wartet." Er legte ihr einen Arm um die Schultern und führte sie zurück nach drinnen.

KAPITEL 5

„Ich sitze in der Tinte." King nahm sein Abendessen. Als er bestellt hatte, hatten Hummer-Mac-and-Cheese toll geklungen, aber nun hatte er kaum Appetit.

„Inwiefern?", fragte Briggs, der sich seine Krabben-Fettuccini in den Mund schaufelte.

„Inwiefern?", wiederholte King mit einem ätzenden Lachen. „Du willst doch sagen, mit wem, oder?"

Briggs legte seine Gabel ab und starrte seinen Freund an. „Warum? Austin hat erzählt, nach dieser ersten Session sind die Dinge ziemlich glatt gelaufen. Er sagt, ihr beiden scheint euch über alles unterhalten zu haben. Das ist gut, oder?"

Es war keine Überraschung, dass Austin Briggs von der Session erzählt hatte. Sein Freund und Ziehbruder war der ganze Grund, weshalb Austin King überhaupt erst getroffen hatte. Während King immer ein Unterhaltungskünstler hatte sein wollen, war Briggs eher an der technischen Seite interessiert gewesen. Gleich nach dem Highschool-Abschluss und nachdem sie bei ihren Pflegeeltern rausgeflogen waren, waren die beiden nach L.A. gegangen. Sie hatten beide bei einer Landschaftsgärtnerei in Hollywood Hills gearbeitet, um Geld zu verdienen, während sie taten, was immer sie konnten, um in ihren gewählten Berufen den Durchbruch zu schaffen. Für King war es Singen. Aber Briggs hatte Onlineunterricht als Toningenieur genommen und schließlich einen Job bei Austins Studio in L.A. gefunden. Als Austin dort dichtgemacht hatte und nach Keating Hollow gezogen war, war Briggs mit ihm gegangen.

„Ja. Klar. Aber du weißt, wie ich zu ihr stehe. Es wird eine Qual, die Promo-Tour zu machen, wenn in meinem Kopf so ein Durcheinander ist." Briggs war ganz von Anfang an dabei gewesen. Er wusste genau, wie verletzt und durch den Wind King gewesen war, als Sadie verschwunden war.

„Wie du zu ihr stehst?" Briggs hob beide Augenbrauen. „Stehst, nicht gestanden *hast*?"

„Deshalb sitze ich ja in der Tinte." King lehnte sich in seinem Stuhl zurück, achtete nicht auf das Essen. „Mit ihr zu singen … Da ist einfach alles zurückgekommen. Das wird jetzt gleich verrückt klingen, aber sie und ich, wir passen einfach. Ich habe noch niemals zuvor so eine Verbindung gespürt, und wenn es nicht funktioniert, was dann? Mich wird dieses Lied noch ewig heimsuchen."

„Wenn was nicht funktioniert?", fragte Briggs, der seinen Freund musterte. „Eure Gesangspartnerschaft oder etwas mehr?"

King stöhnte. „Beides, schätze ich."

„Oje." Briggs stützte die Ellbogen auf den Tisch und beugte sich vor. „King, du musst aufhören, dir schönzureden, was du für dieses Mädchen empfindest. Ich versuche nicht, ein Arschloch zu sein, aber du hast sie nur ein paar Monate gekannt, und das war vor zehn Jahren. Ihr beiden kennt einander doch kaum."

Er lag falsch. King wusste, dass er nur versuchte zu helfen, aber dieser Sommer, in dem er den Großteil seiner Nächte mit Sadie am Strand verbracht hatte, hatte er Dinge über sich erzählt, die er noch niemals sonst jemandem erzählt hatte. Sie hatte ihre Trauer und ihre Hoffnungen und Ängste wegen der Zukunft mit ihm geteilt. Sie hatten eine Verbindung. Das war nicht schöngeredet. Es war einfach. „Ich verstehe schon, Bruder. Aber das denkst du doch nicht."

Briggs' Lippen wölbten sich zum Hauch eines Lächelns. „Und was denke ich?"

„Dass ich den Verstand verloren habe."

Er kicherte. „Stimmt. Das denke ich. Aber ich versuche nur, dafür zu sorgen, dass du mit den Füßen auf dem Boden bleibst. Wenn dieser Song groß rauskommt, und das wird er, dann werdet ihr beiden für immer miteinander in Verbindung stehen, und es wird eine Menge Promos geben. Dein Leben wird die Hölle, wenn du daraus was Romantisches machst und alles in die Binsen geht. Das weißt du, oder?"

King nickte. Sein Freund hatte recht. So, wie er zu ihr stand, wusste er nicht, wie er sich davon erholen sollte, wenn sie zusammenkamen und sich dann trennten. „Also sagst du, am besten hält man es ganz professionell."

„Ich verabscheue es, so jemand zu sein, aber ja. Dieser Song und dieses Album werden deine Karriere festigen. Wenn du das vermasselst, nur weil du deine Hose nicht anbehalten kannst, wäre das einfach das Klischeemäßigste, was du machen kannst."

„Und wie langweilig wäre das?", fragte King mit einem leisen Lachen, versuchte alles ganz locker zu sehen. In Wahrheit dachte King nicht mal, dass es eine Rolle spielte, ob er mit Sadie ins Bett ging oder nicht, wenn es darum ging, wie sie das vermasseln konnten. Was er für sie empfand, ging über das Körperliche hinaus. Und was er von ihr brauchte, war eine Menge mehr als nur eine Nacht unter derselben Decke.

„Versuch nur nicht, dich zu sehr in sie reinzusteigern", fügte Briggs an. „Konzentrieren wir uns einfach darauf, diese Platte aufzunehmen und rauszubringen, und dann könnt ihr vielleicht beide rausfinden, wohin die Sache zwischen euch läuft, falls ihr noch daran interessiert seid."

Leichter gesagt als getan, wenn King eigentlich nur herausfinden wollte, wo sie wohnte, und rüber zu ihrem Haus fahren wollte. Aber er nickte nur, weil er wusste, dass Briggs recht hatte. Er musste sich einfach von ihr fernhalten und sich auf die Arbeit konzentrieren. Zumindest, bis die Platte raus war und sie ihre Promo-Tour begannen. Bis dahin würden vielleicht all die Gefühle, die aufgescheucht worden waren, wieder im Winterschlaf verschwinden.

Man konnte nur hoffen.

Ein brennendes Gefühl machte sich am Ansatz von Kings Wirbelsäule bemerkbar, sodass er den Kopf abrupt hob. Ein Trio aus drei jungen Frauen, die alle Jeans und Crop-Tops trugen, war direkt zu seinem Tisch unterwegs.

„Verdammt", murmelte Briggs, der den Kellner heranwinkte. „Ich hatte gehofft, wenn man in Keating Hollow ist, bedeutet das, dass du ein bisschen Frieden von all dem bekommst."

Das hatte King auch gehofft. Es war ja nicht, als wäre er so berühmt, dass die Leute ihn überall erkannt hätten. Wohl kaum. Allerdings gab es eine kleine, doch entschlossene Gruppe junger Frauen, die es auf sich nahmen, ihn aufzuspüren, wo immer er hinging. Er hatte gedacht, wenn er nach Keating Hollow zog, würde es damit zu Ende sein, aber es hatte es nur schlimmer gemacht. Es war ja nicht, es gäbe es viele Orte, an denen man sich in dem winzigen Städtchen verstecken konnte.

Die zierliche Rothaarige, die direkt auf ihn zukam, ließ ein kokettes Lächeln sehen, und plötzlich ploppten ihre Gedanken

in Kings Verstand auf. *Da ist er! Ach du liebe Göttin, ist er heiß.*
Was würde ich nur darum geben, ihn nackig zu machen.

Er brauchte alles, was er hatte, um nicht vor ihr und ihren
Freundinnen zurückzuweichen, von denen ihn eine bereits auf
ihrem Handy filmte.

„Meine Güte, King McGrath", schwärmte die Rothaarige
und fuhr dann fort, um zu verkünden: „Ich bin dein größter
Fan. Können wir vielleicht ein Foto machen?" Sie reichte das
Handy bereits der Frau, die den Austausch aufzeichnete.

„Klar", sagte er und gab sein Bestes, um großzügig zu sein.
Er wusste, wie es lief. Es kostete ihn nichts, nett zu sein, es war
nur ein wenig Aufwand. Aber wenn er irgendwas Unhöfliches
machte und es wurde aufgezeichnet, dann würde es viral
gehen. Es lohnte sich einfach nicht, so ein Szenario zu
riskieren, nur weil er aus der Haut fahren wollte, nachdem er
ihren Gedanken gelauscht hatte.

Kings telepathische Fähigkeit war ausgesprochen lästig. Er
hasste es, Gedanken lesen zu können. Es war nicht nur ein
Eindringen in andere, sondern er wollte auch einfach nicht die
privaten Gedanken der Leute kennen. Er war zufriedener,
wenn er im Dunkeln blieb. Zumindest hatte er gelernt, wie er
es im Beisein der meisten Leute in Schach hielt. Nur wenn
jemand über alle Maßen aufgeregt oder echt durcheinander
war, drangen inzwischen noch Gedanken auf seinen Verstand
ein.

Wie diese Frau, die sich mehr oder weniger über ihn legte.
Sie wollte ihn unbedingt küssen und hatte gerade eine
Fantasievorstellung am Laufen, wie sie beide zusammen
duschten. Er konnte gerade so verhindern, dass er sie
wegschob. Stattdessen setzte er sich ein Lächeln auf und
beugte sich vor, sodass sich ihre Köpfe beinahe berührten, als
ihre Freundin das Foto machte.

Als er sich zurückziehen wollte, klammerte sich die Frau an ihn.

„Moment! Möchtest du mir einen Gefallen tun?", fragte sie und lächelte ihn unschuldig an, während sie sich ihn gleichzeitig nackt vorstellte.

„Tut mir leid." King winkte zu Briggs hinüber, der inzwischen zwei Schachteln mit eingepacktem Essen hielt. „Wir kommen bereits spät zu einem Termin. Wir müssen wohl …"

„Das dauert doch nur zwei Sekunden. Verstehst du, ich bin eine Influencerin mit großen Followerzahlen und spezialisiere mich darauf, Musiker vorzustellen, die gerade angesagt sind."

Dieser Teil schien zumindest wahr zu sein, wenn man den Screenshot ihres Instagram-Accounts bedachte, der gerade in ihren Gedanken aufgeblitzt war.

„Und einer der Gags dort ist, dass ich es immer schaffe, einen Kuss von meinen Lieblingen zu kriegen. Ich habe meinen Followern versprochen, wenn ich dich je treffe, würde ich mein Bestes tun, um einen Kuss hier drauf zu kriegen." Sie deutete auf ihre Wange und tippte mit einem blutroten Nagel darauf.

King hatte das Gefühl, er säße in der Falle. Wenn er Nein sagte, würde er wie ein Arschloch dastehen. Aber wenn er ja sagte, würde er sich später die Lippen mit Bleiche behandeln müssen, damit er nicht die Krätze bekam.

„Kuss! Kuss! Kuss!", begannen die beiden anderen Frauen zu intonieren.

„Ja, okay." King beugte sich hinab und wollte ihr einen raschen Kuss auf die Wange geben, aber kurz bevor die Verbindung zustande kam, drehte die Frau den Kopf und startete einen Frontalangriff auf seine Lippen mit ihren.

Ihre beiden Freundinnen jubelten.

King erstarrte, und dann spürte er, wie er weggezogen wurde.

In dem Augenblick, in dem sie draußen waren, fing Briggs an, von Konsens, verrückten Fans und der Tatsache zu schwadronieren, wie leid es ihm tat, dass er nicht schon vorher gehandelt hatte. „Wir werden uns einen Plan einfallen lassen müssen, damit dir das nicht noch mal passiert. Was hat die für Nerven!", rief er, während er die Tür des SUV für King öffnete. „Der einzige Grund, weshalb ich sie nicht gleich dort verflucht habe, war das Video."

Sobald Briggs auf dem Fahrersitz saß, wischte sich King endlich den Mund ab und sagte: „Danke, dass du dich zurückgehalten hast. Das lohnt sich doch nicht, wer weiß, was sie daraus dann gemacht hätten."

„Es ist trotzdem nicht richtig. Ich konnte in dem Augenblick erkennen, als die Rothaarige dich berührt hat, dass du überall sein wolltest, nur nicht dort." Briggs jagte über die Straße, er fuhr viel aggressiver als sonst.

„In ihrem Kopf lief so eine Pornospur mit, über das, was sie mit mir anstellen wollte", sagte King, der sich elend fühlte. War es das, worauf er sich den Rest seines Lebens freuen konnte, nur weil er Musik machen wollte?

Briggs schaute zu ihm hinüber. „Ernsthaft?"

„Ernsthaft. Jetzt muss ich duschen."

„Wir müssen auf jeden Fall sofort jemanden für PR einstellen", sagte Briggs.

King nickte nur, während er sich im Sitz zurücklehnte und sein bestes tat, die ganze Sache aus den Gedanken zu schieben.

KAPITEL 6

„*D*a bist du ja", sagte Melissa, Sadies Nachbarin von nebenan und beste Freundin auf der ganzen Welt, während Sadie die Stufen zu ihrer Veranda hinaufging. Melissa hatte auf dem Rand der Schaukel gesessen und auf sie gewartet.

„Hey!" Sie lief zu ihr hinüber und umarmte sie. „Wann bist du zurück in die Stadt gekommen?"

„Erst vor etwa einer Stunde. Mom lässt dich grüßen und dir ausrichten, dass sie dich lieb hat, und wenn du nicht bald zu Besuch kommst, wird sie glauben, du hast sie ganz vergessen."

Sadie lachte, während sie die Augen verdrehte. „Deine Mom ist immer so dramatisch. Sobald das Leben wieder ruhiger wird, gehen wir sie besuchen."

Melissas Mom Rachel war die beste Freundin von Sadies Mom gewesen und hatte nebenan gewohnt, bis sie sich vor ein paar Jahren in einen Mann verliebt hatte, der in Befana Bay lebte, und nach Washington gezogen war, sodass sie das Haus Melissa überlassen hatte.

Sadie sperrte die Eingangstür auf und winkte Melissa herein. Sofort kam Cosmo, ihr scheckiger Lhasa Apso, zu ihr gelaufen, sein Schwanz wedelte, seine Zunge hing heraus. Er stürzte sich auf sie, die Pfoten voran, und stieß sich von ihrem Bein ab, scheinbar unbesorgt, als er nach hinten fiel und dann gleich wieder aufsprang.

„Du Tollpatsch", sagte Sadie, die nach unten griff, um ihn auf den Arm zu nehmen. „Hast du mich vermisst? So lange war ich doch nicht weg, oder?"

Cosmo bedeckte ihr Gesicht mit Küssen, und dann fing er an, zu winseln, während sein Körper sich unbeherrscht wand.

„Ich weiß. Ich weiß. Du musst mal raus." Sie ließ ihn wieder zu Boden und ging voraus zur Hintertür. Sobald sie sie öffnete, schoss er hinaus, wässerte seinen Lieblingsbusch und lief dann zurück nach drinnen. Cosmo war nicht dafür gemacht, allein draußen rumzuhängen.

„Dein Hund ist so ein Verrückter", sagte Melissa, die nach einem Leckerli in dem Gefäß gleich neben der Hintertür griff.

„Das liebe ich an ihm." Sadie füllte Cosmos Fressnapf, noch während er mit seinem Leckerli weglief. Sie wusste, dass er in wenigen Sekunden zurück sein würde, um sein Abendessen hinabzuschlingen. Dann schaute sie zu Melissa. „Hast du Hunger? Ich mache Pesto-Hühnchen-Pasta."

„Hatte ich nicht, aber jetzt schon." Melissa ging in die Küche und öffnete den Kühlschrank, als würde ihr alles gehören. Sie holte eine Flasche Pinot Grigio heraus. „Wein?"

„Musst du überhaupt fragen?", sagte Sadie mit einem leisen Lachen.

Nachdem Melissa den Wein eingeschenkt hatte, arbeiteten sie zusammen, um das Essen zu machen, und als es schließlich fertig war, setzten sie sich mit heißem Knoblauchbrot, ihrer Pesto-Hühnchen-Pasta und frisch gefüllten Weingläsern an den Tisch.

„Auf Freundinnen, die kochen", sagte Melissa, die mit ihrem Glas an das von Sadie stieß.

„Auf Freundinnen", verbesserte Sadie und lächelte sie an.

„Okay", sagte Melissa. „Jetzt spuck es aus. Ich sterbe doch hier schon vor Neugier. Was ist mit dem Plattenvertrag?"

„O Mann", sagte sie Sadie, die den Kopf schüttelte. „Du hast ja keine Ahnung, was dir entgangen ist." Melissa war zwei Wochen weg gewesen, und Sadie hatte das Gefühl, sie hätte ein ganzes Leben geführt, seit sie ihre Freundin zum letzten Mal gesehen hatte.

Ihre Freundin wirkte todernst, als sie fragte: „Brauchen wir dafür mehr Wein?"

„Ja", sagte Sadie feierlich, obwohl sie beide volle Gläser hatten.

„Ich werde die Flasche in der Nähe behalten", versprach ihre Freundin. „Jetzt fang mit dem Vorsingen an. Wie ist das gelaufen?"

Sadie fing mit der ganzen Geschichte an, wie sie mit King geflirtet hatte, bevor sie zusammen gesungen hatten und er dann abgehauen war, als ihm klar geworden war, wer sie war. Sie erwähnte die Szene in der Brauerei, als sie ihm auf dem Wanderpfad begegnet war, und schließlich den Tag, an dem sie zusammen im Studio gearbeitet hatten.

Melissa lehnte sich im Stuhl zurück, wirkte verblüfft. „Du sagst, dieser King McGrath ist *der* Kevin? Der Typ, den du in Westhaven getroffen hast?"

„Wie er leibt und lebt", erwiderte Sadie. Melissa war der einzige Mensch, dem Sadie von Kevin erzählt hatte, und wie es ihr das Herz gebrochen hatte, als ihr Vater sie gezwungen hatte, nach Salem zu ziehen.

„Das ist ... verrückt", sagte sie mit aufgerissenen Augen. Dann aber trat ein träges Lächeln auf ihre Lippen. „Das wird doch die größte Liebesgeschichte aller Zeiten. Getroffen, als ihr Jugendliche wart. Wegen der Kindheitstraumata eine Verbindung gespürt. Von den Umständen auseinandergerissen. Und dann zehn Jahre später trefft ihr erneut aufeinander und nehmt eine Hitplatte auf. Dann kommt noch das Klischee rein, dass Feinde zu Liebenden werden, und der Film wird alle Rekorde brechen. Du musst da sofort Cameron und Miranda drauf ansetzen."

„Ich glaube, du hattest zu viel Wein." Sadie nahm einen Bissen vom Knoblauchbrot, während sie ihre Freundin beäugte. „Wie gut, dass du nachher nicht nach Hause fahren musst."

„Ich bin nicht betrunken … noch nicht." Melissa seufzte leise. „Man sehe sich dich an … vom Schicksal ausersehen für eine epische Liebesgeschichte, und hier bin ich und frage mich immer noch, ob ich jemals den Richtigen finde. Oder auch nur den Richtigen für jetzt."

„Heißt das, du hast dich von Linus getrennt?" Er war der Typ, mit dem sie in den letzten paar Monaten immer mal wieder zusammen gewesen war.

„Ja." Sie warf Sadie einen Blick zu, der besagte, dass sie hundert Prozent drüber weg war. „Ich habe herausgefunden, dass er mit seiner Stiefschwester zusammen ist."

Sadie verschluckte sich an einem Stück Pasta und hustete, bis ihr die Augen übergingen. „Das tut mir leid", brachte sie schließlich heraus. „Stiefschwester?"

„Ja. Ich schätze, ihre Eltern waren ein paar Jahre verheiratet, als sie Teenager gewesen sind, und seither war der gute alte Linus ständig heiß auf sie. Er hat zu mir gesagt: ‚Du bist ein nettes Mädchen, Melissa, aber ich muss meinem Herzen folgen.' Eher schon folgt er seinem Ständer. Idiot."

„Also sind sie keine Stiefgeschwister mehr?", fragte Sadie, die wusste, dass das eigentlich nicht der springende Punkt war.

„Nein. Aber trotzdem." Sie stieß die Gabel in ihre Pasta und schüttelte den Kopf. „Ich bin echt furchtbar darin, mir Männer auszusuchen."

„Stimmt", stimmte Sadie zu. Derjenige vor Linus hatte gewollt, dass Melissa auf einen Dreier mit seiner besten platonischen Freundin Charli einstieg. Und der davor hatte gewollt, dass sie ihren Beruf aufgab, ihr Haus verkaufte und dann einen Rucksacktrip um die ganze Welt finanzierte, wohingegen er nichts beitrug. „Den nächsten musst du von mir aussuchen lassen, glaube ich."

Melissa hob die Hand und sagte: „Bin dabei. Nichts kann schlimmer sein als dieses letzte Jahr voller Verlierer."

„Dann ist es abgemacht." Sadie zwinkerte ihr zu und stürzte sich auf ihre Pasta.

Ihre Freundin allerdings schaute hinab auf ihr Handy und runzelte die Stirn.

„Was ist denn? Schreibt deine Mom oder was?", fragte Sadie.

Ihre Freundin schüttelte den Kopf und beugte sich über das Display, sodass ihre dunklen Locken ihr Gesicht verbargen.

„Mel? Was ist los?", fragte Sadie.

Als Melissa den Kopf hob, um Sadie anzusehen, und wirkte entschuldigend.

„Was …"

„Hier." Melissa schob ihr Handy zu Sadie. „Sieh dir die Überschrift an."

Sadies Blick wurde sofort von dem Bild gefangen genommen, das ihr entgegenstarrte. Panisch musterte sie den Online-Artikel nach einem Veröffentlichungsdatum, und als sie sah, dass es erst fünf Minuten her war, wollte sie sich übergeben.

Denn gleich da auf der Vorderseite des größten Klatschblogs in Hollywood war King McGrath, der ein Mädchen küsste, das gerade mal das legale Alter erreicht hatte.

Sie drückte sich eine Hand auf den Magen und versuchte, die Übelkeit zu verdrängen.

„Sadie?", fragte Melissa.

„Ja?", antwortete sie, ohne ihre Freundin anzusehen. Sie fürchtete, wenn sie das tat, würde sie anfangen zu weinen, und das war das letzte, was sie wegen irgendeines aufstrebenden Rockstars tun wollte, der anscheinend auf Groupies stand.

„Willst du, dass ich ihn in den Arsch trete? Denn das mache ich. Ich schnappe mir meine Autoschlüssel gleich jetzt und … Ach Mist, ich rufe mir ein Taxi und fahre gleich jetzt sofort da rüber und serviere ihm die Backpfeife, die er verdient."

„Backpfeife? Bist du achtzig oder was?"

Sie lachte. „Das hat mein Opa immer gesagt, wenn er die Jungs eingeschüchtert hat, die sich meiner Mom nähern wollten. Das behauptet er zumindest."

Sadie spürte, wie Cosmo sich bewegte, sodass er sich an ihr Bein lehnte. Es war etwas, das er immer tat, wenn er sie trösten wollte. Sie griff nach unten und zog ihn in die Arme. „Mama geht's gut, mein Süßer. Nur ein weiterer Tag, an dem ein Mann sich daneben benimmt."

„Tut mir leid, Liebes", sagte Melissa. „Was für ein Mist."

Sadie tat ihre Anmerkung ab. „Es gibt nichts, was dir leidtun muss. Wir waren ja nichts anderes als Gesangspartner." Sie gab ein sarkastisches Lachen von sich. „Ich meine, wir haben erst heute reine Luft zwischen uns gemacht. Es gibt keine Beziehung, die man da anführen könnte."

Es war nicht, als hätte sie das Recht, eifersüchtig zu sein. Obwohl sie schon angeekelt von dem Altersunterschied sein konnte. Sadie reichte Melissa ihr Handy. „Hören wir auf, über King McGrath zu reden, und schauen noch mal durch deine Datingapp. Vielleicht können wir beide jemanden finden."

„Da bin ich hundertprozentig dabei", sagte Melissa, die sie anstrahlte. „Aber erst essen wir fertig und gehen weiter zum

Nachtisch, damit es nicht zu düster wird, wenn wir anfangen, uns die Optionen da draußen anzusehen."

Sadie grinste. „So will ich das hören." Sie küsste Cosmo auf den Kopf, bevor sie ihn wieder zurück zu ihren Füßen absetzte. Dann schob sie den Rest ihres Abendessens herum, während Melissa ihre Pasta inhalierte und ihr alles Mögliche über die Promis erzählte, die sie gesehen hatte, während sie in Befana Bay gewesen war. Offensichtlich drehten sie dort eine epische Fantasy-Serie, bei der es um einen Zirkel mit Drachen-Vertrauten ging.

„Ich könnte echt einen Drachen-Vertrauten gebrauchen", sagte Melissa mit einem sehnsüchtigen Seufzen. „Kannst du dir vorstellen, wie ich zu meinem nächsten Date auf einem reinreite? Das wäre echt krass."

Bis das Abendessen vorbei war, hatte Melissa es geschafft, Sadie aus ihrer Trübsal zu holen, die eingesetzt hatte, nachdem sie King über alle Klatschspalten gepflastert gesehen hatte, und sie summte vor sich hin, während sie ein paar Stücke Pie auf Teller gab.

„Was singst du denn da?", fragte Melissa, die ihnen beiden Kaffee machte. Sie hatten den Wein ausgetrunken, und da sie beide morgen arbeiten mussten, hatten sie sich gegen eine weitere Flasche entschieden.

„Was?" Sadie schnappte sich die Teller mit der Pie und blinzelte ihre Freundin an.

„Du summst doch irgendwas. Was ist das?"

„Ach." Sadie lachte vor sich hin. „Das ist der Song, an dem King und ich arbeiten. Ich habe nur … Ich weiß auch nicht, einfach die Melodie genossen, schätze ich."

„Es gefällt mir echt. Kannst ihn mir vorsingen?", fragte Melissa.

„Ernsthaft? Jetzt, ohne die Musik und ohne, dass King dabei ist?"

„Ja, warum nicht? Deine Stimme ist toll."

Sadie biss sich auf die Unterlippe. „Okay, aber nur, wenn du mir danach sagst, wie toll ich bin, denn ich glaube nicht, dass ich heute Abend noch einen weiteren Schlag für mein Ego vertrage."

Melissa lachte und hob die Hand. „Ich schwöre es bei der Göttin."

„Okay, du hast darum gebeten." Sadie räusperte sich und begann zu singen. Sofort strömten Melissas Gefühle über sie hinweg, sodass Sadies Haut sowohl vor Eifersucht als auch Ehrfurcht prickelte. Ihre Freundin war stolz auf sie, aber neidisch auf ihr Talent. Doch dann plötzlich wurde Melissas Laune sehnsüchtig und melancholisch, als Sadie anfing, über verlorene Liebe und zweite Chancen zu singen. Bedauern strömte über Sadie hinweg, und sie musste sich fragen, wer Melissa durch den Kopf ging.

Als das Lied vorbei war, schaute Sadie hinüber zu ihrer Freundin und sah, wie sie eine Träne wegwischte. „Melissa! Warum weinst du?"

„Es ist … wunderschön, Sadie. Absolut wunderschön. Das ist alles." Melissa warf die Arme um ihre Freundin und drückte sie fest. „Ich bin soooo stolz auf dich."

Sadie stieß ein schwaches Lachen aus, erwiderte die Umarmung und sagte: „Vielen Dank. Ich hoffe, es gefällt allen genauso gut wie dir. Ansonsten muss ich wieder zurück in die Entwurfshölle."

„Ach, das wird es", behauptete sie. „Vertrau mir."

„Ich versuche es." Sadie wollte es wirklich glauben, doch sie bevorzugte es, ihre Erwartungen zu zügeln. Wenn alles zum Teufel ging, wollte sie nicht auf dem falschen Fuß erwischt werden.

Sie setzten sich im Wohnzimmer mit ihrer Pie und dem

Kaffee auf die Couch, während sie durch die Dating-Webseite browsten.

„Sieh mal, Sadie. Der Typ behauptet, er hätte einen Zwilling", sagte Melissa. „Und er ist verflixt heiß."

„Ist der Zwilling auch da?", fragte Sadie im Scherz.

„Sehen wir mal." Sie wühlte ein wenig herum und fand dann sein Profil. „Ja. Wir sollten ihnen schreiben. Falls es funktioniert, können wir am Ende Schwägerinnen sein."

Sadie hatte es eigentlich als Scherz gemeint, dass sie auf der App jemanden für ein Date suchen wollte, aber der Typ war heiß, darum … „Schreib ihnen. Sehen wir mal, ob sie für ein Doppel-Date zu haben sind."

Melissa kicherte. „Oh, das wird ein Riesenspaß."

KAPITEL 7

„Wirst du je von dieser Couch runterkommen?",
fragte Briggs King. Es war drei Tage her, seit
er von dem Fan angefallen worden war, und die
Gerüchteseiten standen in Flammen und versuchten
herauszufinden, wer Kings neue Freundin sein könnte.

„Klar. In etwa einer Stunde, wenn ich zurück im Studio
gebraucht werde." King nahm einen großen Schluck von
seinem Kaffee und führte seine morgendliche Prüfung dessen
durch, was über Nacht über ihn gesagt worden war.

„Hat Austin dich reingerufen?" Briggs wirkte überrascht.
„Ich wusste nicht, dass er heute weitere Aufnahmen machen
möchte."

„Ich habe gerade vor etwa zehn Minuten eine Nachricht
bekommen. Offensichtlich will er ein paar weitere Sachen
ausprobieren, sicherstellen, dass das Arrangement perfekt ist,
bevor wir diesen Freitag in der Brauerei unser Debüt geben."

„Na, den Göttern sei dafür gedankt. Ich habe mir
allmählich gedacht, dass du Wurzeln auf deiner Couch
schlägst."

King warf ihm einen genervten Blick zu. „Wärst du von jemandem angefallen worden, und dann wäre das im ganzen Internet verteilt worden, wette ich, du hättest es auch nicht eilig damit, dein Gesicht in der Stadt zu zeigen."

„Es gibt einen Unterschied, ob man sich bedeckt hält und nicht ins Rampenlicht geht, oder einen Winterschlaf hält und drei Tage lang nicht duscht", sagte Briggs, der die Nase rümpfte und einen Schritt zurücktrat, als wolle er nahelegen, dass King schon ein wenig mehr als nur gut abgehangen war.

King lachte nur. „Ich habe geduscht ... mindestens einmal."

„Aha. Wenn du das sagst." Briggs ging zur Küche. „Geh duschen, während ich uns Frühstück mache."

„Ja, Mama." Mit seiner Kaffeetasse in der Hand zog sich King ins Bad zurück. Eine dreiviertel Stunde später kam er heraus und fühlte sich wieder menschlich.

„Was zum Teufel hast du da drin gemacht?", fragte Briggs. Er stand bereits an der Spüle, spülte das schmutzige Geschirr. „Dich zehnmal umgezogen, um sicherzustellen, dass du genau das richtige Outfit ausgesucht hast?"

„Haha", sagte King ausdruckslos. „Dieses Frühstück, das du mir versprochen hast?"

„Ist im Ofen. Du hast etwa zehn Minuten." Briggs stellte das Wasser ab und ging aus der Küche, um sich für die Arbeit fertigzumachen.

King schenkte sich eine weitere Tasse Kaffee ein, holte sich seine Waffeln und stieß ein Stöhnen aus, als er in die nach Muskat schmeckende Köstlichkeit biss. Als Briggs wieder hereinkam, sagte King: „Heiratest du mich?"

„Kriege ich Zugriff auf die Hälfte deines Bankkontos?", fragte Briggs.

„Klar."

„Okay, aber das muss für mich schon eine offene Ehe sein."
Sie lachten beide.

„Was macht dich heute Vormittag so entspannt?", fragte Briggs, der ihn interessiert beäugte. „Das hat doch nichts damit zu tun, dass du heute eine gewisse Sängerin triffst, oder?"

„Nein", log King. „Ich bin nicht an Sadie interessiert. Ich bin vergeben, weißt du?" Er deutete auf seinen nackten Ringfinger.

„Da wirst du wohl aber was unternehmen müssen."

„Hoffentlich gefallen dir diese Ringe, die sie früher in den Automaten hatten, denn mehr kann ich mir nicht leisten. Jetzt ab mit deinem Teller in den Geschirrspüler. Es ist Zeit zum Aufbruch."

Während er vor sich hin lächelte, tat King wie geheißen und folgte seinem Freund hinaus zum schwarzen SUV.

„GUTEN MORGEN", rief Austin, während King und Briggs ins Studio kamen.

„Morgen." King lächelte Sadie an, die auf einem Stuhl saß und ihn durch den Raum beäugte.

Sie schaute rasch weg, wirkte leicht genervt.

„Morgen", sagte Briggs, der seinen Platz am Mischpult einnahm.

Sadie schaute zu ihm hinüber. „Hallo, Briggs."

Briggs nickte ihr zu und zwinkerte dann. „Bereit für das Ding?"

„So bereit, wie ich nur sein kann, schätze ich", sagte sie.

King stellte sich neben sie, legte ihr eine Hand auf die Schulter. „Du wirst toll sein. Das bist du immer."

Sie warf einen Blick auf seine Hand und zuckte leicht mit den Schultern, bedeutete ihm ganz klar, dass sie nicht wollte, dass er sie berührte.

King zog seine Hand weg und fragte sich, was um alle Welt passiert war, seit er zum letzten Mal mit Sadie gesprochen hatte. Er hatte nicht erwartet, dass sie sich ihm gegenüber so kühl benehmen würde. „Was ist los?"

Die Frage war an Sadie gerichtet gewesen, doch Austin war derjenige, der antwortete. „Ich will nur ein paar Tonartwechsel ausprobieren, und ein paar Background-Stimmen für die Produktion hinzufügen. Bereit zum Loslegen?"

„Klar. Willst du uns beide in der Kabine?", fragte King, der hoffte, was immer mit Sadie vorging, sie würde es auf sich beruhen lassen können, wenn sie mit der Arbeit anfingen.

„Ja, bitte."

King hielt ihr die Tür auf und beobachtete, wie sie steif in den Raum ging. Etwas war auf jeden Fall mit ihr los.

Sie setzten sich beide auf die Hocker und wandten ihre Aufmerksamkeit Austin zu.

„Gebt mir nur mal kurz, um alles herzurichten", sagte Austin, während Briggs ein paar Einstellungen am Pult vornahm.

„Hattest du ein gutes Wochenende?", fragte King Sadie.

Sie schnappte nach Luft. „Ich habe zum Großteil gearbeitet."

„Ich wette, es wird trubelig, wo doch Halloween vor der Tür steht", versuchte er es noch einmal.

„Ja."

Er nickte, dann kam Schweigen zwischen ihnen auf.

Unbehaglich.

„Also", sagte er, versuchte, die Todesstille zu füllen. „Ich erinnere mich irgendwie, dass du damals, als wir jünger waren, ein Notizbuch mit Songtexten hattest, an denen du gearbeitet hast. Versuchst du dich immer noch am Songschreiben?"

„Nicht wirklich", sagte sie mit einem leichten Schulterzucken.

„Bist du interessiert, es noch mal zu versuchen?" Er war nicht sicher, wohin er damit wollte, aber die Worte kamen einfach. „Denn wenn du das bist, dachte ich mir, dass wir vielleicht …"

„Nein", sagte sie und schnitt ihm das Wort ab. „Das halte ich für keine gute Idee."

Er wollte gerade fragen, warum nicht, als Austin sagte: „Okay, ich glaube, wir sind fertig. Sadie, wir fangen mit dir an, okay?"

„Klar", sagte sie und setzte ihre Kopfhörer auf. „Sag mir einfach, was du willst."

In der nächsten halben Stunde wurde King von allem eingenommen, was an ihr war. Den Gefühlen auf ihrem Gesicht, wenn sie gewisse Texte sang, ihren kleinen Bewegungen, während sie bestimmte Noten traf, und vor allem die Art, wie ihre Stimme sich einfach durch sein innerstes Wesen zu schmeicheln schien. Es war keine Übertreibung, zu sagen, dass er sicher war, sie hätte ihn verzaubert.

„Exzellent", sagte Austin. „Okay, jetzt würde ich gern noch einmal am Refrain arbeiten. King? Bist du bereit? Ich will eure beiden Stimmen zusammen."

Er räusperte sich und richtete seinen Kopfhörer. „Klar."

Die Musik fing an, und King wandte sich zu Sadie. Ihre Blicke trafen sich, und einmal mehr war er völlig verloren in der Magie, die sie zusammenknüpfte, während sie sangen. Dieses eine Mal in seinem Leben hatte er nicht das Gefühl, er würde das Gewicht der Welt auf den Schultern tragen, und er wollte bis in alle Ewigkeit in diesem Augenblick leben.

So war die Session den ganzen Tag lang, und dann kurz vor fünf sagte Austin: „Das war perfekt! Einfach perfekt."

Sadie strahlte King an, aber dann war es fast, als würden sich dunkle Wolken über ihr ballen, während sie sich das Lächeln vom Gesicht wischte und wegschaute.

„Ich glaube, wir können Schluss machen", sagte Austin.

„Wir werden das mixen und es in ein paar Tagen rüberschicken."

„Klingt gut." Sadie sprang mehr oder weniger von ihrem Hocker und rannte aus der Kabine.

King sah ihr nur nach, während die Magie, die ihn erfüllt hatte, rasch dahinschwand und ihm das Gefühl gab, leer und frustriert zurückzubleiben.

„Moment mal", rief Austin, bevor sie aus dem Studio rannte. „Wir haben was Geschäftliches zu besprechen."

King schloss sich ihnen in der Mischkabine an und setzte sich auf einen Stuhl neben Briggs.

„Ich will, dass ihr beiden dieses Lied auf dem Festival am Halloweenabend vorstellt. Wir werden die Single an diesem Tag rausbringen, und wir haben die Medien schon vorbereitet und gehen auf den sozialen Medien live. Ihr werdet auch Kings anderes Lied machen müssen, damit es ein volles Set wird, also liegt es an euch beiden, zu üben und sicherzustellen, dass ihr das richtig beherrscht, bevor der Termin da ist. Verstanden?"

Halloween war schon in einer Woche. Das bedeutete, dass sie sich vermutlich jeden Tag treffen mussten, um sicherzustellen, dass sie bereit waren, übers ganze Internet verbreitet zu werden.

King nickte. „Ja, okay."

„Ähm, klar", sagte Sadie mit einem zögerlichen Nicken. „Solange ich es um meine Arbeitspläne herumlegen kann."

„Arbeitest du am Halloweenabend?", fragte Austin.

„Ich glaube schon, aber das kriege ich hin." Sie biss sich auf die Unterlippe, wirkte skeptischer, als sie klang. „Ich tausche eine Schicht oder so was. Wenn ich aber üben muss, bin ich nicht sicher, wie das funktioniert. Keine Sorge. Ich lass mir was einfallen."

„Weißt du, Sadie, deswegen zahlen wir dir einen Vorschuss. Damit du den Freiraum hast, Werbung zu machen und aufzunehmen, wenn wir dich brauchen", sagte Austin. „Vielleicht ist es Zeit, darüber nachzudenken, bei der Brauerei deine Stunden zu reduzieren."

„Stimmt", sagte sie, dann stieß sie ein nervöses Lachen aus. „Es ist aber seltsam, über so was nachzudenken, schätze ich."

„Gewöhn dich dran, denn dieser Song wird ein Riesenhit. Und dann bist du mit King im ganzen Land unterwegs, und ihr spielt es für eure Fans."

King konnte es nur hoffen. Der Gedanke, mit Sadie auf Tour zu sein, war buchstäblich ein wahrgewordener Traum. Oder zumindest würde er das sein, wenn er herausfinden konnte, weshalb sie ihm die kalte Schulter zeigte.

Sadie nickte, dann wandte sie sich an King. „Ich schick dir meinen Arbeitsplan, damit wir das hinkriegen." Dann brach sie auf und war durch die Tür.

„Hey", sagte Briggs, der sich zu ihm wandte. „Ich verhungere. Was soll es heute Abend sein? Pizza oder Brauerei?"

„Pizza", sagte King. „Gib mir aber mal kurz." Er ging durch die Tür zum hinteren Parkplatz und musterte die Fläche. Da, nur ein paar Autos weiter, sah er Sadie, wie sie die Tür ihres Camry öffnete. „Sadie, warte."

Sie fuhr zusammen und drückte sich eine Hand auf die Brust, während sie sich zu ihm umdrehte. „Ach, verflixt, du hast mich erschreckt. Will Austin uns noch mal da drin haben?"

„Nein", sagte er, strich sich mit der Hand durch die dunklen Locken. „Ich bin nur gekommen, um rauszufinden, was los ist. Du hast heute toll gesungen, aber du kannst mich nicht täuschen. Irgendwas stimmt nicht. Ist es was, bei dem ich helfen kann?"

„Nichts ist los", sagte sie und verschränkte die Arme vor der Brust.

Er hob beide Augenbrauen. „Bist du dir da sicher? Wenn nichts los ist, warum hast du dann Schwierigkeiten, mich heute überhaupt anzuschauen? Habe ich irgendwas getan, was dich nervt?"

„Nein." Sie presste ihre Lippen fest aufeinander. „Überhaupt nicht. Es ist nur … weißt du was? Ist doch egal. Ich will ich doch nicht von deinen Groupies fernhalten. Ich bin sicher, die warten schon irgendwo auf dich." Sie nahm den Türgriff und öffnete die Tür.

„Groupies?", stieß er ungläubig hervor. „Du glaubst, ich hänge mit Groupies rum? Wo kommt das denn her?"

Sie wirbelte wieder herum. „Ich habe das Bild gesehen, wie du dieses Mädchen küsst, King. Das ist im ganzen Internet. Und ich weiß, wir sind nicht zusammen oder so was, und es geht mich nichts an, was du machst, aber sie hat ausgesehen, es wäre sie gerade mal vierzehn, und ich denke einfach …"

„Huch!" Er hob die Hände, versuchte alles zu verarbeiten, was sie gerade gesagt hatte. Sie wusste, dass sie nicht zusammen waren? Bedeutete das, dass sie vielleicht Interesse hatte? Klang irgendwie danach. Aber andererseits vielleicht nicht, denn sie dachte, er wäre so ein Typ, der nicht nur mit irgendwelchen Fans herummachte, und zwar auch noch in der Öffentlichkeit, sondern es auch noch mit minderjährigen Jugendlichen trieb. „Erst einmal hatte ich mit diesem Kuss nichts zu tun. Dieses Mädchen hat mich mehr oder weniger angegriffen, während ihre Freundinnen das Ganze aufgezeichnet haben. Und zum zweiten war sie keine vierzehn. Ich habe ihren Ausweis nicht gesehen oder so, aber ich bin ziemlich sicher, dass man ihnen Alkohol verkaufen dürfte. Falls nicht, war sie nahe dran. Nicht, dass ich dir irgendwas davon erklären müssen sollte."

„Nein, du musst überhaupt nichts erklären", stimmte sie zu.

„Ich hätte es nicht erwähnen sollen. Können wir diese Unterhaltung einfach vergessen?"

„Das mache ich, wenn du es auch machst", sagte er, fühlte sich noch bedrängter als je zuvor. Er verabscheute es, von Fremden angefasst zu werden, aber er verabscheute es noch mehr, wenn die Leute dachten, dass er die ganze Sache irgendwie begrüßte.

Sie nickte. „Ich gehe lieber mal. Melissa und ich treffen uns mit Leuten beim Erntefestival."

Und da wurden ihre Gedanken laut und klar für ihn hörbar.

Ich hätte nicht ja sagen sollen zu diesem Date. Wenn es nicht zu spät wäre, würde ich absagen und mich einfach mit Cosmo auf dem Sofa zusammenrollen und niemals wieder mein Gesicht zeigen. Teufel auch, King muss mich für eine komplette Idiotin halten.

Er wollte antworten, ihr sagen, dass er überhaupt nicht so dachte, aber er wollte sie nicht verlegen machen oder sie denken lassen, dass er absichtlich ihre Gedanken las.

„Ja. Du willst bestimmt nicht zu spät kommen", sagte er, versuchte, großzügig zu sein. „Schreib mir deinen Terminplan, und wir finden raus, wann wir uns zum Üben treffen können."

„Mache ich", versprach sie. Dann schaute sie einmal mehr zu ihm auf. „Tut mir leid, King. Was immer zwischen dir und diesem Fan vorgefallen ist, das hätte ich niemals erwähnen sollen."

Er stieß Luft aus. „Wenn dieser Song so erfolgreich wird, wie wir glauben, wirst du bald genug herausfinden, dass Leute deine Fotos, Videos, Worte und alles manipulieren, damit es zu ihrer Erzählung passt. Vertraue mir da."

Sie nickte einmal, stieg ins Auto, und dann fuhr sie rückwärts aus dem Parkplatz.

Frustriert ging King zurück ins Studio, wo Briggs auf ihn wartete.

„Wo ist Austin?", fragte King.

„Er ist gegangen. Er sagte, er trifft sich mit seinem Mädchen Brinn auf dem Festival."

King nickte und sagte dann: „Lassen wir doch die Pizza sausen und gehen auch auf das Erntefestival. Ich habe irgendwie plötzlich Lust auf Festival-Snacks."

„Ernsthaft?", fragte Briggs, dessen Laune sich hob. „Ich dachte, dass du dich bedeckt halten willst nach dem Fan-Fiasko diese Woche, aber wenn du dafür zu haben bist, bin ich dabei."

„Gehen wir."

KAPITEL 8

Sadie folgte Melissa durch das Festival, genoss den Geruch nach Karamelläpfeln, Kürbiskuchen, buttrigem Popcorn und ihrem Liebsten Festival-Snack überhaupt – Strauben. „Moment", sagte Sadie, während sie zu dem Wagen abbog, der das süße Gebäck anbot. „Ich brauche sofort einen von denen."

„Jetzt?" Melissa klang entsetzt. „Du willst doch dein Date nicht wirklich mit Puderzucker über deinem ganzen Gesicht treffen, oder?"

„Du hast aber sehr wenig Zuversicht, dass ich essen kann, ohne mich in ein Kleinkind zu verwandeln." Sadie ging an das Fenster und warf einen Blick zurück. „Willst du einen?"

„O nein. Ich werde nicht mit klebrigen Fingern auftauchen, wenn ich den Mann treffe, den ich heiraten werde."

Sadie verdrehte die Augen und wandte sich wieder an den Teenager, der in dem Wagen arbeitete. „Einmal Strauben und eine Flasche Wasser. Danke." Sie zahlte, und einen Augenblick später hatte sie ihre Bestellung in der Hand. „Ist das nicht ungefähr dort, wo wir unsere Dates treffen sollten?"

„Ja. Da ist das Riesenrad." Sie deutete auf das beleuchtete Fahrgeschäft hinter ihnen.

Sadie musterte den Bereich, sah eine Gruppe hölzerner Picknicktische und sagte: „Setzen wir uns, während ich das runterschlinge."

„Sie werden auftauchen, während du dich mit frittiertem Teig vollstopfst", tadelte Melissa.

„Nein, machen sie nicht. Sie haben sieben gesagt. Es ist erst zwanzig nach sechs. Es bleibt genug Zeit, sich damit zu befassen und danach sauber zu machen." Sadie nahm Platz und stürzte sich auf ihre Strauben.

„Du siehst aus wie ein tollwütiger Waschbär", sagte Melissa mit einem leichten Kichern.

„So fühle ich mich auch", erwiderte Sadie mit dem Mund voller leckerer Köstlichkeit. „Du hast keine Ahnung, was dir entgeht."

Melissa beäugte die Strauben, starrte sehnsüchtig auf den frittierten Teig.

„Du weißt doch, dass du was möchtest." Sadie spießte ein Stück Teig auf und hielt ihrer Freundin die Plastikgabel hin. „Mach schon. Es ist vermutlich das Beste, was du dir heute Abend in den Mund schiebst."

„Bei der Göttin, ich hoffe, das stimmt nicht. Wenn dieses Date funktioniert, hatte ich vor, einen attraktiven Mann mit nach Hause zu nehmen." Sie schnappte sich die Gabel und machte auch einen auf tollwütiger Waschbär. „Ach, verflixt. Das ist köstlich."

„Sag ich doch." Sadie nahm ihrer Freundin die Gabel wieder ab. „Du weißt, es ist nicht zu spät, dir deine eigenen Strauben zu holen."

Melissa starrte sehnsüchtig auf den Stand, schüttelte aber letztlich den Kopf. Als sie ihre Aufmerksamkeit wieder Sadie zuwandte, deutete sie auf ihr Gesicht. „Du hast Puderzucker am Kinn."

Sadie nahm eine ihrer Servietten und befeuchtete sie mit der Wasserflasche, um sich das Kinn zu reinigen. „Besser?"

„Vorerst."

Sadie wusste, dass ihre Freundin es bedauerte, sich kein Gebäck geholt zu haben, denn sie hörte nicht auf, auf den Teller vor ihr zu starren.

„Hier." Sadie schob ihn ihr hin. „Nimm sie."

„Bist du sicher?", fragte Melissa, noch während sie sich einen Bissen genehmigte.

Sadie lachte und sprang dann auf, um sich noch einen von dem Stand zu holen. Nachdem sie ihre frischen Strauben in den Händen hielt, wollte sie zurück zum Tisch gehen, blieb aber abrupt stehen, als sie King und Briggs sah, die vor einer Bude standen, die für frittierten Kürbis am Stiel warb. Der Angestellte reichte jedem von ihnen einen und Briggs etwas, das aussah wie eine Dose Sprühsahne.

Sollte sie einfach zurück zu ihrem Tisch gehen und so tun, als hätte sie sie nicht gesehen? Sofort fragte sie sich, ob sie noch Puderzucker im Gesicht hatte. Melissa hatte Recht gehabt, als sie gesagt hatte, dass das Zeug überallhinkam, ganz gleich, wie sehr man aufpasste.

Sie beschloss, dass sie nicht wie ein Idiot vor King wirken wollte, und ging rasch zurück zu ihrem Tisch.

„King ist da", sagte Melissa, sobald sich Sadie hinsetzte.

„Weiß ich." Sadie schaute nicht zurück, während sie die Strauben halbierte und einen Teil auf Melissas Teller legte.

„Das ist zu viel", sagte ihre Freundin, noch während sie einen weiteren Bissen nahm.

„Iss, was du willst, dann lass den Rest liegen", erwiderte Sadie, die sich fragte, ob sie noch runterbrachte, was immer ihre Freundin nicht aß.

Bevor sie das herausfinden konnte, hörte Sadie jemanden rufen: „Da ist er! Es ist King McGrath!"

Die Ankündigung wurde von einem hohen Kreischen begleitet, als eine Gruppe von sechs oder sieben Mädchen im College-Alter, die als leicht bekleidete sexy Hexen unterwegs waren, auf King und Briggs zu rannten.

King erstarrte wie ein Reh im Scheinwerferlicht, während Briggs sofort vor ihn trat und versuchte, ihn vor dem Angriff abzuschirmen. Doch es funktionierte nicht. Sie schwärmten von der Seite und von hinten über ihn. Und dann hatte eine von ihnen die Frechheit, direkt hinter King zu treten und die Arme um ihn zu legen, während sie das Kinn auf seiner Schulter ruhen ließ.

Sofort löste King ihre Hände sanft von sich und trat zur Seite, brachte so viel Abstand zwischen sie, wie er nur konnte, ohne andere Festival-Besucher aus dem Weg zur räumen. Er wirkte äußerst unbehaglich, die Schultern hochgezogen und die Hände in den Taschen, während er etwas zu ihnen sagte, was sie nicht hören konnte.

Eines der Mädchen sprang auf ihn zu und hielt einen Zauberstab vorgestreckt. Sie warf ihm ein leichtes sexy Lächeln zu, während sie ihm die Spitze des Stabes an die Brust drückte und ihn dann langsam senkte, bis er oben an seiner Jeans ankam.

King griff nach unten und packte ihn, hielt sie auf, bevor sie etwas Obszönes tat.

Wäre es Sadie gewesen, hätte sie den Stab entzweigebrochen und sich dann zurückhalten müssen, damit sie niemanden damit erstach.

Briggs sprach und bewegte sich nach vorne, versuchte, die Frauen dazu zu bringen, sich vom Acker zu machen.

Die mit dem Zauberstab schien eine Schnute zu ziehen, während sie sich an Kings Arm klammerte.

Seine Miene war ausdruckslos, während er steif versuchte, sich von ihr zu lösen, und Sadie bekam den deutlichen Eindruck, dass er nur Sekunden davon entfernt war, den Verstand zu verlieren. Als sie sah, dass zwei der Frauen den Austausch filmten, erinnerte sie sich an das, was er ihr erzählt hatte, dass die Leute alles manipulieren würden, um ein Narrativ zu erschaffen. Deshalb nahm er vermutlich ihr Eindringen auf seine Privatsphäre hin, und das ließ es ihr flau im Magen werden.

Ihre Strauben waren vergessen, und Sadie sprang auf und marschierte hinüber an Kings Seite.

„Sadie …", setzte er an, Müdigkeit stand in seinen umwerfenden blauen Augen.

Sie trat neben ihn, schob die besonders aggressive Hexe aus dem Weg und legte die Arme um seine Taille. Während sie zu ihm aufschaute, sagte sie: „Hey. Da bist du ja. Ich habe mich schon gefragt, wo du abgeblieben bist."

„Äh, Briggs und ich sind ein bisschen hungrig geworden." Er hielt seinen Kürbis am Stiel hoch.

„Das sind gute Nachrichten, denn ich habe da drüben Strauben, und die muss ich noch fertig essen." Sie nickte zu dem Tisch hin, wo Melissa sie anstarrte, ihr Mund war geöffnet. Sadie warf einen Blick auf die leicht bekleideten Hexen. „Danke, dass ihr meinen Freund für mich unterhalten habt. Von jetzt an übernehme ich."

Sadie schob ihren Arm durch seinen und lotste ihn hinüber zu ihrem Tisch. Sie deutete auf die Strauben. „Schau mal, ich habe bereits etwas Frittiertes für dich, das du probieren kannst."

King lachte und setzte sich an den Tisch, dann zog er an ihr, damit sie sich neben ihn setzte. Sobald sie saß, legte er den Arm um ihre Schultern und küsste sie auf die Schläfe, sodass ihr ein Schauer über das Rückgrat hinablief. „Danke, dass du mich gerettet hast, Lewis. Ich schulde dir was."

„Nein, tust du nicht", sagte sie, versuchte, ganz normal zu wirken und war sich sicher, dass es ihr nicht gelang. Sie wollte sich nur an King lehnen, seine vertraute Wärme genießen und den Rest des Abends genauso verbringen. Doch Melissa würde sie umbringen, wenn sie ihr Doppel-Date absagte.

Sadie rutschte, um ein bisschen Abstand zwischen sich und King zu bringen, nur damit sie bei der Sache blieb. Dann beäugte sie die sexy Hexen, die nur zögerlich weiterzogen. „Du schuldest mir überhaupt nichts. Sieh es als Ausgleich, nachdem ich dich falsch eingeschätzt habe. Wenn ich sehe, wie unbehaglich es dir in dieser Szene war, kann ich mir echt nicht vorstellen, dass du einfach so was mit Fans anfängst."

„Das macht er auf gar keinen Fall", sagte Briggs, der Sadies Strauben beäugte. „Isst du das noch?"

„Hier." Sadie schob sie zu ihm hin, während er großzügig seine Kürbis-Pie am Stiel mit Schlagsahne besprühte. Dann sprühte er sie auch überall über die Strauben, und Sadie keuchte. „Was hast du da gerade gemacht?"

Briggs war zu sehr damit beschäftigt, einen Riesenbissen der frittierten Pie zu kauen, als dass er antworten konnte.

King schüttelte den Kopf. „Briggs hat irgendwie eine Schwäche für Schlagsahne."

„Irgendwie?", fragte Melissa. „Sieht für mich eher so aus, als wäre er schon mitten in einer Affäre."

Briggs Schultern bebten, während er schweigend lachte.

„Ich glaube, du hast ihn nicht rechtzeitig genug gefüttert", kommentierte Sadie. „Sieh ihn dir an. Wenn einer von uns auch nur nach den Strauben greift, verlieren wir vielleicht eine Hand."

Briggs nickte glücklich, während er sich einen großzügigen Bissen davon in den Mund schob.

„Ich mag Männer, die sich mit Essen auskennen", sagte Melissa, die mit den Augenbrauen vor ihm wackelte.

Sein Blick wanderte über sie, als würde er sie zum ersten Mal wahrnehmen. Er schluckte, lächelte sie sexy schief an und sagte: „Ich kenne mich mit einer Menge Dinge aus."

Melissa kicherte. Sie kicherte tatsächlich. Sadie dachte nicht, dass sie dieses Geräusch von ihrer Freundin gehört hatte, seit sie vierzehn gewesen war. Ihre beste Freundin reichte Briggs eine Serviette, während sie sagte: „Da möchte ich wetten."

„Melissa?" Ein großgewachsener, dunkelhaariger Typ mit einem Schwimmerkörper stellte die Frage.

Sein Klon meldete sich mit: „Sadie?"

„Jasper, Kasper!", rief Melissa, während sie von der Bank sprang. „Da seid ihr ja." Rasch umarmte sie jeden von ihnen, dann warf sie einen Blick auf Sadie, die noch von der Bank aufstehen musste. „Äh, Sadie? Bist du bereit zum Gehen?"

Sadie war auf gar keinen Fall bereit zu gehen, aber sie konnte ihr Date nicht stehenlassen, nur weil sie heftig auf King McGrath stand. Zögerlich erhob sie sich. „Ja, natürlich." Sie schaute hinab auf King und spürte ein Aufblitzen purer Eifersucht, als er die Zwillinge anstarrte, das Kinn angespannt. Sadie legte die Hand auf Kings Schulter. „Alles klar?"

„Sicher", sagte er, löste den Blick nicht von ihren Dates.

Sie unterdrückte ein Seufzen. „Okay. Habt einen schönen Abend. Ich schreibe dir morgen."

„Klar. Habt Spaß." In seiner Miene stand Resignation, während er nickte, und Sadie war verwundert, dass sie seine Gefühle nicht spüren konnte. Er hielt sie unter Verschluss, und nach allem, was sie bisher unter Menschen erlebt hatte, hatten die meisten Leute keine Ahnung, wie man das machte. Aber King war nicht einfach irgendwer. Er war King McGrath, eine kleine Berühmtheit, die gelernt hatte, wie man in der Welt zurechtkam, wenn letztlich alles irgendwann online war. Sie war sicher, das war kein Zufall.

Mit dem Gefühl, als hätte sie Blei an den Füßen, wurde Sadie Jasper und Kasper vorgestellt, die sich als zwei der langweiligsten Männer erwiesen, die sie je getroffen hatte.

Melissa und Japser gingen vor Sadie und Kasper, während Kasper eine ganze Stunde damit verbrachte, über den neuen Dampfreiniger zu reden, den er für das Haus gekauft hatte, das er und sein Bruder sich teilten. Und als er dann weiterging zu Roboterstaubsaugern, war Sadie bereit, sich ein Auge auszustechen, nur um einen Grund zur Flucht zu haben.

Als sie gerade dachte, Kasper würde endlich mal Luft holen müssen, deutete er auf den Tisch von Miss Celeste und sagte: „Schau mal! Da ist Miss Celeste. Wir sollten uns von ihr die Karten legen lassen."

„Sollten wir?", fragte Sadie, die bereits wusste, dass null Chancen bestanden, dass sie sich für eine Tarot-Wahrsagerin öffnen würde.

„Auf jeden Fall! Wenn wir es dieses Jahr machen, können wir nächstes Jahr zurückkommen und einschätzen, wie genau die Prophezeiungen waren. Macht Spaß, oder?" Kasper war so ernst und süß, und er sah aus wie ein griechischer Gott. Auf dem Papier wirkte er wie der perfekte Fang. Aber in Wahrheit gab es nicht einmal den Hauch eines Funkens. Sie würde es nicht mal durch das ganze Date schaffen, ganz zu schweigen von einem ganzen Jahr.

„Ich sag dir was, du gehst, dann entscheide ich, ob es sich gelohnt hat", sagte sie und schob ihn leicht zu der Tarot-Wahrsagerin hin.

Er setzte sich und fragte: „Was muss ich denn machen? Es ist das erste Mal, also …"

Sie versicherte ihm, dass er sich wegen nichts Sorgen machen müsste, und stellte dann die langweiligste Auslegung der Karten auf dem Planeten vor. Laut der Karten erwies sich, dass Kasper beruflichen Erfolg haben würde. Aber bei persönlichen Beziehungen? Diesmal war da keine Freundin für ihn in den Karten.

„Keine Freundin?" Er schaute zu Sadie. „Sind Sie sicher?"

„Ja. Tatsächlich gibt es eine, die du magst, aber sie wird ihren eigenen Weg gehen. Eher schon früher als später", bestätigte Miss Celeste.

„Und das ist mein Einsatz", meldete sich Sadie fröhlich zu Wort. Sie ging hinüber zu Kasper, schüttelte ihm die Hand und sagte: „Danke für den schönen Abend, aber ich muss morgen arbeiten, also breche ich am besten auf."

„Schon jetzt?", fragte Kasper. „Aber wir haben doch noch nicht mal nachgesehen, was sie heute Abend im offenen Kino spielen. Wenn es *Carrie* ist, wirst du bedauern, dass du so früh gegangen bist."

„Dieses Risiko nehme ich auf mich", sagte sie und winkte, während sie sich entfernte, zurück zu dem kleinen Haus am Rand der Wälder mit dem besten Hund der Welt. Zurück zu ihrer Zuflucht, wo sie die Freiheit hatte, von King zu träumen und zu vergessen, dass diese Katastrophe von einem Date je stattgefunden hatte.

KAPITEL 9

King klopfte an der Eingangstür von Sadies einstöckigem meeresgrünem Häuschen und lächelte vor sich hin. Es gab falsche Spinnennetze, Gargoyles und eine steinerne schwarze Katze, die die Veranda schmückten. Das wahre Spektakel war aber der Rasen. Sie hatte Grabsteine aufgestellt und Plastik-Skeletthände angebracht, sodass es aussah, als würden sich Zombies aus ihren Gräbern erheben. Es gab eine kleine Skelettkatze, die einen Skeletthund jagte, und die Statue einer ausgezehrten Hexe, die das ganze überblickte.

Es war genauso, wie er es sich für Halloween vorgestellt hatte. Damals in Westhaven waren sie nur Kinder gewesen, doch Sadie hatte oft von dem Haus gesprochen, in dem sie aufgewachsen war. Wie sie und ihre Mutter sich ins Zeug gelegt hatten, um für die Feiertage zu dekorieren. Das war eines der wenigen Male gewesen, dass sie über ihre Mutter gesprochen hatte, ohne in Tränen auszubrechen.

Er schaute auf die Verandaschaukel und hatte plötzlich eine Vision, wie sie dort saßen, aneinandergeschmiegt, während sie den Schnee tief im Winter herabrieseln sahen. Sein Herz flatterte, während Freude in alle leeren Räume Einzug hielt.

Weil er Sadie unbedingt sehen wollte, klopfte er und läutete dann rasch die Türklingel.

Aufgeregtes Bellen kam aus dem Inneren, und kurz darauf wurde die Tür aufgezogen, und Sadie sagte: „Aus, Cosmo. Schon okay. King ist da, um an dem Lied zu arbeiten."

Der scheckige Hund achtete nicht auf ihren Befehl, bellte weiterhin King an und knurrte.

„Muss ich mir Sorgen machen, dass mir gleich was abgebissen wird?", fragte King, der nur halb scherzte.

„Nein." Sadie verdrehte die Augen und nahm dann den kleinen, aber robusten Hund hoch. „Er wird sich in ein paar Minuten beruhigen. Komm schon rein."

King folgte ihr in das Haus und musterte den gemütlichen, wild zusammengestellten Stil. Es gab rustikale Dielenböden, und sie hatte das Wohnzimmer mit einem Polstersofa und einem Sessel eingerichtet. An den Wänden hingen bunte Gemälde und Drucke, eine Mischung aus Darstellungen aus Keating Hollow und Familienbildern. „Dein Haus ist toll."

„Danke", sagte sie. „Ist nicht viel, aber es ist meins."

Er schüttelte den Kopf. „Das ist das Heim der Familie, und das sieht man. Ich bin froh, dass ich es endlich mal zu Gesicht bekomme."

Ihr Gesicht wurde leicht rot, während sie den Hund fest an sich drückte. Er hörte auf zu knurren, doch er beäugte King immer noch argwöhnisch. „Lass mich nur schnell einen Kaustick für Cosmo holen, damit er beschäftigt ist, während wir anfangen. Setz dich hin, und ich bin gleich wieder da."

King nickte, doch anstatt sich hinzusetzen, ging er zu dem hölzernen Kaminsims und musterte die Fotos dort. Es gab eine Handvoll von Sadie und ihrer Freundin Melissa. Aber zum Großteil waren es Fotos von Sadie und ihrer Mom. Er nahm eines, das eine Geburtstagsfeier war. Sadie sah genauso aus, wie er sie als Teenager in Erinnerung hatte, obwohl ein Leuchten in ihren Augen stand und eine Lockerheit an ihr war, die er nicht bemerkt hatte, als sie sich damals gekannt hatten. Das ließ sein Herz für den Teenager auf diesem Bild brechen.

„Ich habe Wasser dabei", sagte Sadie, während sie zurück ins Zimmer kam, Cosmo an ihrer Seite, einen Kau-Snack im Mund. Der Hund lief zu seinem Hundebett und wandte seine volle Aufmerksamkeit dem Leckerbissen zu. Als Sadie sah, dass King eines ihrer Fotos hielt, blieb sie abrupt stehen. „Das war mein sechzehnter Geburtstag", sagte sie leise.

„Sieht aus, als wäre er gut gewesen", erwiderte er, während er das Foto sorgsam wieder dorthin stellte, wo er es gefunden hatte. „Ich habe keine solchen Familienfotos."

Ihre Miene wurde mitleidig. „King, das ist ..."

„Es ist scheiße", bekam er heraus, bevor sie den Satz abschließen konnte. Mit einem Schulterzucken fügte er an: „Schon okay. Ich habe lange akzeptiert, dass ich einfach bei der Elternlotterie nicht so gut abgeschnitten habe. Ich bin froh, dass es dir besser ergangen ist."

Sie stellte die Wasser auf den Beistelltisch und kam zu ihm herüber. Ohne ein Wort zu sagen, legte sie die Arme um ihn, drückte ihn fest.

Kings Arme legten sich um sie, und er schmiegte die Wange an ihren Kopf, saugte die Liebe auf, die sie ihm immer so freigiebig und herzlich geschenkt hatte. Er wäre glücklich gewesen, auf ewig hierzubleiben, aber er hatte Angst, wenn er keinen Abstand zwischen sie brachte, würde er sie niemals wieder loslassen. Als er sich zurückzog, sagte er: „Alles in Ordnung. Ich verspreche es."

„Das weiß ich doch." Sie lächelte ihn sanft an. „Das heißt aber nicht, dass du nicht hin und wieder eine Umarmung von jemandem brauchst, dem du wichtig bist."

Er hob die Augenbrauen. „Du sagst, ich bin dir wichtig?"

Sadie schaute kurz weg, aber dann sah sie ihm erneut in die Augen und sagte: „Natürlich bist du das. Das warst du immer. Ich hoffe, das weißt du."

Wusste er das? Hätte sie ihn vor ein paar Wochen gefragt, hätte er Nein gesagt. Nicht nach der Art, wie sie aus seinem Leben verschwunden waren, als sie jünger gewesen waren. Aber jetzt? Nachdem er gehört hatte, wie ihr Vater sie gezwungen hatte, in eine Stadt zu ziehen, in der sie noch nie gewesen war, und sie so kurz nach dem Tod ihrer Mutter von ihrer Großmutter weggerissen hatte, konnte er gut verstehen, wie verwirrt und aufgeregt sie als Teenager gewesen war und dass sie nicht richtig mit der Situation hatte umgehen können.

Als er nicht antwortete, räusperte sie sich. „Auf jeden Fall sollten wir uns an die Arbeit machen. Mein Heimstudio ist hier entlang."

„Du hast ein Heimstudio?", fragte King überrascht. Als sie ihn zum Üben zu sich eingeladen hatte, hatte er gedacht, sie würden einfach nur in ihrem Wohnzimmer singen. Es war nicht ideal, aber da Austin einen weiteren Künstler hatte, der diese Woche in seinem Studio aufnahm, war es besser als nichts.

„Ja. Ich habe das Büro meiner Mom umgebaut, damit ich … Ich weiß auch nicht, ein bisschen herumspielen kann, schätze ich. Da habe ich mein erstes Demo für Austin gemacht." Sie nahm das Wasser und führte ihn in einen kleinen Raum gleich neben dem Wohnzimmer. Auf einem Ständer in der Ecke stand eine Gitarre, ein Keyboard war an der Wand, und ein Computer stand auf einem Schreibtisch, mit einem Mikrofon, das auf einem Ständer auf der Tischplatte angebracht war. „Es ist nicht viel, aber …"

„Das ist perfekt", sagte King, der sich umschaute. „Hast du noch ein Mikro und einen Ständer?"

Sie schüttelte den Kopf. „Ich habe noch nie ein weiteres gebraucht."

„Schon gut. Wir können teilen." Er zog einen der Stühle heran und nahm Platz. „Macht es dir was, wenn wir es aufnehmen, damit wir hören können, wie wir klingen?"

„Überhaupt nicht." Sadie nahm neben ihm Platz und spielte ein paar Minuten mit ihrem Equipment herum, bevor sie sagte: „Okay. Lass mich einfach wissen, wenn du bereit bist, und ich starte die Musik."

„Bereit", sagte er.

Sie verbrachten die nächsten paar Stunden damit, ihre Proben aufzunehmen und sie sich anzuhören, bis sie beide mit ihrer Performance zufrieden waren.

Schließlich setzte sich King in seinem Stuhl zurück und sagte: „Ich weiß nicht, wie's dir geht, aber ich wäre bereit für ein Abendessen."

Sadie warf einen Blick auf ihr Handy. „Wow, kein Wunder, dass mein Magen versucht, sich selbst aufzufressen. Es ist schon nach sieben." Dann biss sie sich auf die Unterlippe. „Willst du bleiben? Ich kann mal sehen, ob ich irgendwas zusammenwerfen kann. Aber wenn du Pläne hast und gleich aufbrechen willst, verstehe ich das auch. Ich bin sicher, du hast nicht geplant, dass du lange bleibst oder so was."

King konnte nicht verhindern, dass ein Lächeln auf seine Lippen trat. Sie plapperte vor sich hin. Das hatte sie schon als Teenager gemacht, wenn sie nervös gewesen war, aber er hatte es noch nicht erlebt, seit sie vor ein paar Wochen wieder in sein Leben gekommen war. „Ich habe keine Pläne. Ich würde gern zum Abendessen bleiben."

„Oh, okay. Na, dann sehen wir, was wir finden. Ich schätze, falls alles andere scheitert, können wir Pizza bestellen", sagte sie, während sie aus dem Zimmer ging.

Schon wieder Pizza? King verbiss sich ein Stöhnen. Er und

Briggs hatten ihr Gewicht in Pizza gegessen, seit King angekommen war. In Keating Hollow gab es nur eine begrenzte Anzahl an Lieferessen, und da keiner es zu seiner Priorität gemacht hatte, den Kühlschrank zu füllen, hatten sie viel zu oft etwas bestellt.

Während King Sadie ins Wohnzimmer folgte, schoss ihr Hund aus seinem Bett und auf ihn zu, die Zähne gefälscht.

„Cosmo!", rief Sadie. „Aus! Sitz."

Der Hund kam zu einem völligen Stillstand und ließ abrupt seinen Hintern auf den Boden fallen, aber er vibrierte noch in dem Drang, seinen Angriff auszuführen.

„Tut mir so leid, King. Er ist schon ein Beschützer, aber normalerweise nicht so schlimm", sagte Sadie.

„Er muss sich wahrscheinlich noch an mich gewöhnen." King trat einen Schritt vor, dann kniete er sich hin, damit der auf der Höhe des Hundes war. „Hey, Kleiner."

Cosmo knurrte.

King lachte leise. „Du bist ein guter Junge, oder? Beschützt deine Mama. Sie hat ein Glück, dass du da bist."

Er ballte die Hand zur Faust und bot sie dem Hund an, ließ Cosmo seinen Geruch kennenlernen. „Ich werde deiner Mama nicht wehtun."

Cosmo beäugte ihn argwöhnisch, doch er hatte aufgehört zu knurren.

„So ist es gut, Cosmo. Ich werde gerne dein Freund, wenn du das auch machst."

Der Hund schnüffelte an King, dann schaute er zu Sadie.

„Er ist in Ordnung, Cos", sagte Sadie. „Ich verspreche es. Du musst ihn nicht auffressen."

King blieb eine gefühlte Ewigkeit völlig regungslos, bis der wilde kleine Hund seine Haltung plötzlich entspannte. Er öffnete den Mund, seine Zunge hing heraus, während er leise hechelte und direkt zu King kam, den Kopf unter seine Hand schob.

„Was für ein süßer Kerl", sagte King, der den Kopf des Hundes und dann die Ohren kraulte. Auf Cosmos Gesicht stand ein Ausdruck reiner Glückseligkeit, bevor er sich auf den Boden fallen ließ und auf den Rücken rollte, alle vier Pfoten in die Luft erhoben. King schaute zu Sadie auf. „Ist das normal?"

Sie lachte. „Er will, dass du ihm den Bauch kraulst. Mach das, und du bist sein bester Freund fürs Leben."

„Na dann gebe ich dem Kleinen lieber mal die Bauchmassage, die er verdient hat." King verbrachte die nächsten zehn Minuten damit, Cosmo zu liebkosen, und schließlich, als der Hund sich neben ihn schmiegte, den Kopf auf Kings Bein, schaute King auf und suchte nach Sadie, aber sie war nirgends zu finden. „Sadie?"

„Ich bin in der Küche", rief sie zurück.

„Das ist mein Stichwort, Kumpel", sagte King zu dem Hund, dann stand er auf.

Cosmo sprang ebenfalls auf, und zusammen gingen sie Sadie suchen.

„Ich sehe, dass mein treuloser Hund mich wegen der Bauchmassage eines anderen verlassen hat", sagte sie und lächelte die beiden an.

„Ich bin sicher, in dem Augenblick, in dem du ihm ein Abendessen auftischst, vergisst er mich komplett." King zwinkerte und ging dann, um sich an der Spüle die Hände zu waschen.

„Ha, das stimmt."

„Also, was hast du denn in deinem Kühlschrank gefunden?", fragte er, während er sich die Hände abtrocknete.

„Ich hoffe, du hast keine Allergie gegen Milchprodukte", sagte sie grinsend. „Denn ich habe nur Mac and Cheese."

King schaute sich nach der blau-gelben Schachtel um und

war überrascht, dass sie eine Packung Pasta und echten Käse auf der Arbeitsfläche hatte. „Es gibt selbst gemachte Mac and Cheese?"

„Ja. Wenn wir es ganz schick wollen, können wir auch Bacon und karamellisierte Zwiebeln dazu tun", sagte sie.

„Käse und Bacon?" King sank auf ein Knie, zog einen Ring von seiner rechten Hand und hielt ihn ihr hin. „Sadie Lewis, willst du mich heiraten?"

„Steh auf", sagte Sadie mit einem Lachen, während sie den Kopf schüttelte. „Warte zumindest mal, bis du es probiert hast, bevor du so eine Geste machst. Du könntest dich ja einem ganzen Leben voller laschem Bacon und knuspriger, nicht fertig gekochte Pasta verschreiben."

„Okay, wenn du meinst." Seltsam enttäuscht von ihrer sofortigen Ablehnung stand King auf und tat sein Bestes, das Gefühl zu ignorieren. „Gib mir was zu arbeiten."

Es dauerte nicht lange, die ganzen Zutaten zusammenzuwerfen, und sobald das Gericht im Ofen war, öffnete Sadie den Kühlschrank und fragte: „Bier? Wein? Limo?"

„Bier, bitte." Er ging hinüber zu dem Gefäß mit den Leckerlis auf dem Tresen. „Kann Cosmo eins von denen kriegen?"

Der Hund sprang sofort sein Bein hinauf.

„Ja, aber nur für die Zukunft, dieses Gefäß kennt er. Und wenn du irgendwo in seine Nähe kommst, wird er dich nerven, bis er kriegt, was er möchte."

„Das würdest du doch nicht tun, oder, Kumpel?", fragte King, während er in dem Gefäß nach einem Leckerbissen griff. Cosmo setzte sich hin, sein Blick folgte dem Leckerbissen in Kings Fingern. „Siehst du, du bist ein ganz Guter." Er gab dem Hund das Leckerli und verlor beinahe den Finger, weil der Kleine es unbedingt schnappen wollte.

„Ups, ich hätte dich warnen sollen. Zwischen ihn und sein Essen kommt nichts", sagte Sadie, die ihm eine Flasche von der *Keating Hollow Brauerei* reichte.

„Das merke ich mir."

King hatte sich gerade auf das Sofa gesetzt, als sein Handy anfing zu läuten. Er schaute darauf und sah, dass es wieder seine Mutter war. Sofort lehnte er den Anruf ab. Fast im selben Augenblick begann das Telefon schon wieder zu läuten, und King fluchte tonlos und stellte es auf lautlos. Sie hatte ihn angerufen, seit er das Geld auf ihr Bankkonto überwiesen hatte, und King hatte keine Zweifel daran, dass sie mit der Summe nicht glücklich war.

„Alles in Ordnung?", fragte Sadie, die sich neben ihn setzte.

„Ja, klar", sagte automatisch, aber dann fragte er sich, warum er sie anlog. Sie und Briggs waren die einzigen zwei, die etwas über die angespannte Vorgeschichte mit seinen Eltern wussten. „Tatsächlich war es meine Mutter."

Sadie wandte sich um, um ihm ihre ganze Aufmerksamkeit zu geben. „Deine leibliche Mutter?"

King schnaubte abschätzig. „Auf jeden Fall meine leibliche Mutter. Briggs und ich reden nicht mit unseren Zieheltern."

„Nicht? Ich dachte, ihr mochtet sie", sagte sie. „Was ist passiert?"

„Ich schätze, hier muss ich dir gestehen, dass ich nicht ganz ehrlich war, was mein Leben zu Hause anging", sagte er und starrte auf sein Bier. „Es war nicht die Zuflucht, die ich dich habe glauben lassen."

Sadie streckte sich und legte tröstend eine Hand auf seinen Oberschenkel, sagte aber nichts.

Er warf ihr einen Blick zu, dankbar, dass in ihren Augen kein Mitleid stand. „Ich habe gelogen, weil ich nicht wollte, dass du mich als einen tragischen Ausgestoßenen siehst, der von seinen eigenen Eltern rausgeworfen wurde und obdachlos war. Das hätte ich niemandem wünschen wollen. Ich schätze, ich wollte einfach nur als jemand gesehen werden, den man wollte, also habe ich dir erzählt, meine Zieheltern wären liebevolle Menschen, die ihr Heim und ihre Herzen geöffnet hätten. Aber tatsächlich wollten sie nur das Extrageld von der Regierung. In dem Augenblick, in dem das Geld nicht mehr floss, haben sie mir und Briggs gesagt, dass wir auf eigenen Füßen stehen."

„Das ist echt beschissen." In Sadies Augen blitzte etwas, das sehr nach Hass aussah. „Tut mir leid, King. Weder du noch Briggs haben das verdient. Das verdient kein Kind. Mir ist sogar egal, ob die Regierung ein zufälliges Alter als Erwachsensein definiert. Junge Erwachsene brauchen trotzdem noch Unterstützung."

„Ja", sagte er, hatte plötzlich das Gefühl, als hätte sich zwischen ihnen etwas verändert. Diese Energie zwischen ihnen war fast wie damals, als sie noch in Westhaven gewesen waren, und er das Gefühl gehabt hatte, er könne ein Stück von sich teilen, das er vor dem Rest der Welt verschlossen hielt. „Aber wie es sich erweist, war das vielleicht das Beste. Briggs und ich hatten einander zur Stütze, und zumindest habe ich bei dem Ganzen einen Bruder herausgeschlagen."

„Ich freue mich, dass du ihn hast." Sie starrte ihn einen langen Augenblick an, bevor sie plötzlich wegschaute und ihre ganze Aufmerksamkeit Cosmo zuwandte, der zu ihren Füßen lag.

„Was ist denn, Sadie?", fragte er sanft.

Sie zuckte die Schultern und stieß dann einen langen Atemzug aus, bevor sie ihn wieder anschaute. „Ich wünschte, ich hätte damals die Dinge anders gemacht. Ich hätte dich zumindest wissen lassen können, wohin ich ging. Hätte dich zurückrufen können nach den ganzen Nachrichten, die du mir hinterlassen hast, gleich nachdem mein Dad mich von

Westhaven weggeholt hat. Aber nachdem wir etwa einen Monat lang in Salem waren, habe ich schließlich bei dir zu Hause angerufen und eine Nachricht hinterlassen, und als du nicht zurückgerufen hast, dachte ich mir, du würdest einfach nicht mit mir reden wollen. Und ich mache dir das auch gar nicht zum Vorwurf. Ich dachte mir auf jeden Fall, ich hätte alles vermasselt und habe dich danach in Ruhe gelassen."

„Du hast bei mir zu Hause angerufen?", fragte King, seine Brust plötzlich eng.

„Ja. Ich habe eine Nachricht auf dem Anrufbeantworter hinterlassen."

Wut brodelte durch seinen Körper, obwohl er schätzte, er hätte nicht überrascht sein sollen, dass, wer immer diese Nachricht abgehört hatte, sich nicht die Mühe gemacht hatte, ihm davon zu erzählen. Seine Zieheltern hatten sich einfach nicht genug gekümmert, um sich klarzumachen, wie wichtig dieser Anruf für ihn gewesen wäre. „Das hat mir niemand gesagt, Sadie. Ich hätte auf jeden Fall zurückgerufen. Wenn schon sonst nichts, hätte ich mich versichern wollen, dass es dir gut geht."

Tränen glitzerten in ihren Augen, während sie sagte: „Es tut mir echt leid."

Er legte die Hand über ihre und drückte sie. „Mir genauso."

Sie erwiderte den Druck und sagte: „Wir waren echt damals nur zwei verlorene Seelen, oder?"

In seinen Gedanken begann eine einnehmende Melodie zu spielen, und ein Text formte sich. *Nur zwei verlorene Seelen, vom Schicksal ausersehen, zu bruchstückhaften Erinnerungen zu verblassen, doch ich schwor, dich nie zu vergessen. Jetzt schaue ich in deine Augen und frage mich, ob ich es überlebe, dich ein weiteres Mal zu verlieren.*

Plötzlich stand King auf. „Wir müssen zurück ins Studio."

KAPITEL 10

Sadie stand hinter King, ihr ganzer Körper bebte vor Gefühlen. Der herzzerreißende Song, der aus ihm herausströmte, zerriss sie vor Tränen. Er erzählte ihre Geschichte. Von zwei gebrochenen Kindern, die sich trafen, als ihre Leben im Aufruhr waren und sie einander am meisten gebraucht hatten, und vom Leid, das sie beide erfahren hatten, als man sie auseinandergerissen hatte. Es war Liebe und Verlust und Trost und Schmerz.

Und es war das Schönste, was sie je gehört hatte.

Ohne ein Wort nahm sie ihre Gitarre und fing an, Akkorde zu spielen, die zu seiner Energie passten. Er schaute zu ihr herüber und nickte zustimmend.

Sadie hatte das Gefühl, als wäre sie in den Bann geschlagen. Als würde die Musik sich fast selbst schaffen, und sie war nichts als das Gefäß. Doch da Kings emotionale Energie in sie hineingeströmt war, nahm sie an, dass das vielleicht sogar stimmte. Dieser Song, diese Worte, diese Akkorde, diese Atmosphäre, sie kamen alle hundertprozentig von King.

Und als seine Stimme verklang und der letzte Ton erstarb,

bebte sie leicht, fühlte sich, als wäre ihre ganze Energie aus ihr genommen. Langsam sank sie in den Stuhl, während sie beide einander anstarrten, und keiner von ihnen sagte ein Wort.

Erst als Cosmo im Zimmer erschien und sich an ihr Bein drückte, löste sie schließlich ihre Verbindung und griff nach unten, um ihren Hund aufzuheben. Cosmo schmiegte sich an sie und gab ihr einen Kuss auf die Wange.

„So ein Glückspilz", sagte King mit einem schwachen Lächeln.

Sadie öffnete den Mund, um etwas zu sagen, aber der Timer an ihrem Ofen ging los, und sie stand so schnell auf, dass sie fast Cosmo auf den Boden warf. „Ups. Tut mir leid, Kleiner." Sanft setzte sie ihn ab und ging dann in die Küche, dankbar, ein wenig Platz für sich zu haben. Diese spontane Aufnahmesession war intensiv gewesen, und sie war nicht ganz sicher, was das bedeutete.

Während sie die Mac and Cheese aus dem Ofen holte, kam King und fing an, auf der Suche nach Tellern ihre Schränke zu durchwühlen, danach suchte er in ihren Schubladen nach Besteck.

„Danke", sagte sie, schnappte sich noch ein paar Bier. Wenn sie es durch diesen Abend schaffen sollte, brauchte sie auf jeden Fall noch einen oder zwei Drinks. „Wir müssen das jetzt nur noch ein paar Minuten setzen lassen."

King nickte, und während er den Tisch deckte, gab sie Cosmo sein Abendessen und eine frische Schüssel Wasser. Sobald sie fertig war, lehnte sie sich an den Tresen, die Hände in den Taschen, nicht sicher, was sie sagen sollte.

Zum Glück läutete ihr Handy und gab ihr etwas anderes, auf das sie sich konzentrieren konnte. „Melissa? Hey."

„Du musst mir einen Riesengefallen tun", sagte ihre Freundin.

„Klar. Alles." Sadie ging zu ihrer Schublade, um einen Servierlöffel für die Mac and Cheese zu finden.

„Du musst für mich noch mal mit Kasper ausgehen. Er sagt, dass er dich echt mag, und ..."

„Was?" Sadie schüttelte schon den Kopf. „Das kann noch nicht wahr sein. Ich bin mehr oder weniger rückwärts aus dem Date raus. Kasper kann mich doch unmöglich wieder sehen wollen."

„O doch, will er. Er sagt, dass diese Tarot-Vorhersage dir einen echten Schrecken eingejagt hat, und er will eine weitere Chance, um zu beweisen, dass die Karten falsch ausgelegt wurden."

Sadie lachte. „Er hält das Tarot für das Problem? Meinst du das ernst? Das mit dem Tarot war das einzig Unterhaltsame, was passiert ist. Dadurch habe ich eine Ausrede bekommen, um da rauszukommen. Tut mir leid, Mel, aber das würde doch nur unser beider Zeit verschwenden. Ich bin nicht interessiert."

„Ich weiß, aber Kasper hat morgen Abend vier Karten für die Crimson Vamps. Tatsächlich haben er und Jasper vier Karten, und Jasper sagt, dass Kasper austickt, wenn er das fünfte Rad am Wagen ist, und droht, nicht hinzugehen, außer es kommt jemand mit ihm. Und jetzt sagt Jasper, dass er nicht hin will, wenn sein Bruder nicht geht, und du weißt doch, wie sehr ich die Crimson Vamps liebe. Bitte? Mach es für mich? Ich schulde dir dann so richtig was. Ich werde ... Ich weiß auch nicht, deinen Rasen mähen, oder deine Fenster putzen, oder dir einen Monat lang Abendessen machen."

„Gütige Göttin, drohe bloß nicht, für mich zu kochen. Das überlebe ich womöglich nicht", sagte Sadie.

„Dann hole ich dir eben Lieferessen. Bitte, Sadie? Nur noch ein Date? Ich verspreche, ich werde nicht mehr darum bitten", flehte sie.

Es gab nichts, was Sadie weniger tun wollte, als mit diesen langweiligen Zwillingen rumzuhängen. Was fand ihre Freundin überhaupt an Jasper? Sehr wahrscheinlich war sie eher an der Band interessiert, aber man wusste ja nie. Ihre Freundin hatte nicht das beste Händchen, wenn es um Männer ging. Aber Sadie musste zugeben, dass Jasper zumindest harmlos gewirkt hatte. Es würde nicht wehtun, wenn sie eine Weile mit ihm ausging. Aber es würde Sadie wehtun, da sie wusste, sie konnte zu ihrer Freundin nicht Nein sagen. „Also gut. Ich mache es, aber du schuldest mir nichts. Du lässt doch schon mich und Cosmo bei dir zu Hause wohnen, während bei mir renoviert wird, und die Reparaturen werden in den nächsten paar Wochen durchgeführt. Wir sind damit quitt, okay?"

Da Sadies Haus wegen der Termiten in ein Zelt gehüllt werden musste und dann Reparaturen wegen der Schäden brauchte, die sie verursacht hatten, mussten sie und Cosmo ein paar Wochen lang raus. Melissa hatte ihnen ihr Gästezimmer angeboten, und Sadie war mehr als nur dankbar.

„Ich kann trotzdem noch was tun, um dir zu danken", sagte sie. „Mein Haus ist dein Haus. Das weißt du doch. Und ich weiß, dass du das nicht machen willst, aber ich liebe dich dafür. Wie wäre es, wenn ich uns demnächst einen Tag im Spa spendiere?"

„Das musst du nicht machen."

„Doch, muss ich", sagte Melissa. „Nach deiner Schicht treffen sie sich mit uns an der Brauerei. Ich sehe dich dann da." Der Anruf war zu Ende, und Sadie ließ das Handy fallen, bevor sie das Gesicht in den Händen vergrub, während sie ein lautes Stöhnen ausstieß.

„Klingt, als hättest du ein heißes Date", sagte King, seine Stimme angespannt.

Sadie schaute zu ihm auf. Er hatte sich ein Lächeln

aufgesetzt, aber das hätte nicht erzwungener sein können. „Heiß ist weit übertrieben. Wäre das irgendwer sonst auf der Welt gewesen, nicht Melissa, würde ich nicht in diesem Schlamassel stecken."

„Also bist wirklich nicht interessiert?", fragte er, klang unsicher.

Sadie stieß ein lautes Lachen aus, während sie sich den Servierlöffel schnappte. „Was an diesem Telefongespräch hat dich auf die Idee gebracht, dass ich tatsächlich dahin will?"

Jetzt war es an ihm, leise zu lachen. „Eigentlich nichts. Aber ich musste schon sichergehen."

„Warum?"

„Darum." Er nahm den Löffel aus ihrer Hand und legte ihn auf den Tresen. Er legte einen Arm um ihre Taille und hob den anderen Arm, um seine Finger in ihren Haaren zu vergraben. Er zog sie unmöglich nahe heran und flüsterte: „Das wollte ich tun, seit ich dich am ersten Abend in der Brauerei gesehen habe."

Sadie starrte seine Lippen an, alle Gedanken an Jasper und Kasper weg. Eine Gänsehaut lief über ihre Arme, als die Vorfreude ein Prickeln ihr Rückgrat hinaufschickte. Als er keine Bewegung machte, atmete sie aus und flüsterte: „Küss mich, King."

Seine Lippen wölbten sich zu einem trägen, selbstzufriedenen Lächeln, als er sagte: „Mit Vergnügen." Er kam näher, drückte sanft seine warmen Lippen auf ihre.

Plötzlich trieben Kings Gefühle in einer Mischung aus Hochstimmung und Sehnsucht über sie hinweg. Und dann Ungeduld, während seine Zunge vorschnellte und am Spalt zwischen ihren Lippen leckte. Sadie öffnete sich für ihn, und gleich darauf war sie verloren in Leidenschaft. Ihre Hände packten seine Schultern, während ihr Körper sich an seine Hitze schmiegte. Sie wollte ihn. Wollte ihn ganz.

Viel zu bald beendete er den Kuss und zog sich leicht zurück, drückte die Stirn an ihre. Sie blieb vollkommen still, atmete ihn ein. Nie hatte sie auf einen anderen Mann so reagiert wie auf King. Jedes Molekül in ihr war in diesen Kuss integriert, und hätte er sie in ihr Zimmer gebracht, wäre sie verloren gewesen, hätte keine Frage gestellt.

Der Gedanke überraschte sie, und plötzlich trat sie zurück, nicht sicher, woher er gekommen war. Sie war niemand, der sich in so etwas stürzte, besonders, wenn sie keine Ahnung hatte, wie es um ihre Beziehung stand. Vorerst waren sie Kollegen und Freunde. Freunde, die zusammenarbeiten mussten, wer weiß, wie lange, wobei sie eine Menge Zeit davon unterwegs verbringen müssten.

„Glaubst du, jetzt sind die Mac and Cheese fertig?", fragte King, in seinen Augen glitzerte Erheiterung.

„Was?" Sadie blinzelte ihn an. Dann schüttelte sie den Kopf. „Ja. Natürlich." Sie schaute hinab auf die Arbeitsfläche, fand den Löffel in dem Pastagericht, und dann machte sich daran, Portionen ihres Abendessens auszuteilen.

„Hey, Sadie?", sagte King leise.

„Ja?"

„Du solltest wissen, dass ich nach dem Abendessen vorhabe, mit dir so richtig ordentlich zu knutschen." Er zwinkerte ihr zu, dann nahm er sich beide Teller und brachte sie zum Tisch.

Sadie stand in der Küche, hielt sich am Tresen fest, damit ihre schwachen Knie sich kurz erholen konnten. Schließlich holte sie tief Luft und schloss sich ihm am Tisch an.

Der Geruch der Mac and Cheese war so köstlich, dass sie schon sabberte. Ihr Magen knurrte vor Hunger. Sie legte die Hand auf ihren Bauch, während ihre Wangen ganz heiß wurden. „Tut mir leid."

„Du musst dich nicht entschuldigen. Ich bin auch am

Verhungern." Er nahm seine Gabel und schnappte sich einen Bissen, und in dem Augenblick, als der köstliche Käse auf seine Zunge traf, verdrehte er die Augen und ließ ein obszönes Luststöhnen ertönen. „Heilige Scheiße, Sadie", sagte er, nachdem er geschluckt hatte. „Das ist lecker."

„Vielen Dank." Sie schob sich eine Gabel voll in den Mund und wiederholte sein Stöhnen.

In seinen Augen stand Hitze, aber er sagte nichts. Er wandte seine Aufmerksamkeit nur seinem Teller zu, schaufelte es sich rein, als hätte tagelang nichts gegessen. Ehrlich gesagt war es sehr ähnlich, wie wenn Cosmo sein Abendessen verschlang. Dem Hund war noch nie ein Essen begegnet, das er nicht geliebt hatte.

Sadie versuchte, langsamer zu machen, und war erheitert, als King für einen Nachschlag aufstand.

„Davon könnte ich eine ganze Wanne essen", sagte er, als er sich wieder setzte.

„Ich auch", stimmte sie zu. „Ich vergesse immer, wie lecker das ist."

„Eines Tages, wenn wir zusammen wohnen, werde ich dich jede Woche darum bitten", sagte er.

Sadie erstarrte. Hat er gerade das gesagt, was sie glaubte, dass er gesagt hatte? Machte er wirklich Pläne für die Zukunft?

Als sie nichts sagte, hielt er inne und schaute zu ihr auf. Dann lächelte er sie träge an. „Du flippst aber nicht aus, oder?"

„Nein", sagte sie mechanisch. Aber ja. Sie flippte so ziemlich aus.

„Klar." Er lachte leise und ging zurück zu seinem Essen. Als sie fertig waren, nahm King ihr Geschirr und brachte es in die Küche, um den Geschirrspüler einzuräumen.

„Das musst du nicht machen", sagte sie, während sie einen Deckel auf das Glasgeschirr gab, in dem die Mac and Cheese waren.

Er drehte sich nicht um, während er sagte: „Du hast den Großteil des Kochens erledigt. Ich übernehme das."

Sadie wischte die Arbeitsfläche ab und nahm dann Cosmo mit nach draußen. Als sie zurückkehrten, wartete King bereits auf sie. Ohne ein Wort nahm er eine ihrer Hände und führte sie ins Wohnzimmer. Er blieb stehen, als sie am Sofa ankamen, und schob ihr eine Haarsträhne aus den Augen. „Sag mir, Sadie, bleibe ich oder gehe ich?"

Sie hob beide Augenbrauen. „Ich dachte, wir würden so richtig ordentlich knutschen?"

„Das wollte ich hören." Er setzte sich aufs Sofa und zog sie herab, sodass sie seitlich über seinem Schoß saß. Dann küsste er sie mit allem, was er hatte, und Sadie beschloss, dass er vielleicht irgendwas auf der Spur gewesen war, als er erwähnt hatte, dass sie eines Tages zusammen wohnen würden. Denn genau in diesem Augenblick wäre sie zufrieden damit gewesen, dass er für immer blieb.

Das Knutschen ging weiter, bis Sadie sich völlig in ihm verloren hatte, und als sie ihn gerade in ihr Schlafzimmer zerren wollte, zog King sich zurück. Er war atemlos, als er sagte: „Ich gehe lieber mal."

„Jetzt? Ernsthaft?" Sie konnte nicht glauben, was sie da hörte. King McGrath hatte sie eine Stunde lang bis zur Besinnungslosigkeit geküsst, und plötzlich war er bereit, aufzubrechen, während sie nur daran denken konnte, wie sie ihm die Kleider vom Leib riss? Was stimmte nicht mit ihm?

„Ich muss. Wenn ich es nicht mache, werde ich niemals aufhören." Er wirkte gequält, als er aufstand.

„Aber ..."

Sanft legte er ihr einen Finger auf die Lippen. „Nicht heute Nacht, Sadie. Nicht, nachdem wir zusammen diesen intensiven Song geschrieben haben, oder nachdem du einem Date mit einem anderen Mann zugestimmt hast. Wenn wir diesen Schritt gehen, will ich, dass es ist, nachdem wir einander gewählt haben. Aber ich verspreche dir, hätte ich dich heute Nacht bekommen, gäbe es keine Möglichkeit, dass du dir morgen Abend eine Band mit so einem Typen namens *Kasper* ansiehst."

Sadie konnte nicht verhindern, dass ein Lächeln auf ihre Lippen trat. Sie stand auf und gab ihm einen letzten Kuss, bevor sie ihn zur Tür brachte.

Er trat hinaus auf die Veranda. „Ich treff dich dann morgen."

„Vermutlich nicht morgen. Während des Tages arbeite ich, dann habe ich diese Sache mit Melissa. Aber ich sehe dich am Tag danach, wenn wir auf der Bühne der Brauerei proben."

„Ach, dafür werde ich da sein. Aber täusch dich nicht, ich sehe dich auf jeden Fall morgen." Er zwinkerte, und dann brach er joggend zu seinem schwarzen SUV auf.

Als Sadie die Tür schloss, kam Cosmo zu ihr gelaufen. Sie schaute auf ihn hinab. „Worauf habe ich mich da nur eingelassen?"

Cosmo blinzelte zu ihr auf.

„Ja, genau meine Gedanken. Komm schon, Kleiner." Sie nahm ihn hoch und war unterwegs zur Hintertür. „Bringen wir dich raus, dann geht's ins Bett. Morgen wird ein langer Tag."

KAPITEL 11

$\mathcal{K}$ing nahm einen Schluck von seinem Bier und beobachtete, wie Sadie um den Tresen ging, um ein paar weitere Biere am Hahn zu zapfen. Er war mit Briggs zum Abendessen in der Keating Hollow Brauerei, obwohl er schon beim Mittagessen vorbeigeschaut hatte, um Hi zu Sadie zu sagen, denn er hatte herausgefunden, dass Melissa und Sadies Dates sich mit ihnen dort trafen, und er konnte einfach nicht anders, als sich mal anzusehen, wer der Typ war, der versuchte, ihm sein Mädchen zu stehlen.

„Ja!", rief Melissa, die Sadie ein Bier abnahm. „Jetzt können wir vorglühen." Sie stieß mit Sadie an, die immer noch hinter dem Tresen stand, und fuhr damit fort, fast das halbe Bier zu leeren.

„Mel, mach langsamer", tadelte Sadie. „Der Abend hat noch nicht mal angefangen." Sie schaute hinüber zu King und Briggs, die am Tresen saßen, und verzog das Gesicht. „Wenn du rumwankst, kann ich mein Date niemals loswerden."

„Ich wanke nicht!", rief Melissa. „Himmel, Sadie. Du führst

dich auf, als wäre ich ein Teenager, der noch nie was zu trinken hatte."

„Vielleicht liegt das daran, dass du letztes Mal, als wir aus waren und früh mit dem Trinken angefangen haben, die ganze Nacht den Porzellangott angebetet hast und ich dir helfen musste", entgegnete Sadie. „Eine von uns muss nüchtern genug bleiben, um die andere nach Hause zu bringen."

King lachte leise in sein Bier, genoss es tierisch, Sadie und ihrer Freundin zuzuhören. Er konnte sich nicht erinnern, wann er das letzte Mal so entspannt bei jemandem außer Briggs gewesen war.

„Wie viel hast du denn genau getrunken, bevor du einen Filmriss hattest?", fragte Briggs, der Melissa erheitert betrachtete.

„Ich weiß nicht. Mehr als fünf, weniger als ein Dutzend?"

Briggs kicherte. „Du bist genau meine Sorte Frau." Er rückte einen Barhocker weiter, damit er direkt neben Melissa saß, und die beiden redeten über ihre liebsten Getränke an der Bar.

Sadie schaute zu King. „Wenn ich dir heute Abend ein SOS schicke, wirst du kommen und mich retten?"

„Ich könnte dich gleich jetzt retten", erwiderte er, während er sein Bier auf den Tresen stellte und ihr ein, wie er hoffte, umwerfendes Lächeln zuwarf. „Lass den Loser doch einfach sitzen, und wir gehen auf das Festival. Vielleicht holen wir uns Strauben und fahren im Riesenrad."

„Du bist fies, King McGrath. Das weißt du, oder?", fragte ihn Sadie, während sie sich ans Herz fasste. „Du weißt doch, wie sehr ich Strauben mag."

„Weiß ich." Er zuckte die Schultern, als würde er nicht alles geben, um sie für sich zu gewinnen. „Das Angebot ist nicht zeitlich begrenzt. Lass mich einfach wissen, wann du willst, dass ich dich von den Füßen fege und dich da raus trage wie der Held in einer romantischen Komödie."

Ihre Lippen zuckten, während sie versuchte, ein Lächeln zu unterdrücken. „Der Held in einer romantischen Komödie?"

„Ja", sagte er. „Das wäre doch mal eine Aussage, oder?"

„Auf jeden Fall." Sadie kam um den Tresen und nahm Briggs' verlassenen Sitz.

Sie schauten beide zu ihrer Freundin, die ganz rot anlief, als Briggs ihr sagte, wie sexy sie in ihrem schwarzen Kleid aussah. Dann griff Briggs vor und schob Melissas dunkle Locken zurück, um zu sagen: „Wenn du später Hilfe brauchst, um richtig Spaß zu haben, weißt du ja, wo du mich findest."

Sadie verdrehte die Augen. „Kannst du das glauben? Sie nimmt mich mit als Begleitung für dieses Date, und jetzt ist sie da drüben und flirtet mit Briggs."

„Ich glaube, es ist Briggs, der mit ihr flirtet", sagte King. Briggs war schon immer ein umtriebiger Frauenheld gewesen, also war er überhaupt nicht überrascht von der Aufmerksamkeit, die er Melissa schenkte. Das war einfach sein Ding. „Weißt du, es ist nicht zu spät, dass ich dich hier raustrage. Aber wenn ich noch ein Bier trinke, haben wir vielleicht Probleme."

Sie lachte leise. „Ich kann mich schon aus eigener Kraft bewegen, danke."

„Heißt das, dass wir von hier abhauen?", fragte er hoffnungsvoll.

Die Tür öffnete sich, und die Loser-Zwillinge kamen herein. King reagierte heftig aus dem Bauch heraus auf die Männer und war verführt, Sadie an Ort und Stelle für sich zu beanspruchen. Das hätte er vermutlich getan, hätte er nicht gedacht, dass sie ihm dann ihr Getränk ins Gesicht kippen würde. Und damit hätte sie auch recht gehabt. Es lag nicht an ihm, zu bestimmen, mit wem sie ausging. Besonders, da er und Sadie nicht offiziell zusammen waren.

Aber das würden sie sein, wenn er dazu was zu sagen hatte. Bald. Sehr bald.

Der mit dem etwas dunkleren Haar, von dem er glaubte, dass er Jasper hieß, blieb stehen und schaute sich um, und dann runzelte er die Stirn, als sein Blick auf Melissa landete. Sie hatte eine Hand auf die von Briggs gelegt, und sie lachte so heftig, dass ihr nicht mal aufgefallen war, dass ihr Date hereingekommen war. Jaspers Miene wurde genervt, kurz bevor er ganz nah an sie ranging und die Arme vor der Brust verschränkte. „Melissa?"

„Jasper?", keuchte sie und fuhr dann so schnell herum, dass King richtiggehend zurückschreckte.

„Bekommt sie davon kein Schleudertrauma?", fragte er laut.

Sadie schüttelte nur den Kopf und starrte den übrigen Zwilling an.

Kasper kam zu ihr herüber, ein breites Grinsen auf dem Gesicht. Dann hielt er eine Hand vor wie ein Verkäufer. „Sadie, es ist wunderbar, dich wiederzusehen."

Sie schaute ihn an, zögerte nur einen Augenblick, dann schüttelte sie ihm die Hand. „Hallo, Kasper. Ich höre, du bist ein großer Fan der Crimson Vamps."

„Nicht wirklich." Er drückte ihr die Hand, hielt sie etwas länger als üblich.

King räusperte sich.

Sadie zog ihre Hand zurück und deutete auf King. „Kasper, das ist King McGrath. Er ist ... ein Freund von mir."

Freund. King wollte Protest einlegen. Diesem Typen sagen, er solle seine beige Stoffhose und seinen orangenen Pullunder nehmen und verschwinden. Stattdessen nickte er dem Mann zu. „Schön, dich kennenzulernen, Kasper."

Na? Wenn das nicht seine Übung mit den Medien war, die

sich hier zu Wort meldete. Hätte er die nicht gehabt, hätte King sehr wahrscheinlich Kasper mit einem Tritt in den Hintern aus der Brauerei befördert.

„Dich auch." Kasper bot King eine Hand an, der sie nahm und die feuchten Finger dann nicht schnell genug loslassen konnte.

King schob sich die Hände in die Taschen und fragte: „Also, Kasper, wohnst du hier in Keating Hollow?"

„Nein. Das wollte ich allerdings immer. Ein Haus wie das von Sadie wäre für mich einfach perfekt. Aber vorerst lebe ich drüben an der Küste in Eureka."

„Ein Haus wie das von Sadie? Warst du denn dort?", bohrte King nach, versuchte, seine wachsende Eifersucht niederzukämpfen.

„An ihrem Haus? Ach, nein", sagte Kasper mit einem leisen Lachen. „Ich habe es mir auf Google Maps angesehen. Es ist echt bezaubernd."

„Du hast dir mein Haus online angeschaut?", fragte sie, ihre Stimme wurde höher. „Warum?"

„Eigentlich aus gar kein Grund", sagte der hochgewachsene, zu sehr gebräunte Mann. „Ich war neugierig."

King beugte sich dicht zu Sadie. „So landet man auf der Liste der Vermisstenfälle. Das weißt du, oder?"

Sadie warf einen Blick zu Kasper, der aus irgendeinem Grund seinen Bruder finster anstarrte, und dann zurück zu King. Ihre Stimme war kaum ein Flüstern, als sie sagte: „Halte dich bereit für dieses SOS."

„Du weißt, das kannst du jetzt gleich einsetzen, oder?", fragte King.

„Kann ich nicht." Sie nickte zu Melissa hin, die gerade aufgestanden war und ein wenig auf den Füßen wankte. Hatte sie erst ein Bier getrunken? King schaute zum Tresen vor ihr, und ihm fiel auf, dass es aussah, als hätte sie irgendwie drei große Bierkrüge geleert. „Ich muss die Babysitterin spielen", sagte Sadie.

King wollte etwas einwenden, behielt aber seine Gedanken für sich, während Sadie hinüber zu ihrer Freundin ging, und nur ein paar Augenblicke später verschwanden die vier durch die Tür.

King schaute zu Briggs und bemerkte, dass er der Gruppe nachstarrte, während sie die Brauerei verließ. Sobald sich die Tür schloss, schüttelte er vor sein Freund den Kopf. „Du hast was übrig für Melissa."

„Was? Nein, habe ich nicht", sagte Briggs, der empört klang. „Ich habe nur eine freundliche Unterhaltung geführt. Kann ein Typ nicht mit einer Frau reden, ohne dass alle annehmen, er will nur das eine?"

„Nö. Und ich glaube nicht, dass du nur in ihr Bett wolltest. Du magst sie. Mich kannst du nicht reinlegen. Ich kenne dich besser als sonst jemand", beharrte King.

„Vielleicht ein kleines bisschen", gab Briggs schließlich zu.

„Ausreichend, um mir zu helfen, dass wir ihr Date aushebeln?", fragte King, der seinem Freund einen unschuldigen Blick zuwarf.

Briggs stieß ein lautes Lachen aus. „Bin dabei, Bruder. Diese beiden Wiesel sind geliefert."

King ließ ein paar Scheine auf dem Tresen liegen für ihr Abendessen und die Getränke, dann führte er Briggs hinaus in die kühle Luft.

„Wohin sind wir unterwegs?", fragte Briggs. „Bestimmt nicht zum Veranstaltungsort. Das ist im Equinox, oder? Ich bin ziemlich sicher, das ist ausverkauft. Sonst wären wir doch auch da."

Das Equinox war der örtliche Pub, der auch Live-Events für angesagte Bands veranstaltete. An den Abenden, an denen es Konzerte gab, durften den Pub nur diejenigen betreten, die

Karten gekauft hatten. King musste zugeben, dass er ziemlich genervt war, dass er es verpasst hatte, Tickets für den Auftritt der Crimson Vamps zu ergattern. Nachdem er erfahren hatte, dass Sadie zu dem Auftritt ging, hatte er sie sich online angesehen, und soweit es King betraf, machten sie was ziemlich Besonderes. Er würde sich merken müssen, nach weiteren Auftritten Ausschau zu halten, um sie mal live zu sehen. „Nicht zum Veranstaltungsort", bestätigte er. „Noch nicht auf jeden Fall. Folge mir nur."

Eine Stunde später saßen King und Briggs an einem Tisch draußen vor dem *Magic of Pie*, einem neuen Laden, der jeden Tag von sieben Uhr früh bis Mitternacht offen war. Und auf der Straße gegenüber standen zwei Elektrokutschen, die schwarz gestrichen und mit den Skeletten der Pferde verziert waren, die sie normalerweise durch die Straßen gezogen hätten. Er schickte eine rasche Nachricht an Sadie, in der nur stand: *Dein SOS steht gleich vor dem Equinox in der Form von Kutschen mit kopflosen Reitern. Triff uns vorne draußen.*

„So werden wir Melissa und Sadie von den beiden Losern weglocken?", fragte Briggs, der skeptisch klang.

„Ja! Und wir werden die Fahrer sein, obwohl wir immer noch unseren Kopf haben", sagte King, der die Kutschen anstarrte. „Glaubst du, das kriegst du hin, Briggs?"

Briggs warf ihm einen Blick zu. „Meinst du das ernst? Du willst, dass ich die unsichtbaren Pferde durch die Stadt lenke, während Melissa mit diesem Idioten in der Kutsche sitzt? Das machst du, um Sadies Date zu ruinieren?"

„Nicht ganz. Die Kutschen lenken sich zum Großteil selbst, also musst du dir darum keine Sorgen machen. Aber wenn du da bist, wenn sie einsteigen, wirst du plötzlich ein fünftes Rad am Wagen. Ein äußerst nerviges. Verstehst du?"

„Bist du sicher, dass Sadie und Melissa nicht wütend werden?", fragte Briggs, der mehr als nur ein bisschen skeptisch wirkte.

„Keine Ahnung, aber ich will nicht, dass sie noch mehr Zeit mit diesen beiden Hohlbirnen verbringen, oder du? Sadie wollte gar nicht auf dieses Date mit Kasper gehen, der übrigens eine ziemlich creepy Ausstrahlung hat. Und sein Bruder gibt viel zu sehr den Revierhengst wegen einer Frau, die einmal mit ihm ausgegangen ist", sagte King, der unbedingt Sadie finden wollte, obwohl die Menschenmassen gerade erst aus dem Konzert herausströmten.

„Okay, ich bin dabei." Briggs nahm noch einen Bissen von der Pie. „Lass mich das nur zuerst aufessen."

„Du hast etwa fünf Minuten", sagte King, der auf seine Armbanduhr schaute. „Der Auftritt soll ungefähr so ziemlich jetzt enden."

Briggs winkte ab und vergnügte sich dann mit dem Rest seiner Pie.

King hatte aufgehört zu essen. Panik ließ seine Haut eiskalt werden, in dem Augenblick, als er eine Gruppe junger Frauen sah, die er erkannte. Es waren die nervigen Fans, die ihm durch ganz Keating Hollow gefolgt waren, seit die Nachricht rausgegangen war, dass er sich in dem Städtchen aufhielt. King stand abrupt auf, schaute in beide Richtungen, versuchte, einen Ort zu finden, der ihn von seinen Stalker-Fans verstecken würde.

Aber den gab es nicht. Nicht in Keating Hollow, das eine Hauptstraße und nur ein paar weitere Geschäfte außerhalb der Stadt besaß.

„Oh. Du. Meine. Göttin! Es ist King McGrath", rief eine Frau, und King fluchte. Es gab buchstäblich nichts, wohin er vor ihnen flüchten konnte. Er stand erstarrt da, als ihm klar wurde, dass sie wieder über ihn herfallen würde. Nein, nicht heute Abend, dachte er. Nicht, wenn er damit beschäftigt war, ein Date zu sprengen, das irgend so ein Typ mit seinem Mädchen hatte.

Die Türen zur Konzerthalle schwangen auf, und Leute stolperten allmählich heraus. Er wollte nach Sadie suchen, aber es war keine Zeit. Die Fans waren bereits über ihm, bildeten einen Kreis, als würden sie ihn in ihrer Blase fangen wollen.

Er wollte ausbrechen, rannte mit voller Geschwindigkeit auf die Elektrokutsche zu. Die Frauen jagten hinter ihm her, bettelten um Autogramme und erklärten ihre unsterbliche Liebe. King tauchte mit dem Kopf voran in eine Kutsche und landete direkt auf jemandes Schoß. Er schaute auf das überraschte Gesicht von Sadies Date Kasper.

„Uff", rief King, rollte von dem Mann herunter und auf den Boden der Kutsche.

„King?", rief Sadie, die plötzlich gleich neben ihm war, mit den Händen über ihn strich, als würde sie nach gebrochenen Knochen oder Anzeichen einer Verletzung suchen.

Die Kutsche hatte sich bereits in Bewegung gesetzt, und die aufgebrachten Fans liefen ihr nach.

King schloss die Augen und versuchte, so zu tun, als würde das nicht passieren. Doch es war sinnlos. Er konnte sie seinen Namen kreischen und hysterisch brüllen hören, und es nervte ihn. Er richtete sich auf und fuhr sich mit einer Hand durch die Haare.

„Dude", sagte Kasper, der sehnsüchtig all die Groupies ansah, die immer noch versuchten, die Kutsche einzuholen. „Kommt das oft vor?"

„Sehr viel öfter, als ich es gern hätte", sagte er, mehr zu

Sadie als zu dem Loser, der von dem Mob aus Frauen ganz bezaubert schien, die ihnen immer noch nachliefen.

„Dein Leben ist so cool", sagte Kasper, der wie ein Riesenidiot klang.

„Oh. Du. Mein. Güte!", rief Sadie, während sie aufstand und mit dem Finger auf Kasper deutete. „Du bist echt furchtbar. Merkst du denn nicht, dass King nicht belästigt und verfolgt werden möchte? Er will doch nur …" Sie schaute zu King, zögerte offensichtlich, diese Aussage zu beenden.

Er stand auf und legte einen Arm um ihre Schulter, zog sie an sich. „Frieden und Ruhe klingen perfekt. Das Einzige, was es noch besser machen würde, wäre etwas Zeit allein mit meinem Mädchen."

Kasper kniff die Augen zusammen und presste die Lippen fest aufeinander. „Du fasst da mein Date an."

„Und? Du hast dir mein Mädchen einen Abend lang ausgeborgt. Keiner von uns ist glücklich damit", sagte King ruhig und schnippte dann mit den Fingern. Beide Kutschen blieben abrupt in der Nähe des Endes der Hauptstraße stehen. King wandte sich an Kasper. „Hier ist die Fahrt zu Ende."

„Was?"

„Zeit zu gehen. Endstation", sagte King, der versuchte, die Pfiffe zu ignorieren, die die Luft erfüllten. Er hatte diesen Loser satt. Er wollte Sadie ganz für sich.

Kasper schaute zu Sadie, verzog das Gesicht, dann schüttelte er den Kopf, während er aus der Kutsche sprang. Sobald er sich vom Acker machte, murmelte er etwas über oberflächliche Mädchen.

„Ich bin *nicht* oberflächlich", rief Sadie, ihre Miene war mehr als nur genervt.

King stimmte zu, und dann zog er sie wieder in die Arme. „Jetzt können wir diese Kutschfahrt anfangen und vielleicht den Abend mit Strauben beenden."

„Ich bin dabei." Sadie lächelte zu ihm hoch und starrte dann auf seine Lippen, während sie sich langsam vorbeugte.

Gerade als King die Lippen zu ihren senkte, hörten sie ein *Umpf!* und aufgeregte Rufe von der Kutsche gleich hinter ihnen. King wirbelte herum, bereit, zur Tat zu schreiten und Briggs und Melissa zu helfen, um sich gegen denjenigen zu verteidigen, der sie angegriffen hatte. Aber was er sah, brachte ihn zum Lachen, bis ihm Tränen übers Gesicht liefen.

Briggs stand am Rand der Kutsche, schaute hinab auf Jasper, der zufällig auf drei der Fans lag, die sie immer noch verfolgten.

„Sprich niemals so mit einer Frau", befahl Briggs. „Oder ich mache sehr viel Schlimmeres, als dir nur einen Tritt aus der Kutsche zu verpassen."

Melissa stand hinter Briggs, funkelte Jasper finster an. „Behalt deine Patschehändchen bei dir."

Sadie stellte sich neben King, betrachtete die ganze Szene. Ihr Körper war starr, als wäre sie äußerst angespannt. Doch als Melissa Jasper den Stinkefinger zeigte, begannen Sadies Schultern vor Lachen zu beben. Schließlich keuchte sie: „Geschieht ihm recht."

KAPITEL 12

*N*achdem die Zwillinge aus den Kutschen geworfen worden waren, ließ sich Sadie in den Kutschsitz nieder, King an ihrer Seite.

Er legte ihr einen Arm um die Schultern und zog sie dicht an sich. „War das ein gutes SOS?"

„Perfekt." Sadie entspannte sich mit einem zufriedenen Seufzen. „Du wirst nicht glauben, was ich während dieses ganzen Konzerts ertragen musste." Sie spürte, wie King sich neben ihr versteifte, und sagte rasch: „Nichts, das dich jetzt gleich zum Höhlenmann werden lassen muss."

„Na, was für eine Erleichterung. Was hat der Idiot denn getan?"

„Der gute alte Kasper hat mich gefragt, was ich von seinem Outfit halte, und als ich mich nicht festlegen wollte, hat er gesagt, seine Mutter hätte es für ihn ausgesucht", erklärte Sadie, die den Kopf schüttelte.

„Äh, was? Seine Mutter ist rübergekommen, um ihm zu helfen, sich für dieses Date anzuziehen?"

„Ach, nein. Die Dumpfbacken-Zwillinge wohnen bei ihrer

Mutter", sagte Sadie mit einem leisen Lachen. „Offensichtlich macht sie fast alles für sie, darum durfte ich mir anhören, wie er darüber redet, dass er unbedingt heiraten will, und dass er so fortschrittlich ist, weil er gern putzt. Besonders wischen und den Staubsaugerroboter steuern. Der Mann hat einen echten Fetisch für solche Dinge."

„Das ist echt komisch", sagte King.

„Ja. Aber ich sollte mir keine Sorgen machen, denn er unterstützt voll mein Recht, meinen Job zu kündigen und die Kinder zu Hause zu unterrichten."

King richtete sich auf und starrte sie an. „Das ist ein Witz, oder?"

Sadie lachte, während sie den Kopf schüttelte. „Nö. Offensichtlich hat er mein Haus gegoogelt, weil er sicherstellen wollte, dass es Potenzial als Familienheim hat. Das hätte zwar den Deal nicht platzen lassen, doch er wollte es schon wissen, bevor wir was Ernstes anfangen."

„Ich schätze, hätte ich ihn nicht aus der Kutsche geworfen, hättest du es selbst gemacht, sobald du die Gelegenheit bekommst", sagte King, der sich wieder hinsetzte und sie in die Arme zog.

„Er hatte Glück, dass ich ihm nicht in die Eier getreten habe." Es war echt knapp gewesen, aber irgendwie hatte es Sadie geschafft, sich zu beherrschen, um Melissas willen. Sollte es aus irgendeinem Grund zwischen ihr und Jasper funktionieren, wollte Sadie nicht das Drama zwischen ihr und Jaspers Familie haben.

King stieß ein lautes Lachen aus, das sie dazu brachte, zu ihm hinauf zu grinsen.

Sadie schaute zurück zur Kutsche hinter ihnen und sah Melissa, die aufgeregt mit Briggs plauderte. „Sieht aus, als würden sich die zwei verstehen."

„Da würde ich nicht zu viel reininterpretieren", sagte King, um ihre Erwartungen zu dämpfen. „Briggs ist ein schamloser Frauenheld, aber ich habe noch nie gesehen, dass er es mit jemandem ernst meint."

„Ach, er ist einer von denen, was? Na ja, Melissa ist eine Serien-Daterin, also passen sie vermutlich ganz okay zusammen ... für den Augenblick."

Den Rest des Abends verbrachten sie damit, zu bewundern, wie alles für Halloween geschmückt war, und zwar praktisch in der ganzen Stadt. Sadies Favorit war ein großes viktorianisches Haus, das über den Fluss hinausschaute und animierte Gargoyles auf dem Dach hatte, Geisterfiguren in den Fenstern und eine Lightshow mit Fledermäusen, die in einer Formation flogen, die zum Song „Thriller" von Michael Jackson choreografiert war.

Bis die Kutsche vor ihrem Haus vorfuhr, hatte sie fast alles über die Zwillinge vergessen.

King sprang aus der Kutsche und hielt ihr dann eine Hand hin.

„Was für ein Gentleman", sagte sie, während sie herabstieg. „Danke, dass du meinen Abend gerettet hast."

„War mir ein Vergnügen." King wollte sie schon zu ihrer Tür führen, doch Sadie deutete auf das Haus neben ihrem.

„Ich bin in den nächsten paar Wochen bei Melissa", sagte Sadie. „Mein Haus ist von Termiten befallen, also wird es morgen in aller Früh ein paar Tage lang in ein Zelt gepackt. Sobald sie das Zelt abbauen, arbeiten sie daran, die Veranda zu erneuern und das Fundament herzurichten. Melissa hat mir großzügig angeboten, ihr Gästezimmer zu nutzen."

„Termiten? Das klingt schlimm", sagte King.

„Gut ist es nicht", stimmte sie zu, wünschte sich, die Arbeiten an ihrem Haus mögen nicht am nächsten Tag beginnen. Sie hätte alles gegeben, um King zu sich einzuladen.

Ihn zu fragen, ob er über Nacht blieb. Endlich herauszufinden, wie es war, mit *dem* King McGrath zusammen zu sein.

Aber das würde auf ein andermal warten müssen. Als sie Briggs sah, der Melissa winkte, während sie zu ihrer Eingangstür eilte, wusste Sadie, dass es an der Zeit war, King gute Nacht zu sagen.

„Danke, dass du mich gerettet hast, und für die wunderschöne Kutschfahrt. Das hat einen ansonsten schrecklichen Abend echt gerettet", sagte sie.

„Jederzeit, Sadie Lewis. Schick mir nur ein SOS." King neigte den Kopf und gab ihr einen süßen Kuss, dann stieg er zurück in die Kutsche.

Sie stand auf dem Bürgersteig, beobachtete, wie die beiden Männer in ihren Elektrokutschen wegrollten. Als sie um die Ecke gebogen waren, ging sie schließlich in Melissas Haus, ließ Cosmo nach draußen, und dann machte sie sich auf die Suche nach ihrer Freundin.

„Mel?", rief Sadie, während sie und Cosmo den Gang entlang zum Schlafzimmer ihrer Freundin gingen. „Bist du da hinten?"

„Ja." In dem Augenblick, als Sadie ihr Schlafzimmer betrat, fragte Melissa: „Kannst du glauben, wie furchtbar dieses Date war? Wer hätte ahnen können, dass Jasper so ein Creep ist?"

Ich, dachte Sadie. Zumindest, wenn man nach seinem Bruder ging. Der Mann hatte kein Gefühl für Grenzen. Wer suchte denn online nach der Adresse seines Dates und googelte dann das Haus mit der Vorstellung, dass er dort eines Tages wohnen könnte? Sie wollte immer noch aus der Haut fahren, nachdem sie dieses Detail erfahren hatte. Aber nachdem er so unzeremoniell entlassen worden war, schätzte Sadie, dass sie sich keine Sorgen machen müsste, ihn noch einmal zu treffen. „Tut mir leid, dass das nicht funktioniert hat", log Sadie. „Aber es sieht aus, als hättest du zumindest mit Briggs Spaß gehabt."

Melissa ging hinüber zu ihrem Schrank und zog ihren Koffer heraus. Sie verließ am Vormittag geschäftlich die Stadt und würde ein paar Tage weg sein. Sie war eine Vertreterin für ein paar Weingüter entlang der kalifornischen Küste, darunter das Weingut der Pelshes. „Briggs ist witzig. Und ich habe ihn für dich wegen King ausgehorcht."

„Mel!" Sadie nahm Cosmo hoch, die beiden setzen sich auf das Bett ihrer Freundin. „Das hättest du doch nicht tun müssen."

„Ich weiß, aber wenn ich nicht auf dich aufpasse, wer dann?" Sie lächelte ihre Freundin süß an. „Außerdem, nach dem Fiasko heute Abend wollte ich sicherstellen, dass wir nicht mit einem anderen Idioten rumhängen. Briggs sagt, er hat sein Päckchen zu tragen, ist aber ein anständiger Typ. Also schätze ich, ich heiße gut, was immer ihr beiden da am Laufen habt."

Päckchen war untertrieben. Aber wer hatte denn nicht zumindest ein bisschen was im Gepäck? Die Göttin wusste, dass Sadie mehr als nur ihren gerechten Anteil trug.

Melissa zog ein hübsches Kleid heraus und hielt es an ein paar weiße Ankle Boots. „Passen die zusammen?"

„Klar."

„Ach, gut. Ich frag mich immer, was ich für Schuhe tragen soll, sobald es kühler wird. Entweder sind es die, oder meine Fünfzehn-Zentimeter-Absätze, und die sind so unpraktisch." Melissa plauderte weiter über fünf oder sechs weitere Outfits, die sie für die Reise in Erwägung zog, bis Sadie die Hand hochhielt, um sie aufzuhalten.

„Ich weiß, was du machst", sagte Sadie.

„Und das wäre?", fragte sie, achtete besonders genau auf die Socken, die sie in ihren Koffer steckte.

„Du plapperst, damit wir nicht über Jasper reden müssen. Oder seinen grusligen Bruder Kasper. Wir hätten wissen sollen, dass sie mit solchen Namen schlimm sind", fügte Sadie an, versuchte es locker zu halten.

„Ach, was gibt es denn da zu reden? Du hast doch Kasper gleich nicht gemocht, und ich hab dich dazu getrieben, mitzukommen. Und dann hat sich rausgestellt, dass Jasper einfach nur ein Grobian ist. Ein echtes Arschloch, als es nicht nach seiner Nase gelaufen ist. Ich hab dazu nur zu sagen: Auf Nimmerwiedersehen."

Sadie streckte sich und legte eine Hand auf die ihre Freundin. „Sicher, dass alles okay ist?"

„Ja. Das kommt schon in Ordnung. Ist nicht der erste Reinfall, mit dem ich auf einem Date war. Zumindest habe ich nicht Wochen an ihn verschwendet, oder?" Ihr Tonfall war resigniert, aber dann schien sie bessere Laune zu kriegen, als sie sagte: „Ist alles gut. Jetzt habe ich die Freiheit, mich auf Briggs zu stürzen. Ein echt umwerfendes Exemplar."

„Irgendwas sagt mir, dass er damit kein Problem haben wird", bemerkte Sadie mit einem leisen Lachen. Sie setzte Cosmo auf dem Boden ab und ging dann, um ihre Freundin zu umarmen. „Ich hab dich lieb."

„Ich hab dich auch lieb, Süße." Sie trat zurück. „Jetzt raus mit dir hier, damit ich fertig packen kann. Wenn du nicht wach bist, wenn ich morgen aufbreche, sehe ich dich in ein paar Tagen."

„Zu unserem Auftritt bist du zurück, oder?", fragte Sadie, die sich plötzlich Sorgen machte, dass ihr Lieblingsmensch nicht da sein könnte.

„Den würde ich um nichts in der Welt versäumen." Melissa beugte sich hinab, um Cosmo zu tätscheln, und sagte: „Pass für mich auf deine Mama auf."

Er wedelte vor Melissa begeistert mit dem Schwanz, bevor er Sadie in ihr Zimmer folgte.

~

DIE SONNE STRÖMTE durch das Fenster, als Sadie schließlich am nächsten Morgen die Augen öffnete. Sie stöhnte genervt und blinzelte rasch, bis sich ihre Augen angepasst hatten.

„Cosmo?", fragte sie, schaute sich im Raum nach ihrem Hund um. Er war nicht neben ihr, wo er normalerweise schlief, und auch nicht in seinem Hundebett. Aber ihre Schlafzimmertür stand einen Spaltbreit offen, darum nahm sie an, Melissa hätte ihn rausgelassen.

Sie rollte sich aus dem Bett und tappte in die Küche. In dem Augenblick, als sie die Kühlschranktür öffnete, kam Cosmo aus dem Wohnzimmer angelaufen. Er sprang aufgeregt auf und ab, während er zur Begrüßung bellte.

„Hi, Kumpel. Ist Tante Melissa bereits weg?", fragte sie ihn.

Cosmo lief im Kreis, zu aufgeregt, weil es Morgen war, um sich zu entspannen.

Während sie vor sich hin lachte, machte sie sich auf die Suche nach Kaffee. Sobald der kochte, fand sie eine Nachricht, die Melissa ihr hinterlassen hatte, um sie wissen zu lassen, dass Cosmo schon draußen gewesen war und sie ihm ein Frühstück gegeben hatte.

„Danke, Mel", sagte Sadie ins Nichts, während sie sich ihren Kaffee holte. Mit der Tasse in der Hand ging Sadie ins Bad, bereit, mit ihrem Tag loszulegen. Sie kam nur so weit, sich die Zähne zu putzen, als sie ein Unheil kündendes Gurgeln aus den Rohren hörte.

Als sie sich gerade umdrehte, wurde das Geräusch noch lauter, gefolgt von braunem Schlamm, der aus dem Abfluss kam und die Wanne füllte. Von dem Klärgestank musste sie würgen, und sie lief aus dem Bad und in Melissas Bad, um auch dort Klärschlamm in der Dusche vorzufinden.

„Heiliges Kanonenrohr", rief Sadie, während sie zurück in die Küche lief und nach ihrem Handy suchte.

Eine Stunde später hatte sich das Abwasser nur noch weiter zurückgestaut, und Sadie saß draußen bei Cosmo, während der Handwerker den Abwassertank inspizierte. Als er schließlich auftauchte, war sein Gesicht grimmig. „Bei Ihrer Freundin blockieren Baumwurzeln die Rohre. Es gibt etliche Abschnitte, die man ersetzen muss, und ihr Abwassertank braucht Reparaturen. Das wird nicht billig, und leider auch nicht heute stattfinden. Wir können das Abwasser abpumpen, aber sie kann die Rohre nicht nutzen, bis wir wiederkommen und das erledigen können."

Sadie wurde das Herz schwer, während sie sich ihr Haus anschaute, das bereits in ein Zelt eingeschlagen war und ausgeräuchert wurde. „Wie lange dauert es, bis Sie wiederkommen können?"

„Drei, vier Tage höchstens. Wir können es eher probieren, aber da gibt's keine Garantie. Ich schlage vor, dass Sie einen anderen Ort finden, an dem Sie ein paar Tage wohnen können." Er riss den Zettel mit dem Kostenvoranschlag ab und reichte Sadie seine Visitenkarte. „Lassen Sie Ihre Freundin bei uns anrufen, um die Arbeit in Auftrag zu geben, und wir werden sie sofort einplanen."

„Mache ich." Sadie nahm die Papiere und rief Melissa an, um dir ihr die schlechten Nachrichten zu überbringen.

KAPITEL 13

„Hey, ist das nicht Sadie?", fragte Briggs, während er und King aus dem Incantation Café gingen.

King folgte seinem Blick, und da war sie. Sadie saß an einem der Außentische, Cosmo lag zu ihren Füßen. Sie nur zu sehen, sorgte schon dafür, dass er sich plötzlich leichter füllte. Er zögerte nicht, als er zu dem Tisch ging und sich ihr gegenüber hinsetzte. „Ist der Sitz frei?"

Sadie schaute auf, eindeutig verblüfft, bevor sie ihm ein müdes Lächeln zuwarf. „Jetzt nicht mehr." Sie schaute zu Briggs und nickte zu dem übrigen Stuhl hin. „Was habt ihr zwei heute vor?"

„Mit dir rumhängen." Briggs zwinkerte ihr zu.

„Nicht, wenn ihr heute noch Spaß haben wollt", sagte sie mit einem Seufzen. Cosmo fiel es auf, und er stieß ihre Hand an, bis sie ihn hochnahm und auf ihren Schoß setzte. Er schmiegte sich an ihre Brust, überschüttete sie mit Liebe.

„Was ist denn los, Sadie?", fragte King mit einem Stirnrunzeln. „Hat aber nichts mit den Idioten-Zwillingen zu tun, oder? Sie haben sich nicht bei dir gemeldet, oder?"

„Ach, nein." Sie lachte über seine Beschreibung, bevor sie die Augen ganz kurz schloss. „Nichts in der Art. Weißt du noch, dass ich dir erzählt habe, dass mein Haus in einem Zelt steckt und ausgeräuchert wird?"

„Ja." King hoffte, dass sie nicht noch mehr Probleme gefunden hatten. Er wusste, wie sehr sie das Haus liebte.

„Na ja, ich hätte bei Melissa bleiben sollen, aber wie es sich erweist, hat sie Probleme mit den Rohren, und ich kann dort nicht wohnen, bis das repariert wurde. Also sind Cosmo und ich im Augenblick obdachlos. Ich habe nach etwas zur Kurzzeitmiete hier in Keating Hollow gesucht, aber es gibt nichts bis auf ein Anwesen mit sechs Schlafzimmern, weil all die Touristen zum Erntefestival in der Stadt sind. Es gibt ein Zimmer in der Pension, aber dort kann ich Cosmo nicht lassen, denn er würde den ganzen Tag bellen, wenn er ein Geräusch hört. Also suche ich etwas an der Küste und werde jeden Tag pendeln, aber dann wird Cosmo den ganzen Tag zu lange eingesperrt sein, denn ich werde nicht nach Hause kommen und rauslassen können. Und jetzt bin ich einfach nur völlig frustriert." Sie umarmte Cosmo und küsste ihn auf den Kopf.

„Verdammt", sagte King. „Das ist furchtbar."

Sie nickte, wirkte elend. „Wenn nicht der Feiertag wäre, wäre es keine so große Sache. Es würde mich immer noch was kosten, aber dafür gibt's ja Kreditkarten, oder?" Sadie fing an, mit einer Hand auf dem Laptop vor ihr zu tippen. „Vielleicht kann ich ja eine Hundepension für den hier finden." Sie verzog das Gesicht und murmelte: „Meine arme Kreditkarte."

Briggs griff vor und drehte den Computer von Sadie weg. „Vergiss doch die Hundepension oder eine Bleibe an der Küste. Ihr beiden könnt bei mir zu Hause wohnen."

Sadie starrte ihn ausdruckslos an, als hätte sie nicht ganz verarbeitet, was er gesagt hatte. Dann schüttelte sie plötzlich den Kopf. „Nein. Das könnte ich nicht tun. Danke dir, aber ich kann mich dir doch nicht so aufdrängen."

„Du drängst dich ihm nicht auf", sagte King, der schwor, seinem Kumpel einen Monat lang Bier zu kaufen. „Er hat ein drittes ungenutztes Gästezimmer, das einfach nur leersteht."

„Das stimmt", sagte Briggs mit einem Lächeln. „Ich habe eine Vision, es eines Tages in ein Heimstudio umzuwandeln, aber dazu bin ich noch nicht gekommen. Es ist okay, ja zu sagen, Sadie. Die Matratze ist neu. Hat noch nie jemand drauf geschlafen. Komm und bleib und hilf mir, das Gefühl zu bekommen, dass ich mein Geld nicht damit verschwendet habe, ein Gästezimmer einzurichten, wo ich doch niemals Gäste habe."

Sadie warf einen Blick zu King. „Ist er kein Gast?"

„King?" Briggs warf den Kopf in den Nacken und lachte. „Nö. Niemals ein Gast. Mein Haus ist sein Haus. Und er hat seine eigene Schlafzimmereinrichtung gekauft. Also musste ich zumindest keine drei Betten kaufen, als ich eingezogen bin."

King warf seinem Freund ein dankbares Lächeln zu und wiederholte die Ermutigung. „Es ist ein Geschenk, sich von Freunden umsorgen zu lassen, denen man wichtig ist, wenn sie können. Es ist echt okay, ja zu sagen."

Sadies Augen wurden trüb vor Tränen, dann nickte sie. „Okay. Ja. Danke dir, Briggs. Du rettest mich da echt. Aber bitte lass mich dir irgendwie Miete zahlen. Du wirst mich und Cosmo da haben und hast keine Ahnung, worauf du dich einlässt."

„Auf keinen Fall." Briggs stand auf. „Ich nehme dein Geld nicht. Erwidere einfach den Gefallen irgendwann, oder gib ihn weiter, wenn du kannst."

„Ich kann doch nicht nichts zahlen", beharrte Sadie.

King hielt sich davon ab, vor ihr die Augen zu verdrehen. Er verstand ihr Bedürfnis, unabhängig zu sein, und nicht von jemandem Almosen anzunehmen. Es war normal für Leute, die ihre Art Kindheitstrauma hatten, es übermäßig dadurch auszugleichen, dass sie annahmen, alles immer allein machen zu müssen. Er hatte Briggs auch nicht gleich zugestimmt, den kostenlosen Raum zu nehmen. Aber sein Freund war beharrlich gewesen und hatte gesagt, dass sie Brüder waren, die einzige Familie, die jeder von ihnen hatte. Ein Nein als Antwort ließ er nicht gelten. Es war die beste Entscheidung gewesen, die King seit einer Weile gefällt hatte. Zeit mit Briggs zu verbringen, half ihm, ein Gefühl der Zugehörigkeit zu haben. Als würde er hergehören. Das war etwas, das er unbedingt brauchte.

„Wie wäre es mit einem Handel?", fragte King Sadie. „Anstatt Miete zu zahlen, könntest du für uns kochen."

„Uns?", sagte Briggs, der eine Augenbraue hob. Dann lachte er. „Als ich letztes Mal nachgesehen habe, stand dein Name nicht auf der Eigentumsurkunde."

Dieses Mal verdrehte King die Augen. „Wie wäre es, wenn ich Sadie dann beim Abendessen helfe? Ich werde ihr Souschef."

„Ich mache euch beiden gerne was zu essen", sagte Sadie. „Ich liebe Kochen. Also, im Austausch für ein Zimmer hier in Keating Hollow muss ich euch nur volle Bäuche bescheren?"

„Nein. Du musst überhaupt nichts", sagte Briggs. „Aber wenn du kochst, esse ich."

„Gut. Ist abgemacht", sagte Sadie, die entspannter und zufriedener wirkte als den ganzen Vormittag lang.

Briggs zog einen Schlüsselring heraus und lockerte einen Schlüssel. Er legte ihn genau neben ihre Kaffeetasse und sagte: „Der Schlüssel zum Haus und der Garage. Komm jederzeit rüber, wenn du möchtest. Ich muss heute Nachmittag ein paar

Stunden ins Studio, also werde ich nicht da sein, um dich rumzuführen."

„Das kann ich machen", sagte King, während er sich aus seinem Stuhl erhob. „Wie wäre es, wenn wir jetzt gehen, damit du Cosmo dort einrichten kannst, und dann können wir übers Abendessen reden."

Sadie setzte Cosmo ab, dann stand sie auf und warf die Arme um Briggs: „Vielen Dank. Du rettest mir das Leben."

„Jederzeit, Sadie", sagte Briggs. „Jederzeit."

KAPITEL 14

„Ich habe Essen gekauft!", rief Sadie, während sie aus ihrem Auto stieg und Cosmo aus seinem Hundesitz holte. Sie schaute auf zu dem fröhlichen gelben Haus, das umgeben von Mammutbäumen stand, und lachte. Das Craftsman-Haus hatte vorne ein Panoramafenster, das über die charmante vordere Veranda hinausschaute. Aber was ihr am besten gefiel, war der Wintergarten im zweiten Stock, der an den Speicher angebaut zu sein schien. Sie konnte sich einfach vorstellen, wie Briggs und King oben an ihrer Musik arbeiteten.

„Das hättest du nicht tun müssen", sagte King, der von der Veranda kam, um ihr beim Ausladen des Autos zu helfen.

„Es war das Mindeste, was ich tun konnte", sagte sie und öffnete den Kofferraum.

Cosmo lief zu King, sein Schwanz wedelte, und die Zunge hing heraus.

King blieb stehen, um dem Hund etwas Liebe zukommen zu lassen, bevor er sich ihre Einkaufstüten schnappte.

„Ich glaube, du hast einen Freund fürs Leben", sagte Sadie.

„Normalerweise braucht Cosmo etwas länger, um sich für Leute zu erwärmen."

„Er hat einfach einen guten Geschmack. Er hat sich auch dich ausgesucht, oder nicht?"

Sadie lachte. „Okay, da kann ich mitgehen." Sie schnappte sich ihren Koffer, schloss den Kofferraum und folgte King in das Haus.

Nachdem King die Lebensmittel abgestellt hatte, führte er sie in ihr Zimmer. „Richte dich ein. Ich räume die Lebensmittel weg."

„Danke", sagte sie, während sie sich zurückzog. Sobald er weg war, hievte Sadie ihren Koffer auf das Bett und schaute zu Cosmo. „Wir haben Glück, Junge." Er sprang hoch, legte die Pfoten auf die Seite des Bettes, sodass sie den Kopf schütteln musste.

„Du machst ganz schön viel Arbeit, weißt du das?" In dem Augenblick, in dem sie ihn aufs Bett hochhob, igelte er sich neben dem Kissen ein und schloss die Augen. Ohne Zweifel war er erschöpft von der ganzen Aktivität des Tages.

Zehn Minuten später, während Cosmo fest auf dem Bett schlief, ging Sadie in die Küche, wo sie King fand, der an der Arbeitsfläche stand und mit einem Stirnrunzeln auf sein Handy schaute. „Stimmt was nicht?"

Er schaute zu ihr auf, in seiner Miene stand Frust. „Nein. Ich glaube nicht."

Sie hob vor ihm die Augenbraue. „Du glaubst nicht?"

„Es ist meine Mutter. Sie ruft immer wieder an, und ich ignoriere sie die ganze Zeit, denn sie ist wütend auf mich, weil ich ihr keinen neuen Lexus spendiere. Aber ..." Er schüttelte den Kopf. „Sie hat gerade eine Nachricht geschickt, in der steht, dass sie rausgeworfen werden und am Ende des Monats obdachlos sind."

Sadie setzte sich neben ihn. „Ich nehme an, du bist nicht sicher, ob du ihr glauben sollst."

„Ganz genau." Er schloss die Augen und holte tief Luft. „Sie meldet sich nur, wenn sie Geld will. Am Anfang der Woche war es Geld für ein Auto, nachdem sie einen Totalschaden hatte. Ich habe genug für einen anständigen Gebrauchtwagen überwiesen, und sie war nicht glücklich damit. Und jetzt sagt sie das."

„Das Problem ist, dass du ihr nicht vertraust", sagte Sadie, während sie über den Tisch griff, um seine Hand zu drücken. „Das ist eine heftige Situation, in der du da bist."

King drehte die Hand um, um die Finger um ihre zu schließen. „Ich hasse das."

„Ich weiß."

Er fluchte tonlos und nahm das Handy mit seiner freien Hand. Sadie blieb still, während er auf das Display tippte und den Anruf tätigte.

„Kevin. Endlich!", sagte seine Mutter so laut, dass Sadie kein Problem hatte, sie zu hören. „Was ist denn so wichtig, dass du deine Mutter eine Woche lang nicht zurückrufen konntest?"

King erhob sich von seinem Hocker und fing an, in der Küche auf und ab zu gehen. „Was ist los? Warum werdet ihr rausgeworfen?"

Sadie konnte hören, wie seine Mutter sprach, die Einzelheiten aber nicht verstehen. Aber während er weiter zuhörte, wurde Kings Miene immer düsterer. Wut blitzte in seinen dunkelblauen Augen, während er ein finsteres Gesicht zog.

Endlich sagte King: „Hast du gerade damit gedroht, dass du zur Presse gehst und mir deine schlechten finanziellen Entscheidungen zum Vorwurf machst?"

Die Presse? Sadie war entsetzt für King. Was sie über seine Eltern gehört hatte, war Treibstoff für Albträume.

„Das ist Erpressung, Mutter." King brodelte.

Sadie wollte ihm sagen, er solle den Anruf beenden. Seine Nummer ändern. Eine Presseerklärung abgeben, dass er mit den Leuten, die ihn als Kind verstoßen hatten, nichts zu tun hatte. Stattdessen saß sie auf ihrem Hocker, qualmte und war verzweifelt, weil sie ihn wissen lassen wollte, dass es mindestens ein paar Personen in seinem Leben gab, die an ihm nur um seinetwillen interessiert waren, nicht wegen der Dinge, die er für sie tun konnte.

„Gib mir die Nummer deines Vermieters, und ich kümmere mich darum. Aber das ist das letzte Mal, Mutter. Ich bin fertig damit, das Bankkonto der Familie zu sein", sagte King.

„Schick mir einfach das Geld, Kevin!", brüllte seine Mutter ins Handy. „Um den Vermieter kümmere ich mich."

„Nein", entgegnete King, der den Kopf schüttelte. „Ich bin damit fertig, dir Geld zu schicken. Wenn du das Geld wirklich für die Miete brauchst, dann bezahle ich deinen Vermieter direkt. Nimm es oder lass es."

Am anderen Ende der Leitung herrschte Schweigen.

Ein paar Sekunden vergingen, bis King das Handy von seinem Ohr wegnahm und sich den Bildschirm anschaute. „Ich schätze, meine Bedingungen haben ihr nicht gefallen", sagte er und warf das Handy auf den Tisch.

„Sie hat einfach aufgelegt?", fragte Sadie verblüfft von dem, was sie gerade mitbekommen hatte.

„Ja."

King wirkte so niedergeschlagen, fast schon gebrochen. Sadie dachte nicht nach, sie ging nur und legte die Arme um ihn, hielt ihn dicht bei sich. Er klammerte sich an sie, sein Körper bebte, und Sadie drückte ihn noch fester, wollte ihn mit der Liebe erfüllen, die sie für ihn empfand.

Sie hielten einander, bis King sich schließlich zurückzog und über die Augen wischte. „Tut mir leid. Ich bin nur …"

„Du musst nichts erklären." Sadie nahm seine Hand in ihre und führte ihn in das Wohnzimmer. Sie setzten sich zusammen auf das Sofa, die Hände umeinander. Sadie drehte sich zu ihm und strich ihm sanft eine Strähne seiner schwarzen Locken zurück. „Sie haben dich nicht verdient."

Er nickte, schaute hinab auf ihre verbundenen Hände. „Ich weiß." Dann sah er zu ihr auf, seine Miene besorgt. „Woher weiß ich, dass ich damit richtig umgehe?"

Sadie verzog das Gesicht. „Ich bin nicht sicher, ob du da mich fragen solltest. Ich gehe überhaupt nicht mit meinem Vater um. Nicht nach allem, was damals in Salem passiert ist."

Er schaute sie neugierig an. „Willst du mir davon erzählen?"

Normalerweise redete Sadie nicht über ihren Vater. Sie tat lieber so, als würde es ihn gar nicht geben. Aber in diesem Augenblick wusste sie, wenn sie ihre Geschichte teilte, würde King sich weniger allein fühlen. „Bist du sicher, dass du das jetzt hören willst?"

Er nickte, drückte ihr ganz leicht die Hand.

„Okay. Also, du weißt ja bereits, dass er aufgetaucht ist und mich dazu gezwungen hat, mit ihm nach Osten zu gehen, was ich überhaupt nicht machen wollte. Als meiner Großmutter klar wurde, dass sie dagegen nicht ankämpfen konnte, ist sie dort auch hingezogen. Zumindest hatte ich sie, obwohl sie sich die Wohngegend meines Vaters nicht leisten konnte und ein Haus ein paar Städtchen weiter gesucht hat." Sadies Stimme war erstickt, während Tränen in ihren Augen brannten. Sie blinzelte sie weg, als sie fortfuhr: „Sie ist zwei Wochen gestorben, nachdem sie dort eintraf. Sie sagten, es wäre ein Schlaganfall gewesen. Aber ich glaube, es war der Stress wegen allem, was mit meinem Vater passiert ist."

„Ach, Sadie", sagte King. „Das tut mir so leid. Ich hatte keine Ahnung."

Sie nickte und tat ihr Bestes, um über den Schmerz

hinwegzukommen, der in ihrer Brust pochte. „Mein Vater, der mich nach Salem mitgenommen hat, weil er angeblich so große Sorge hatte, dass wir eine Familie wurden, hat sich geweigert, mich zu ihrer Beerdigung gehen zu lassen. Er sagte, ich müsse mich eingewöhnen und meine Stiefmutter kennenlernen."

„War sie auch furchtbar?", fragte King.

„Eigentlich nicht. Ich mochte Sherry sogar. Sie war eine süße Frau, die nicht verdient hat, wie mein Vater sie behandelt hat. Ich brauchte nicht lang, um zu merken, dass es bei meinem Vater nur um den Schein ging. Er hat mich buchstäblich meine Großmutter verlassen lassen, weil er wollte, dass ich mit dem Sohn eines bedeutenden Entwicklers zusammenkam, damit er eine Insider-Möglichkeit hat, mit ihm ein Treffen zu arrangieren."

„Er hat *was* getan?" King stand plötzlich auf, starrte entsetzt auf Sadie hinab. „Dein Vater war dein Zuhälter?"

„Nicht ganz." Sadie schüttelte den Kopf. „Es ist ja nicht so, als wollte er, dass ich mit dem Sohn ins Bett gehe. Er wollte nur, dass ich lange genug mit ihm zusammen war, damit mein Vater Zugang zu seinem Dad bekam. Alles, was von mir und Sherry die ganze Zeit erwartet wurde, drehte sich nur um seine Verbindungen und Geschäftsabschlüsse. Er hat uns beide benutzt, wann immer er eine respektable Familie vorzeigen musste. Aber wenn er das nicht musste, hat er uns ignoriert."

Sadie stand auf und nahm Kings Hände in ihre. „Zehn Monate lang habe ich mit einem selbstsüchtigen Narzissten gelebt, und das Fass zum Überlaufen hat schließlich die Tatsache gebracht, dass er versucht hat, das Haus meiner Mutter zu verkaufen, ohne es mir zu sagen. Er hatte es schon auf dem Markt und hatte sogar einen Käufer. Ich habe es herausgefunden, als Melissas Mom Rachel anrief, um sicherzustellen, dass ich das so wollte. Sie war die Verwalterin von Moms Nachlass. Wäre sie nicht gewesen, hätte ich das Haus meiner Mom verloren, und mein Dad hätte das Geld genommen. Rachel hat sich geweigert, den Verkauf durchzuführen, obwohl mein Dad Anwälte angeheuert und gedroht hat, die komplette Erbschaft dafür draufgehen zu lassen, wenn sie nicht tat, was er wollte."

„Dein Dad klingt wie meine Mom", sagte King, seine Stimme ausdruckslos und gefühllos.

„Ja. Sie schenken sich nicht viel, was ihre Rücksichtslosigkeit angeht, um ihre Kinder zum persönlichen Vorankommen benutzen. Ziemlich abstoßend." Sie lächelte ihn traurig an. „Tut mir leid, dass ich sagen kann, ich verstehe diesen Klumpen aus Zorn in dir ganz gut, über dem eine gesunde Schicht Schuldgefühle liegt, weil du nicht machst, was sie von dir wollen."

„Also weißt du, wie ich empfinde." Plötzlich lachte er. „Nur, dass du weggelaufen bist und ich rausgeworfen wurde. Wir sind schon ein Paar, oder?"

„Zusammenhalt durch Trauma. Das können wir am besten." Sie zwinkerte ihm zu.

Er nickte, dann lehnte er sich zurück an das Sofa und legte sich nach hinten, sah zu ihr auf. „Wie soll ich damit nun umgehen? Sie will mich nicht einfach die Miete an ihren Vermieter zahlen lassen. Sie sagt, dadurch wirkt sie finanziell instabil, und sie lässt nicht ihren Sohn in ihre Angelegenheiten eingreifen. Ich soll das Geld direkt an sie überweisen, oder sie wird ihre Geschichte an ein Klatschmagazin verkaufen."

„Was für eine Geschichte verkaufen? Dass sie dich rausgeworfen hat, dich obdachlos hat werden lassen?", stieß Sadie keuchend aus.

„Nein, diejenige, in der steht, dass ihr berühmter Sohn seiner Familie nicht bei Problemen hilft", sagte er verbittert.

„Heiliges Kanonenrohr." Sadie ließ sich neben ihn auf das

Sofa fallen. „Ich weiß nicht, King. Mit so einem Promizeug habe ich mich noch nie herumschlagen müssen. Ich habe keinen Ruf, den ich schützen muss, also ignoriere ich meinen Vater einfach. Er ist aus meinem Leben raus. Hätte er jetzt angefangen, mich zu bedrohen, schätze ich, ich würde zu einem Anwalt gehen müssen."

„Und zu einem PR-Berater", sagte King, der inzwischen resigniert klang. „Wenn ich ihr weiterhin Geld gebe, wird sie mich nie in Frieden lassen."

„Ich schätze, das stimmt." Sadie fühlte sich glücklich, dass ihr Vater zumindest keine Geldprobleme hatte. Hätte er die gehabt, würde er bestimmt denselben Mist mit bei ihr versuchen, falls er Wind davon bekam, dass sie irgendwie Erfolg hatte. Allerdings war sie zuversichtlich, dass er nicht wollte, dass ihm irgendein Skandal nachging, also war der Gedanke, eine Geschichte an ein Klatschmagazin zu verkaufen, lächerlich.

„Aber wenn ich ihr nicht weiterhin finanziell helfe, wird meine Vergangenheit über alle Klatschseiten verstreut." Er knirschte mit den Zähnen.

„Ich wünschte, ich hätte einen Zauberstab und könnte das alles für dich verschwinden lassen", sagte sie. „Berühmt zu sein, klingt ziemlich schrecklich, wenn du mich fragst. Bei dem ganzen Mist deiner Mutter und diesen Groupies, weiß ich nicht, wie du damit klarkommst."

Er schaute zu ihr herüber. „Dir ist klar, sobald unser Song in der Welt ist, ist es sehr wahrscheinlich, dass du dich mit ähnlichen Sachen rumschlagen musst, oder?"

Sadie hob nur beide Hände. „Du und Austin sagt immer, dass dieser Song ein Hit wird, aber für mich ist das schwer vorstellbar. Für mich ist das nicht wirklich."

Mit einem leisen Lachen kam King näher und gab ihr einen sanften Kuss. „Es wird sehr wirklich. Ich glaube, dass wir beide uns vielleicht morgen mit einem PR-Berater treffen müssen. Gleich nachdem ich einen Anwalt angerufen habe."

„Heißt das, deine Mom wird künftig keinen Zugriff mehr auf dich haben?"

Er nickte. „Das werde ich tun müssen, selbst wenn ich dann ein Interview machen muss, um alles geradezuziehen. Ich kann nicht zulassen, dass sie mich weiterhin so ausnutzt."

Sadie griff hinüber und drückte ihm eine Hand aufs Herz. „Du bist ein guter Mensch, King McGrath. Ganz gleich, was deine Mutter oder sonst jemand in den Medien sagt. Das behältst du im Kopf, okay?"

Er nahm ihre Hand in seine und holte sie an die Lippen, küsste sie auf die Handfläche. „Mache ich."

KAPITEL 15

*W*enn King sonst mit seiner Mutter sprach, warf es ihn für ein paar Tage aus der Bahn. Aber dass er Sadie in der Nähe hatte, mit der er reden konnte, hatte ihm eine bitter benötigte neue Perspektive vermittelt. Nachdem er ihre Geschichte gehört hatte, wie ihr Vater versucht hatte, ihr ihr Haus unter der Nase weg zu verkaufen, war er entsetzt gewesen. Und wäre er derjenige gewesen, der ihr einen Rat wegen ihres Vaters gab, hätte er gesagt, sie solle ihn ganz aus ihrem Leben entfernen und ihn verklagen, falls das überhaupt möglich war.

Aber weshalb hatte er das nie mit seiner Mutter gemacht? Weshalb hatte er diese Schuldgefühle immer wieder an sich herankommen lassen? Sie hatte nichts getan, das ihm geholfen hatte, erfolgreich zu werden. Tatsächlich hatten sie und sein Vater ihm als Teenager aktiv geschadet, es sogar noch schwieriger für ihn gestaltet, im Musikgeschäft durchzustarten.

Es war unmöglich, zu versuchen, Songs zu schreiben und Musik zu machen, wenn man jeden Tag um Essen und Obdach kämpfen musste. Und weil er und Briggs ihr Pflegeheim mit fast nichts verlassen hatten, war das genau alles gewesen, was sie ein paar Jahre lang gehabt hatten, bis sie endlich feste Jobs gefunden hatten, und eine sichere Wohnung. Erst da hatten sie sich darauf konzentrieren können, ihre Fertigkeiten zu verbessern.

Er wusste, dass es Zeit war, diesen Kreislauf mit seiner Mutter zu durchbrechen. Er hoffte nur, dass er für den Shitstorm bereit war, der darauf folgen würde.

„Komm schon", sagte Sadie, die vom Sofa aufstand und ihn mit sich zog. „Machen wir uns an die Arbeit mit dem Abendessen. Meinst du, Briggs kommt bald heim?"

„Da bin ich mir nicht sicher", sagte King, der ihr in die Küche folgte. „Fragen wir ihn doch." Als King sich gerade das Handy vom Tisch holte, blitzte Briggs' Bild auf dem Display auf, als ein Anruf hereinkam. „Hi, Bruder. Bist du schon unterwegs? Sadie kocht."

„Nein, darum rufe ich ja an. Ich habe heute Abend was vor", sagte Briggs, der abgelenkt klang. „Seid nicht überrascht, wenn ich es nicht nach Hause schaffe."

„Heißes Date?", fragte King mit einem Lachen. „Oder nur jemanden aufgegabelt?"

„Bin noch nicht sicher. Ich muss los."

Der Anruf wurde beendet, und King schaute hinüber zu Sadie, die damit beschäftigt war, Essen aus dem Kühlschrank zu holen. „Briggs wird heute Abend nicht auftauchen."

Sadie wirbelte zu ihm herum. „Echt? Das ist aber schade. Ich wollte eine riesige Lasagne machen, aber das wird zu viel für nur uns beide."

King ging zu ihr hinüber und nahm ihr den Käse aus den Händen. Rasch stellte er ihn zurück in den Kühlschrank und sagte: „Ich habe eine bessere Idee."

„Ach, du kochst?", fragte sie, und ihr rechtes Grübchen zeigte sich, als sie ihn angrinste.

„Nein, aber ich habe vor, dich zu füttern. Magst du Sushi?"

„Wer denn nicht?", fragte sie, als wäre das ja wohl klar.

„Gut, wenn du dafür zu haben bist, führe ich dich aus." Kings Herz schlug zu schnell, und er fragte sich, ob er jemals so nervös gewesen war, wenn er jemanden um ein Date gebeten hatte. Er bezweifelte es sehr. „Was hältst du von einem Dinner am Strand und einem Mondscheinspaziergang drüben an der Küste?"

„Du willst mich heute Abend rüber an den Stand fahren?", fragte Sadie, die eindeutig ein wenig schockiert war.

„Ja."

„Und ich muss nicht kochen", sagte sie vor sich hin, als würde sie über das Angebot nachdenken.

„Nö." Verdammt, er konnte nicht anders, als von ihr erheitert zu sein.

„Okay, aber ich mache morgen Abend Lasagne, und du sagst Briggs, dass seine Anwesenheit erforderlich ist. Verstanden?"

King salutierte gespielt vor ihr. „Verstanden. Jetzt geh und such dir was zum Anziehen, das für den Strand passt."

Sadie grinste und eilte weg zu ihrem Zimmer.

Zwanzig Minuten später, nachdem Cosmo draußen gewesen war und sein Abendessen bekommen hatte, traf sich Sadie mit ihm an der Tür. „Ich bin fertig."

„Sadie Lewis", sagte er, während er ihre Hand nahm. „Darauf habe ich seit zehn Jahren gewartet."

„DAS WAR DAS BESTE SUSHI, das ich je gegessen habe", erklärte

Sadie, während sie aus dem Restaurant gingen. „Wie hast du von diesem Laden erfahren?"

King nahm ihre Hand in seine und wunderte sich, dass diese Geste fast schon automatisch geworden war. Jedes Mal, wenn er sie berührte, fühlte es sich einfach richtig an. Und er dachte allmählich, dass ihre Hände Magneten in ihnen hatten, denn sie konnten nicht voneinander lassen. „Briggs. Wir waren vor ein paar Wochen hier. Es ist irgendwie ein verborgener Schatz."

„Ich würde sagen, nicht nur irgendwie: Es war perfekt." Plötzlich blieb sie stehen und drückte ihm einen süßen Kuss auf die Lippen.

Aber King wollte mehr von ihr. Er zog sie dichter an sich, bis ihre Körper aneinandergeschmiegt waren, und sagte: „Bist du bereit für einen richtigen Kuss?"

„Einen richtigen Kuss. Hmm, klingt interessant", sagte sie und schaute auf seinen Mund. „Lass mich nicht warten, King."

„Niemals." Er zog sie noch dichter heran und beanspruchte dann ihre Lippen für sich, küsste sie mit der Absicht, dass sich in ihrem Kopf alles drehen sollte. Sie schmeckte nach Sojasoße und Sake und etwas Süßem, das ganz allein ihr gehörte. Ihr Körper reagierte sofort, und hätten sie nicht vor dem Restaurant gestanden, hätte er ihr genau gezeigt, wie sehr er sie wollte.

Als er schließlich den Kuss abbrach, bewegte sich Sadie nicht. Sie stand nur da, atemlos, während sie sich die Fingerspitzen an die Lippen legte.

„Sadie?", fragte er mit einem Lachen. „Alles in Ordnung?"

Ein träges Lächeln trat auf ihre Lippen, als sie ihm in die Augen schaute. „Besser als in Ordnung. Jetzt bring mich an den Strand. Ich möchte meine Teenager-Jahre noch einmal erleben."

„Gut, denn genau das hatte ich vor." King zwinkerte ihr zu, bevor er sie zum Auto führte.

Der Parkplatz mit Strandzugang war verlassen, bis auf einen einsamen Truck, der ganz am Ende des Parkplatzes stand.

„Sieht so aus, als hätten wir den Strand für uns", sagte Sadie, die aus seinem weißen Jeep sprang.

„Ich schätze, eine Menge Leute haben Ende Oktober kein Interesse", sagte King, der eine Decke und eine Laterne hinten herausholte. „Die sind nicht so Hardcore wie wir."

Sadie schnaubte vor Erheiterung. „Ich bin mir nicht sicher, ob ich uns Hardcore nennen würde. Vielleicht einfach nur etwas sentimental."

King strich mit den Fingern über die kleine Schachtel, die er vorhin in seine Tasche gesteckt hatte, und sagte: „Auf jeden Fall sentimental."

Es war nicht annähernd so kalt am Strand, wie King befürchtet hatte. Sie hatten Glück gehabt. Die Wolkendecke hatte etwas von der Hitze des Tages zurückgehalten, und es ging fast kein Wind, was am Stand selten war.

Sadie öffnete die Arme weit und stieß einen Freudenschrei aus, während sie mit voller Geschwindigkeit zum Wasser lief. King wurde plötzlich in die Zeit versetzt, als sie siebzehn gewesen waren und genau dasselbe gemacht hatten, und er konnte nur daran denken, wie glücklich er an diesem Tag gewesen war, als er gesehen hatte, wie sie nach dem Schmerz und dem Verlust ihrer Mutter wieder zum Leben erwachte. Es war der Tag, an dem er sich komplett Hals über Kopf in sie verliebt hatte.

„Komm schon, du Schnecke!", rief sie. „Du verpasst es noch."

King joggte zu ihr, und als er an ihrer Seite war, fragte er: „Was verpasse ich?"

„Da draußen sind ein paar Seehunde. Du kannst ihre Köpfe im Mondlicht auf und ab hüpfen sehen. Siehst du sie?"

„Klar", log er, aber nur, weil er den Blick nicht von ihr wenden konnte. Sadie strahlte im Mondlicht, als die Wolken sich teilten. Voller Freude und Leben. Das hatte er vermisst. Ihre Zeit zusammen. Die Art, wie ihre Energie immer so ansteckend gewesen war. Sie gab ihm das Gefühl, leichter und freier zu sein, indem sie einfach nur existierte. Er hatte damals gewusst, dass es etwas Besonderes war, aber jetzt wusste er, dass es etwas unfassbar Seltenes war, und er beschloss, dass er verdammt sein sollte, wenn er es jemals wieder losließ.

„Was schaust du mich so an?", fragte sie und schüttelte den Kopf, obwohl sie nicht genervt wirkte.

„Das würdest du auch tun, wenn du dich selbst im Mondlicht sehen könntest."

Sadie schnaubte und lachte dann vor sich hin. „Okay, jetzt trägst du aber ein bisschen dick auf. Hier ist ein Tipp, King McGrath: Du musst dich bei mir nicht so sehr ins Zeug legen. Ich mag dich doch schon."

„Das ist gut. Denn ich mag dich auch." Er legte die Arme um ihre Schultern und sagte: „Geh ein Stück mit mir. Ich will dir was zeigen."

King und Briggs waren ein paar Mal an diesem Stand gewesen, seit King in das Städtchen gekommen war. Er war im Herzen ein Strandmensch. Fast alle seiner glücklichsten Erinnerungen waren passiert, als er am Strand gewesen war. Dort hatte er Sadie getroffen und sich in sie verliebt. Dort hatten außerdem er und Briggs eine Menge ihrer Freizeit verbracht, während sie in ihrem Pflegeheim gewesen waren, und später, als sie nach L.A. gezogen waren. Die Brandung, der Sand und die Sonne waren umsonst und hatten immer seine Nerven beruhigt. Dort schrieb er auch einige seiner besten

Songs. Es war einfach etwas an der Zugkraft des Meeres, das zu ihm sprach.

„Mir was zeigen, hm? Es ist doch nicht dein …" Sie schaute hinab auf seine Lenden, dann sah sie hoch, wieder in die Augen.

„Mein was, Sadie?", fragte er unschuldig.

„Ach, hör auf. Du weißt, was ich meine. Deine Ausstattung. Okay? Du hast mich doch nicht hier rausgebracht nur dafür, oder? Denn in Briggs' Haus scheint es ja perfekte Betten zu geben." Ihre Augen wurden groß, und sie legte sich eine Hand über den Mund, bedauerte eindeutig, dass sie diese Gedanken laut ausgesprochen hatte.

King warf den Kopf in den Nacken und lachte.

„Okay, jetzt hast du genug über mich gelacht", sagte sie. „Ich habe nur gemeint, dass Sand an unüblichen Orten überhaupt nicht so sexy ist."

„Aber ich habe eine Decke dabei", sagte King unschuldig, blinzelte sie an.

„Viel Glück damit."

Er lachte immer noch, als sie an einen Felsvorsprung kamen. „Das wollte ich dir zeigen."

Sadie schaute darauf, und dann zu ihm. „Gibt es eine kleine, versteckte Bucht auf der anderen Seite?"

Er nickte.

„Du machst Witze!", rief sie und fing dann wieder an zu laufen.

Diesmal hielt King mit ihr mit, und als sie um den größten Felsen kamen, blieben sie beide abrupt stehen, musterten die kleine Bucht. Sie erinnerte ihn so sehr an diejenige, in der sie sich in Westhaven immer getroffen hatten.

„Das ist perfekt." Sadie trat genau vor ihn und griff mit beiden Händen hoch, legte sie an die Seiten seines Gesichts.

„Du bist toll." Dann war sie diejenige, die ihn küsste, als ginge es um ihr Leben.

Sobald sie sich von ihm löste, holte er Luft, und dann lehnte er die Stirn an ihre. „Pass bloß auf, Sadie. Wenn du so weiter machst, wirst du echt noch meine Ausstattung gleich hier am Strand zu sehen bekommen."

„Ich bin mir nicht sicher, ob das was Schlimmes ist", erwiderte Sadie, die sich Luft zufächelte und lächelte. *Heißer Mann*, schien sie zu sagen.

„Selbst mit dem Sandproblem?", scherzte er.

„Das ist schon ein Problem", überlegte Sadie. „Allerdings bin ich sicher, dass wir kreativ sind, und dann können wir eine Möglichkeit finden, dass es funktioniert."

King legte die Decke auf den Sand und wünschte sich, er hätte Kerzen dabei, um es ein wenig besonderer zu gestalten. Aber zumindest hatte er eine elektrische Lampe. Er schaltete sie an und beschloss, dass das gehen würde. „Willst du zu mir kommen?", fragte King auf seinem Platz auf der Decke.

„Nur zu gern." Sadie nahm ihren Platz auf der Decke ein und wandte sich dann zu ihm. „Sollte ich mir die Schuhe ausziehen?"

„Nur, wenn du möchtest", erwiderte er.

Sadie schüttelte den Kopf, bevor sie sich an ihn schmiegte. „Heute Abend nicht. Es wird allmählich kühler."

Wirklich? Ihm war es nicht mal aufgefallen. Er war zu sehr damit beschäftigt, an die Schachtel in seiner Tasche zu denken.

„King, was ist los? Du siehst aus … Ich weiß auch nicht, als hättest du vielleicht ein schlechtes Sushi gegessen."

War das so? Das war nicht gut. „Es ist nicht das Sushi", sagte er, während die Wolken sich teilten und das Mondlicht auf sie herabfiel. „Aber es gibt etwas, was ich dich fragen muss, und ich bin vielleicht bisschen nervös."

Sadie zog die Beine hoch, während sie King ihre ganze Aufmerksamkeit schenkte.

„Ich bin's doch nur. Du brauchst nicht nervös zu sein", versicherte sie ihm.

Aber dann zog er die kleine schwarze Schachtel aus seiner Tasche und öffnete sie. Seine Hände bebten leicht, und er kam sich allmählich vor wie ein Narr. Das war zu früh. Was hatte er sich bloß gedacht? Er hätte ihr ein wenig Raum und Zeit geben sollen, bevor er das machte.

„King? Was passiert jetzt gerade?", fragte Sadie, die plötzlich genauso nervös klang, wie er sich fühlte.

„Was vor zehn Jahren hätte passieren sollen, aber nicht passiert ist, wegen deines Vaters." Er räusperte sich. „Ich habe diesen Anhänger zehn Jahre lang aufgehoben. Ich habe ihn an dem Tag gekauft, als wir im Club hätten auftreten sollen. An dem Tag, an dem dein Vater dafür gesorgt hat, dass du Westhaven verlässt."

„Anhänger?", fragte sie mit einer ängstlichen, hoffnungsfrohen Stimme.

„Ja. Anhänger", sagte er. „Er sollte mit Glück, Liebe und Wohlstand gesegnet sein. Ich wollte, dass du ihn als Versprechen an das bekommst, was in unserer Zukunft liegt … zusammen."

„Zusammen?", wiederholte sie. „King McGrath, ist das so eine Art Verlobungsanhänger?"

Er strich mit den Fingern leicht über ihr Kinn. „Nur, wenn du das so willst."

Einen langen Augenblick zögerte sie, dann grinste sie, während sie den Anhänger aus der Schachtel nahm und sagte: „Ja."

KAPITEL 16

„Bist du bereit?", fragte King Sadie, als sie aus ihrem Zimmer kam, Cosmo auf den Fersen.

„Nein", sagte sie mit einem nervösen Lachen. „Ich glaube, ich werde dafür niemals bereit sein." Sadie nahm sich einen Augenblick, um sich King wirklich anzusehen. Er trug Jeans, die Wunderbares mit seiner Rückansicht veranstalteten, und ein Henley-Shirt, das sich eng an seinen gut definierten Oberkörper schmiegte, zusammen mit schwarzen Motorradstiefeln. Und durch die Art, wie seine Locken gestylt waren, bekam er einen kontrolliert zerzausten Look, der ihn ganz und gar zum Rockstar werden ließ. „Du siehst heiß aus."

Er grinste sie an. „Das gebe ich gern zurück, du Schöne."

Sadie wurde rot. Sie hatte sich für ein eng anliegendes T-Shirt mit V-Ausschnitt entschieden, das ihre Kurven zur Schau stellte, mit einem karierten Minirock und kniehohen schwarzen Stiefeln. Sie fühlte sich ein bisschen albern, doch Melissa hatte ihr versichert, dass sie auf der Bühne toll aussehen würde, also hatte sie mitgemacht und hoffte einfach auf das Beste. Wenn man bedachte, dass heute Abend

Halloween war, nahm Sadie an, dass sie und King vermutlich die am normalsten wirkenden Leute auf dem Festival sein würden. Aber wenn man versuchte, ein Rockstar zu werden, war es wohl am besten, auch so auszusehen.

Wie sagte man noch mal? Kleide dich für den Job, den du dir wünschst? Na ja, sie gab ihr Bestes, um einen Rockstar darzustellen. Sie würde einfach hoffen müssen. Nach dem Abend am Strand fühlte sich Sadie, als hätte sie in einer Art Traum gelebt. Sie fühlte sich, als wäre sie wieder siebzehn, aufgedreht vor Glück, dass sie mit King zusammen war. Nachdem sie an diesem Abend zurück vom Strand gekommen waren, hatten sie eine Menge Zeit auf der Couch geknutscht, bis Briggs hereingekommen war und sie gestört hatte. Offensichtlich hatte seine Übernachtung nicht funktioniert.

Er war mehr als nur etwas betrunken gewesen, hatte aber zum Glück eine Fahrt nach Hause gebucht, und danach hatte King die ganze Nacht damit verbracht, sich um ihn zu kümmern.

Sadie hatte es ihm überlassen und ihm versichert, dass sie das verstand. Sie hatte auch schon etliche Nächte damit verbracht, sich um Melissa zu kümmern, nachdem sie etwas viel getrunken hatte, und umgekehrt ebenfalls.

Aber das bedeutete, dass ihr Abend etwas zu kurz gekommen war, und aus Sadies Plänen, ihn in ihr Schlafzimmer zu zerren, war nichts geworden.

Auch ganz gut so, dachte Sadie. Es war vermutlich besser, die Sache ein wenig langsamer anzugehen. Ihnen beiden etwas Zeit zu geben, um sicherzustellen, dass sie hundertprozentig bereit waren, ihre Beziehung weiterzuführen, bevor sie sie noch komplizierter machten.

„Du wirst es toll machen", sagte King zu ihr, der ihre Hand nahm und sie zu sich zog, um ihr einen Kuss auf die Wange zu geben.

„Wie ist dein PR-Treffen gelaufen?", fragte Sadie und griff nach ihrer Handtasche.

„Ungefähr so gut, wie man es sich vorstellen kann", sagte er mit einem Seufzen. „Ich habe meine Mom vorerst blockiert. Das Fass zum Überlaufen hat es gebracht, als sie gedroht hat, mir das Leben zur Hölle zu machen, wenn ich ihr nicht bis zum Ende der Woche fünfzigtausend schicke."

„Was? Ist sie wahnsinnig?", spuckte Sadie aus, die nicht glauben konnte, dass seine eigene Mutter versuchen würde, ihm auf diese Art Geld zu entziehen. Aber sie schätzte, sie hätte nicht überrascht sein sollen. Ihr Vater hatte versucht, das Haus ihrer Mutter ohne ihr Wissen zu verkaufen. Manche Leute waren einfach Monster, und je eher sie das akzeptierte, desto leichter würde es für sie werden, sie zu identifizieren und sie aus ihrem Leben zu entfernen.

„Offensichtlich. Der PR-Mensch hat mir erzählt, ich soll mit Chaos rechnen, denn Menschen, die ihre Familien als etwas sehen, das man melken kann, tun, was immer nötig ist, um etwas von dem Geld abzubekommen. Wenn also – nicht falls – sie eine Geschichte an die Klatschmagazine verkauft, dann werden Interviews für mich gebucht, um alles wieder richtigzustellen. Es wurde gesagt, da dokumentiert ist, dass ich in dem Pflegeheim war, wird der Großteil der Öffentlichkeit meiner Seite glauben, und es sollte meiner Karriere nicht schaden. Ich freue mich nicht drauf, aber ist es besser, als den Rest meines Lebens von ihr ausgenommen zu werden."

Sadie umarmte ihn, hielt ihn ganz fest. „Ich bin stolz auf dich. Du hast so viel Besseres verdient."

Er erwiderte die Umarmung, klammerte sich an sie, als würde er versuchen, ihre Kraft aufzusaugen.

„Ich glaube, es ist Zeit zu gehen", sagte sie schließlich, während sie sich zurückzog. Ihre Nerven lagen blank, und in ihrem Magen brodelte Übelkeit.

„War Cosmo draußen und hat was gefressen?", fragte er, sodass ihr Herz flog, weil er sich Sorgen um ihren Hund machte.

„Er hatte sein Abendessen, aber er sollte noch einmal raus."

„Okay, gehen wir, Junge", sagte King, der ihn zur Hintertür führte.

Während sie draußen waren, zog sie ihren Lippenstift im Spiegel in der Nähe der Eingangstür nach und schob sich eine Haarsträhne hinters Ohr. „Du schaffst das", sagte sie sich, während sie ihr Bestes gab, um ihre Ängste zu begraben. Wenn sie sich nur auf King konzentrierte, wusste sie, dass sie mit wehenden Fahnen da durchkommen würde.

„Es ist Zeit", sagte King, der zurück ins Zimmer kam. Cosmo hatte ein Leckerli im Maul und war bereits im Hundebett zusammengerollt, das am Fuß des Sofas stand.

„Machen wir's." Sie setzte sich ein mutiges Lächeln auf und folgte ihm durch die Tür.

„HIER SIEHT ES RAPPELVOLL AUS", sagte King, sodass Sadies Nerven wieder prickelten. Er machte keine Witze. Die Hauptstraße war übervoll mit Autos, die alle Parkplätze füllten, und es gab eine Menschenmenge, die sich um den Außeneingang des Festivals ballte. King stieß ein Stöhnen aus.

„Was ist?", fragte Sadie.

„Die Groupies", erwiderte er mit gerunzelter Stirn.

Sadie folgte seinem Blick und stieß ein leises Keuchen aus. „Das sind so viele."

„Ja, es ist schön, Fans zu haben, aber durch diese Ansammlung durch zu gehen, um reinzukommen, wird die Hölle."

„Geh hintenrum. Wir werden dort parken und diesem Schlamassel ausweichen", schlug Sadie vor.

„Kommen wir so rein?", fragte er.

„Ich bin sicher, ich kenne jemanden, der uns reinbringt. Das ist nur ein Vorteil, wenn man sein ganzes Leben in einer Kleinstadt verbringt."

King warf ihr ein dankbares Lächeln zu und fuhr um dem Block, bevor er bei einer Reihe anderer Autos parkte, die sehr wahrscheinlich Verkäufer und Leute waren, die die Fahrgeschäfte betrieben.

Sadie führte ihn hinüber zum Tor, an dem ein Jugendlicher stand, den sie noch nie getroffen hatte. „Verdammt", murmelte sie, und als sie näherkamen, lächelte sie ihn strahlend an. „Hallo auch!"

„Sie müssen vornerumgehen zum Vordereingang." Der Kerl schaute sie an. „Nicht gerade tolle Kostüme, wenn man mich fragt."

Sadie verbiss sich eine gesalzene Antwort und sagte: „Wir sollen in etwa zehn Minuten auf die Bühne. Glaubst du, du könntest uns einfach vorbeischleichen lassen? Wenn wir ganz zurückmüssen, werden wir zu spät kommen." Das stimmte zumindest.

„Tut mir leid." Er starrte auf sein Handy hinab, und Sadie war bereit, es dabei zu belassen, als sie einen Verbündeten sah. Sie setzte sich wieder ein Lächeln auf und rief: „Deputy Reilly! Sie sehen heute Abend gut aus."

Der normalerweise grummelige alte Deputy Sheriff warf einen Blick herüber und lächelte, während er auf sie zukam. „Sadie Lewis. Es ist ewig her, dass ich dich gesehen habe. Wie geht's?"

„Mir geht's gut. Haben Sie gehört, dass King und ich heute Abend mit unserem Song unser Debüt haben?"

„Schon. Es ist ziemlich viel los drüben an der Bühne", sagte der Deputy.

„Das haben wir gehört. Am Eingang wartet eine Gruppe Fans auf King, die ein bisschen aggressiv waren. Wir hatten gehofft, wir können hinten rein, damit wir rechtzeitig zur Bühne kommen."

„Ich habe ihnen bereits gesagt, dass dieser Eingang geschlossen ist", erklärte der Junge.

„Ist schon gut, Cooper", sagte der Deputy. „Ich kenne Sadie, und wenn sie sagt, da gibt es Schwierigkeiten, gibt es die vermutlich auch. Lass sie durch."

Der Junge wirkte, als wolle er etwas einwenden, trat aber trotzdem zur Seite.

„Danke", sagte Sadie und umarmte den Deputy rasch. „Meine Mom hat immer gesagt, Sie wären total lieb."

Der Junge schnaubte, und Sadie schluckte ein Lachen.

Das Gesicht des Deputys lief rosa an, als er sagte: „Sie war eine ganz Liebe. Hab einen guten Auftritt, Sadie."

Der Deputy ging, und der Kleine schaute sie an. „Ist das derselbe der Deputy Sheriff Reilly, der hier in Keating Hollow arbeitet? Ich habe noch nie gesehen, wie er die Regeln so verbiegt."

Sadie spürte ein tiefes Gefühl der Zufriedenheit, als sie sagte: „Er hatte was für meine Mutter übrig." Dann nahm sie King an der Hand und führte ihn hinüber zu dem Zelt, wo die Bühne aufgestellt war.

King lachte leise. „Das war geschmeidig."

„Ich habe mein Bestes gegeben."

Sobald sie drin waren, suchte King Austin, während Sadie die Menge hinter der Behelfsbar musterte, die die Keating Hollow Brauerei in der Nähe des Seiteneingangs aufgebaut hatte. Fast alle waren für Halloween verkleidet, Hexenkostüme waren am beliebtesten. Aber es gab auch jede Menge Vampire, Werwölfe und Zombies.

Ganz hinten war ein Pressebereich mit ein paar Reportern, und etwas, das wie eine Schar von Social-Media-Influencern aussah. Die meisten waren normal angezogen, bis auf die Influencer, die sich dafür entschieden hatten, berühmte Popstars nachzuahmen. Sie sah Britney, Taylor und Avril in der Gruppe und grinste.

Und dann gab es natürlich noch Kings Groupies, die irgendwie die Nachricht erhalten hatten, dass er drinnen war, und sich bereits auf ihn gestürzt hatten. Sie trugen alle etwas, das möglichst viel Haut entblößte. Hexen, Jungfrauen, sexy Katzen. Sie waren kaum zu übersehen. Zum Glück waren King und Austin in einem abgetrennten Bereich, der von der Security bewacht wurde, also gab es zumindest etwas Barriere, um die Menge in Schach zu halten.

Sadie wusste, sie sollte reingehen um Melissa begrüßen, und ihr für ihre Hilfe mit der Garderobe vorhin danken, aber sie war einfach noch nicht ganz bereit, sich irgendjemandem zu stellen. Stattdessen ging sie direkt zum Klo gleich vor dem Zelt. Nachdem sie dort gewesen war und sich in dem mobilen Anhänger die Hände gewaschen hatte, trat sie zurück nach draußen und lief fast in eine andere Frau hinein.

Sadie stolperte und fing sich, indem sie die andere Frau am Arm packte. Rasch riss sie sich los und machte einen Schritt zurück. „Ach du liebe Zeit. Das tut mir so leid! Alles in Ordnung?"

„Ja, ich glaube schon." Die Frau schob ihren Ärmel hoch und hielt den Arm vor, um ihn zu inspizieren. Dann lächelte sie Sadie an. „Nichts zu sehen. Sind Sie … Moment mal, sind Sie Sadie Lewis?" In den Augen der Frau stand Aufregung, aber je länger Sadie sie anschaute, desto mehr fühlte sie, wie eine emotionale

Kälte von ihr ausstrahlte. Es war fast, als würde sie versuchen, sich dazu zu zwingen, aufgeregt zu sein, Sadie zu treffen. Automatisch wurde sie wachsamer. Was wollte diese Frau von mir ihr?

„Ja, die bin ich", sagte Sadie. Es war nicht, als hätte sie lügen können. Sie würde in etwa zehn Minuten sowieso auf der Bühne stehen. „Sie sind?"

„Sie können mich Cin nennen. Cin mit einem C." Die Frau lächelte, und ihre Augen leuchteten.

Die ganze Kälte war weg, sodass Sadie sich fragte, ob sie sich das nur eingebildet hatte, vermutlich, weil sie wegen des Auftritts so nervös war. Sofort entspannte sie sich. Die Frau hatte umwerfende dunkle Lockenhaare und war in einen stylischen Anzug gekleidet, der perfekt auf ihre Läuferfigur geschneidert war. Dafür gab es kein Kostüm. Sie war älter als Sadie, hielt sich aber offensichtlich in Schuss, sodass es ihr schwerfiel, ihr Alter zu erraten. Sie hätte gesagt, Ende dreißig, vielleicht Anfang vierzig. „Es ist schön, Sie zu treffen, Cin. Wohnen Sie in Keating Hollow, oder sind Sie nur für den Auftritt hier?"

„Ich bin nur für den Auftritt hier. Tatsächlich habe ich einen ziemlich populären TikTok-Kanal und wurde eingeladen, als Teil des Social-Media-Promo-Teams." Sie klopfte sich auf die Brust, als würde sie nach etwas suchen, dann schaute sie nach unten und runzelte die Stirn. „O nein. Sieht so aus, als hätte ich meinen Presseausweis am Tisch zurückgelassen."

„Ist schon gut. Ich glaube Ihnen", sagte Sadie. „Es ist immer noch so komisch, sich vorzustellen, dass ich bei einem Event singe, bei dem es Presseausweise gibt. Ich schätze, irgendwann wird es bei mir ankommen, dass das alles wahr ist, und ich höre auf, zu denken, das wäre alles nur ein Traum."

Cin tätschelte ihr die Schulter, sodass ein Beben eiskalt Sadies Arm hinablief. Sie fuhr leicht zusammen, sodass Cin ihre Hand zurückzog. „Tut mir leid. Ich wollte keine Grenzen überschreiten."

„Haben Sie nicht. Ich hab nur gefroren, das ist alles." Sadie nickte zum Zelt hin. „Ich sollte vermutlich wieder rein."

„Moment", sagte Cin, die ihr den Fluchtweg abschnitt. „Ich habe mich gefragt, da ich Sie schon hier treffe, würde es Ihnen was ausmachen, mir schnell ein paar Fragen zu beantworten?"

„Äh, klar." Sadie war es etwas unbehaglich, ohne King oder Austin mit der Presse zu reden, aber es würde vermutlich keinen guten Eindruck hinterlassen, wenn sie die Frau aus dem Weg schob.

„Toll." Sie zog ein kleines Notizbuch aus der Tasche und klappte es auf. „Sie sind neu im Musikgeschäft, richtig?"

„Ja. Brandneu. Das ist der erste Song, den ich aufgenommen habe, und es ist erst mein zweiter öffentlicher Auftritt", sagte Sadie, und dann fragte sie sich, ob sie den letzten Teil hätte verschweigen sollen. Falls Cin sich auf die Suche machte und herausfand, dass King sie am ersten Abend, als sie zusammen gesungen hatten, stehen gelassen hatte, würde sie diesen Fund bestimmt teilen. Das war doch reines Clickbait.

„Es muss herausfordernd sein, das alles bewältigen zu wollen", sagte Cin. „Sagen Sie, wie kam es, dass Sie zusammen mit King McGrath singen?"

„Ach, Austin Steele, unser Produzent, hat uns zusammengebracht", sagte sie.

„Interessant. Und wie haben Sie Ihren Produzenten gefunden? Haben Sie einfach auf gut Glück ein Demo-Tape hingeschickt, oder gab es ein Vorsingen? Wie genau ist das passiert?"

Diese Fragen schienen ziemlich geradlinig, und Sadie fühlte sich allmählich behaglich mit den Antworten. „Das war ganz leicht. Ich arbeite in der Keating Hollow Brauerei, und Austin wohnt in der Stadt. Als er erfahren hat, dass ich singe, hat er mich gebeten, ihm ein paar Sachen vorzusingen, und … Na ja, der Rest ist Geschichte."

„Also stehen Sie in Verbindung", sagte Cin mit einem Nicken, während sie sich ein paar Notizen machte.

„Nein, ich würde nicht sagen …"

„Das war dann alles." Die Frau nahm Sadies Hand und schüttelte sie.

Klebrige Magie überzog Sadies Hand und wanderte ihren Unterarm hinauf, während die heftige Zufriedenheit der Frau Sadies Verstand zum Wirbeln brachte. Bevor sie auch nur erfassen konnte, was gerade passierte, war die Frau weg, sodass Sadie mit prickelnden Fingern und einem leichten Kopfschmerz dastand, der über ihrem rechten Auge einsetzte.

Was zum Teufel war gerade passiert?

„Sadie?", fragte Abby Garrison, die Frau ihres Chefs, die den Kopf aus dem Zelt steckte. Sie wirkte wie eine Feenprinzessin mit einer Blumenkrone auf dem Kopf. „Da bist du ja. Es ist Zeit. King wartet auf dich."

„Genau." Sadie holte scharf Luft, versuchte die Watte aus ihrem Kopf zu bekommen. Dann dehnte sie die Finger, um sicherzustellen, was immer mit Cin passiert war, hatte ihrer Hand nicht geschadet. Da alles normal wirkte, setzte sie sich ein Lächeln auf und ging in das Zelt, um sich der Musik zu stellen.

KAPITEL 17

Sadie stand an der Seite der Bühne neben King, konnte sich kaum stillhalten. Die gesammelte Energie im Zelt gab ihr das Gefühl, als würde Elektrizität durch ihren Körper rasen. Die Vorfreude, weil sie endlich auftreten durfte, war genauso überwältigend, und sie brauchte alles, was sie hatte, um nicht zum nächstbesten Ausgang zu rennen.

King nahm sie an der Hand und schob die Finger zwischen ihre, was sie sofort beruhigte. Er beugte sich zu ihr und flüsterte: „Du wirst toll sein."

„Falls das so ist, dann nur, weil du da bist." Sadie presste sich die freie Hand auf den Bauch, versuchte, die Schmetterlinge zu beruhigen.

„Du wirst von ganz allein toll sein", verbesserte er. „Und wir werden das meistern, weil wir ein tolles Team sind. Verstanden?"

Sadie nickte und wiederholte seine Worte immer wieder im Kopf, wollte es unbedingt glauben.

Austin stand auf der Bühne, dankte allen, dass sie

gekommen waren, und sagte etwas über die magische Verbindung zwischen den beiden Sängern, während er ihre Single ankündigte. Und das nächste, was Sadie hörte, war, dass er ihre Namen sagte.

Die Menge drehte durch, jubelte und skandierte ihre Namen.

King drückte ihr die Hand und rief: „Showtime."

„Machen wir es", hörte Sadie sich sagen, während sie King hinaus auf die Bühne folgte. Sofort wurde sie von einer Flut aus Gefühlen bombardiert. Da so viele Menschen im Zelt waren, ließ sich nicht festlegen, woher sie kamen, oder auch nur, woraus sie bestanden. Es war alles ein wildes Durcheinander und fügte ein Gewicht auf ihre Schultern hinzu, das sie nicht brauchte.

Nicht jetzt. Nicht, wenn sie ihr Herz in einen Song gießen würde.

Sorgen streiften ihre Arme und bildeten eine winzige Gänsehaut. Und dann hörte sie Kings Stimme in ihren Gedanken so klar wie der Tag sagen: *Ich hoffe, sie ist dafür bereit. Nach dem heutigen Abend wird sie berühmt sein.*

Sadie blinzelte, schaute sich um, versuchte, zu verstehen, was gerade passiert war. Sie hörte keine Gedanken. Sie war eine Empathin, keine Telepathin. Hatte sie sich das eingebildet? Aber es blieb keine Zeit, um sich darum Sorgen zu machen. Die Band hatte bereits angefangen, das Intro des Songs zu spielen.

Aus dem Nichts erschien Briggs und reichte ihr eine Gitarre. In dem Augenblick, in dem das Instrument in ihren Händen war, beruhigten sich ihre Nerven, und ihre Gedanken wurden leise. Sadie stieß ein tiefes, erleichtertes Seufzen aus.

King schaute zu ihr, fragte sie, ob sie bereit war. Sie nickte einmal, und dann schlug sie ihre Gitarre an. Er grinste, und zusammen warfen sie sich in ihren Song.

Sommernächte, sie gehörten dir
Mondlichtstrahlen, ich sah Magie, du sahst mich.
Deine Geheimnisse, das schwöre ich, sind nach allen Stürmen
noch bei mir.

Sadie schaute King in die Augen, während sie alles, was sie hatte, in den Song gab, der ihr so viel bedeutete. Es war ihr Lied. Ihre Geschichte. Und jedes Mal, wenn sie ihn jetzt sang, wurde sie von Liebe und Hoffnung und Vorfreude erfüllt. Und genauso er. Sie konnte es tief bis ins Innerste spüren.

Das Publikum verblasste. Sie sah nur noch den Mann, der neben ihr stand, der mit der Stimme eines Engels sang. Er hatte sie angezogen, und Liebe brach aus ihm hervor, erfasste sie, gab ihr das Gefühl, mächtig und geliebt und unbesiegbar zu sein.

Mit ihm zu singen, war einfach *unglaublich*.

Sadie war so in dem Song verloren, so in King verloren, dass ihr kaum auffiel, als die Magie allmählich über sie kroch. Anfangs war es nur schwach, nur hier und da ein Prickeln, aber dann begann Sadie zu pulsieren, als würde sie sich am Publikum laben, anstatt umgekehrt.

Und als das Lied endete, starrten Sadie und King einander viel zu lange an, bis zu dem Zeitpunkt, als die Magie, die sie umgeben hatte, plötzlich weg war.

Sadie fühlte sich kalt und bloßgestellt, und sie wollte nur noch von hier weglaufen. Aber sie hatten noch ein Lied zu singen. Kings Song. Sie drehte sich um, um zu den Musikern hinter ihr zu schauen, und fragte sich, weshalb sie nicht angefangen hatten zu spielen, und sie war verblüfft, als die Frau, die Keyboard spielte, plötzlich aufstand und sagte: „Du bist ein Arschloch." Sie zeigte ihrem Bandkollegen den Stinkefinger und stürmte von der Bühne.

„Was zum Teufel?" Sadie wandte sich wieder an King, stellte

fest, dass auf seiner Miene ein gequälter Ausdruck stand. „Was ist los?"

„Komm schon." Er packte sie an der Hand und zog sie von der Bühne.

„Aber wir sollen doch noch einen Song singen", sagte sie, eingeschüchtert und verwirrt, während der Lärm der Menge von einem dumpfen Brüllen zu fast unerträglicher Lautstärke anstieg.

„Sieh mal, Sadie", sagte er, während er mit der Hand zu der Menge wies. „Irgendwas stimmt nicht. Kannst du es nicht spüren?"

Sie standen hinter der Behelfsbar, schauten hinaus auf die Menge. Ihr fiel auf, dass viele Leute sich zu streiten schienen, aber Sadie konnte ihre Gefühle nicht spüren. Sie fuhr zurück, verblüfft von der Erkenntnis. Wut war ein intensives Gefühl, und wenn sie in jemandes Umgebung war, egal wer, der aufgebracht war, konnte sie es bis ganz hinab in die Knochen spüren.

Aber jetzt? Es fühlte sich an, als wäre ihr Gefühlsdetektor kaputt. Es gab nur noch einen Abgrund. Alles, was sie spürte, war eine unheimliche Stille. Das raubte ihr die Nerven.

Was war los?

„Ich muss hier raus", sagte King, der eine Grimasse zog und rückwärts ging. Er zerrte an ihrer Hand, aber Sadie war wie angewurzelt, versuchte immer noch, ihre neue Realität zu begreifen. Er schüttelte den Kopf, während seine Hand aus ihrer glitt. „Das ist alles zu viel. Ich packe das nicht."

„King?", rief sie, während er aus dem Zelt verschwand.

„Warum bist du so selbstsüchtig?", schrie eine vertraute Stimme direkt vor Sadie. Sie wirbelte herum, um festzustellen, dass Candy Hanna anbrüllte. Sie waren beide als Bäckerinnen verkleidet und hatten kleine Cupcake-Hütchen auf dem Kopf. „Du wusstest doch, dass ich was vorhabe, und du hast trotzdem weitergemacht und mich den Laden zusperren zu lassen. Es geht immer nur um dich!"

Hanna explodierte vor ihrer Cousine, brüllte etwas über Arbeitspläne, und dass Candy, wenn sie mehr Verantwortung wollte, auch mehr übernehmen musste.

„Hey!", sagte Sadie, die zwischen sie trat. „Ladys, bitte. Treten wir einen Schritt zurück und ..."

„Halt du dich da raus!", riefen sie beide gleichzeitig.

Sadie hob die Hände und ging rückwärts am Tresen entlang, um Melissa in einem Spice- Girls-Kostüm zu finden, wo sie bei Briggs stand, der sich nicht die Mühe gemacht hatte, sich zu verkleiden.

„Warum hast du mich kürzlich nachts nicht mit nach Hause genommen, Briggs?" Melissa strich mit den Fingern über seine Brust. „Ich weiß doch, dass du mich wolltest."

Lust brannte in Briggs' Blick, bevor er den Kopf neigte und sie so heftig küsste, dass Sadie dachte, sie würden gleich in Flammen aufgehen.

„Melissa!", rief ein Mann, sein Tonfall war abgehackt. „Was machst du da?"

Sadie keuchte, als sie Jasper in einem Höhlenmenschenkostüm sah, der direkt zu Briggs und Melissa lief.

„Japser? Was machst du hier? Und warum trägst du das? Du siehst lächerlich aus." Melissa beäugte ihn, wirkte verwirrt. „Ich dachte, nach dieser Katastrophe von einem Konzert würde ich dich niemals wiedersehen."

„Ich hatte dir geschrieben und gesagt, dass ich dir verzeihe", sagte er, klang wie ein trotziges Kind. „Ich hatte gesagt, ich würde hier sein, und jetzt finde ich dich mit diesem Kerl? Hast du mir nicht schon genug wehgetan?"

Melissa blinzelte ihn an. „Dir wehgetan? Ich kenne dich

kaum. Und du bist der unheimliche Kerl, der versucht hat, mich anzufassen. Das wird nichts."

„Aufhören!" Jasper schüttelte heftig den Kopf, dann schaute er auf den Mann hinter ihm. Er war hochgewachsen, in einem Anzug mit Umhang als reicher Vampir verkleidet, und er starrte Jasper an, in seinen schönen Augen stand Frust. Jasper stieß ein genervtes Stöhnen aus und sagte dann: „Wie soll ich alle überzeugen, dass ich nicht in Brandon verliebt bin, wenn ich keine Freundin halten kann?"

„Was?", rief Melissa, während sie zwischen den beiden Männern hin und her schaute.

Jasper schlug sich eine Hand vor den Mund, dann schob er sich an allen vorbei, unterwegs zur Tür. Der Mann, von dem Sadie annahm, dass er Brandon war, lief ihm nach. „Jas, warte!"

Überall um sie herum stritten die Leute. Alle bis auf Shannon und Brian Knox. Shannon war die Schwester von Silas Ansell. Sie managte seine Karriere und war eine gute Freundin der Townsends. Shannon war als sexy Krankenschwester verkleidet und presste sich an ihren Mann Brian, ein Bein um seine Taille gelegt, während sie mit dem Daumen über seine Lippen strich. Seine Hände hielten ihren Hintern gepackt, und Sadie erwartete, dass sie einander jeden Augenblick die Kleider vom Leib reißen würden.

Stattdessen schaute sich Shannon um und dann direkt zu ihrem Mann und sagte: „Ich bin jetzt gerade so geil, dass du mich lieber nach Hause bringst, oder ich werde mich auf dem Klo an dir vergehen."

Brian packte sie an der Hand und begann sie zur Seitentür zu ziehen, die zu den Toiletten führte.

Sadie sprang vor sie und deutete auf den Ausgang. „Nicht hier, Leute. Vertraut mir, das wollt ihr nicht in einem öffentlichen Klohäuschen machen. Ab nach Hause."

Shannon stöhnte und kicherte dann, während sie sagte: „Es gibt immer noch den Rücksitz."

Brian wirbelte abrupt herum, und die beiden schoben sich nach draußen.

Sadie hoffte nur, dass sie sich nicht zum Narren machten, bevor sie einen Ort mit Privatsphäre fanden.

Als sich das Chaos zu Abby und Clay fortsetzte, die darum stritten, wer ankündigen sollte, dass die Bar geschlossen war, übernahm es Sadie, den Wahnsinn zu beenden. Sie ging zurück auf die Bühne, schnappte sich ein Mikro und sagte: „Ladys und Gentlemen, vielen Dank, dass ihr heute Abend da wart, doch es ist Zeit, Schluss zu machen. Das Festival schließt. Bitte schnappt euch eure Sachen und ..." Bevor Sadie auch nur zu Ende sprechen konnte, gingen die Gäste alle direkt zum Ausgang. Sofort fingen sie an, einander zu schubsen und anzumachen. Sadie runzelte die Stirn und fügte hinzu: „Bitte geht in geordneter Art und Weise und seid nett zu allen anderen, die versuchen, heute Abend nach Hause zu kommen."

Die Worte schienen zu helfen, denn die Menge wurde plötzlich sanfter und begann, hinauszugehen, ohne einander über den Haufen rennen zu wollen.

King war plötzlich an ihrer Seite, als sie von der Bühne ging und durch die Seitentür das Zelt verließ. „Wie hast du das gemacht?"

„Ich weiß nicht", sagte sie, immer noch verwirrt. „Es ist, als wären alle besessen."

Er nickte, schaute sie mit besorgtem Blick an, aber sie konnte nichts spüren, das von ihm ausstrahlte, wie es sonst der Fall gewesen wäre.

„Geht es dir gut?", fragte ihn Sadie, suchte nach ähnlichen Anzeichen auf Besessenheit oder Aufregung oder irgendetwas, das den übertriebenen Reaktionen der Menge geähnelt hätte.

„Ja. Ich war einfach nur überwältigt von der Heftigkeit der

Gedanken der Leute. Ich habe immer mal kleine Ausschnitte bekommen, aber nichts dergleichen."

Sadie wusste, dass King telepathische Fähigkeiten hatte. Genauso wie er immer gewusst hatte, dass sie eine Empathin war. Keiner von ihnen ließ sich von den Fähigkeiten des anderen beeinträchtigen, da sie beide verstanden, was für eine Last es war, den Gedanken und Gefühlen anderer ausgesetzt zu sein. Sie nahm seine Hand und drückte sie.

Er erwiderte den Druck und sagte: „Suchen wir lieber Austin."

Sie machten sich wieder zum Hintereingang auf, doch als sie den Ausgang des Zeltes erreichten, hielt King inne, kniff in der Dunkelheit die Augen zusammen. „Das ist doch – auf keinen Fall. Das kann nicht sein."

„Was?" Sadie folgte seinem Blick und erhaschte einen kurzen Blick auf die Frau, die sie vorhin vor den Toiletten in die Ecke getrieben hatte, bevor sie auf die Bühne gegangen war.

„Das war meine Mutter." King lief los, ließ Sadie allein und völlig außer sich zurück.

KAPITEL 18

*K*ing sprintete los, rannte im Zickzack durch die aufbrechenden Gäste, und er war außer Atem, als er es endlich zum Eingang des Festivals schaffte. Sein Herz hämmerte, während in seinen Adern Zorn strömte. Er hätte nie gedacht, dass seine Mutter in Keating Hollow oder auf dem Festival auftauchen würde. Aber noch wichtiger, warum? Um ihn direkt zur Rede zu stellen? Falls ja, weshalb hatte sie das dann noch nicht getan? War sie erst kurz vor dem Auftritt eingetroffen?

Er schaute sich auf dem Parkplatz um, sah aber niemanden, der wie seine Mutter aussah. Frustriert ging er wieder hinein, wollte Sadie suchen, blieb aber abrupt stehen, als er eine Gruppe seiner entschlossenen Fans sah. Er musste eine Möglichkeit finden, um sie herumzukommen, bevor sie ihn bemerkten. King machte ein paar Schritte rückwärts, dachte, dass er den langen Weg um die Rückseite des Zelts nehmen würde, aber dann hörte er eine von ihnen kreischen: „Da ist King! Gleich dort drüben."

Er wirbelte herum und rannte aus dem Eingang, dann bog

er scharf nach rechts in eine Wohnsiedlung ab. Als er sicher war, dass die Groupies ihm nicht mehr folgten, holte er sein Handy heraus und schrieb Sadie. *Ich bin auf dem Weg zurück. Triff mich am Jeep.*

King brauchte fast eine halbe Stunde, um den ganzen Weg zurückzugehen, wo sein Auto stand, und er war erleichtert, als er Sadie neben dem Jeep stehen sah, die auf ihr Handy starrte. Sie schaute verwirrt auf, als hätte sie ihn nicht gehört. „Da bist du ja. Hast du sie gefunden?"

Während er den Kopf schüttelte, ging er hinüber und küsste sie auf die Schläfe. „Komm schon. Ich bin mehr als bereit, um nach Hause zu gehen."

„Geht mir auch so."

Sobald sie beide eingestiegen waren, legte er den Rückwärtsgang des Jeeps ein und raste hinaus, als gerade eine Gruppe Fans auftauchte, die Handys mit den Kameras erhoben, während sie seinen Aufbruch filmten.

„Meine Güte, geben die denn nie auf?", fragte Sadie, drehte sich in ihrem Sitz um und starrte sie an.

„Leider nein. Meinst du, es ist irgendein Zauber erhältlich, der Fans vertreibt?", fragte er.

Sadie schnaubte erheitert. „Ich würde einen Koffer voll kaufen." Dann wurde sie nüchtern. „Ich hasse es, dass sie es dir so schwer machen."

„Ja. Es ist nicht die angenehme Seite der Branche. Normalerweise ist es nicht so schlimm, aber diese Gruppe scheint entschlossen."

„Vielleicht kannst du mit Drew reden und sehen, ob sich da was machen lässt. Anzeigen wegen Belästigung oder so was", sagte sie.

Er nickte, aber seine Gedanken waren bereits von den Groupies weggezogen. Er konnte nicht aufhören, über das nachzudenken, was seine Mutter als nächstes tun würde.

„Bist du sicher, dass das deine Mutter war?", fragte Sadie.

„Ich bin überzeugt", erwiderte er, ohne zu zögern.

Sadie blieb still, bis er in die Zufahrt zu Briggs' Haus fuhr. Als King neben Briggs' SUV ranfuhr, sagte sie: „Vor dem Auftritt habe ich mit deiner Mutter gesprochen."

„Was?", fragte King, der in die Bremsen stieg, sodass der Jeep abrupt zum Stillstand kam. „Warum? Wann? Was hat sie gesagt?"

„Ich habe nicht gewusst, dass sie es war. Sie hat mir gesagt, ihr Name wäre Cin, und dass sie einen Presseausweis hätte, weil sie einen beliebten TikTok-Kanal für Musik betreibt."

„Sie heißt Cindy, also passt das schon", sagte er verbittert. „Aber den TikTok-Kanal?" Er schnaubte. „Das ist bestimmt eine Lüge. Wenn sie den hätte, hätte sie mich bestimmt benutzt, um größer rauszukommen, und ich hätte inzwischen davon gehört." Er kniff die Augen vor Sadie zusammen. „Was wollte sie?"

„Sie hat mich gefragt, wie ich entdeckt wurde und wie es letztlich kam, dass wir zusammen singen. Ich habe ihr nur gesagt, dass ich Austin kenne und dass er uns einander vorgestellt hat. Das ist alles."

King strich sich mit der Hand durch die Haare und stieß ein frustriertes Knurren aus. Dann stieg er ohne ein Wort aus dem Jeep und ging zum Haus.

Sadie eilte ihm nach. „Es tut mir leid, King. Ich hatte keine Ahnung, wer sie ist, sonst hätte ich dich vorgewarnt."

„Ich weiß", sagte er. „Du musst dich nicht entschuldigen." Er war so gedankenverloren, dass ihm nicht mal der Umschlag auffiel, der an die Vordertür geklebt war, bis Sadie sagte: „Da ist ein Brief für dich."

„Was?"

Sie deutete auf die Tür. „Schau."

Gleich vor ihr war ein Umschlag, auf den vorne der Name

Kevin gekritzelt war. Die Handschrift war unverkennbar. Sie gehörte seiner Mutter. Sie war hier gewesen, also war sie nicht nur bei dem Auftritt gewesen, sie wusste auch, wo er wohnte.

„Verdammt!" Er riss den Umschlag von der Tür und stapfte hinein.

Briggs saß in der Jogginghose auf dem Sofa, aß direkt aus einem Becher Eiscreme und sah aus, als würde er sich von einem Kater erholen. Seine Haare waren nass, was nahelegte, dass er geduscht hatte, aber seine Augen waren blutunterlaufen, und er wirkte, als hätte er eine Woche lang nicht geschlafen.

„Was ist mit dir passiert?", fragte King, der den Brief in seinen Händen musterte.

„Keine Ahnung", sagte Briggs. „Erst ging es mir noch gut, und ich war bereit, die Nacht im Bett mit einer heißen Frau zu verbringen, und dann fühlte ich mich, als hätte mich jemand so richtig verprügelt. Also bleibt auf Abstand. Ich brüte vermutlich irgendwas aus oder so."

„War die heiße Frau Melissa?", fragte Sadie, ihr Tonfall erheitert.

„Wie es der Zufall so will, ja. Aber dann hat sie sich auch nicht mehr so toll gefühlt, und ich habe sie bei der Pension rausgelassen, wo sie übernachtet, bis ihre Rohre wieder repariert sind, dann bin ich nach Hause gefahren."

„Sie übernachtet in der Pension?", fragte Sadie. „Ich dachte, ihr Haus sollte jetzt schon fertig sein." Sie zog ihr Handy heraus und begann auf dem Display zu tippen, während Cosmo an ihr Bein stupste. Mit einem Blick hinab auf den Hund sagte sie: „Komm schon, Cosmo. Ich bringe dich raus, während wir Tante Melissa anrufen."

Sobald Sadie weg war, sank King in den Sessel und musterte das Äußere des Umschlags. Dann schaute er auf. „War das an der Tür, als du heimgekommen bist?"

Briggs warf einen Blick auf den Umschlag. „Nein. Glaube ich nicht."

„Wie lange bist du schon hier?"

„Weiß ich nicht. Eine Viertelstunde? Lang genug, um kurz mal zu duschen, sich eine Jogginghose anzuziehen und mein Toffee-Mandel-Eis zu finden."

„Den hat sie wohl an die Tür geklebt, während du unter der Dusche warst", sagte King.

„Wer?"

„Meine Mutter."

Briggs riss die Augen auf. „Cindy war hier?"

King zog ein angeekeltes Gesicht, während er nickte. „Ich habe sie auf dem Parkplatz hinter dem Zelt nach dem Auftritt gesehen. Und Sadie sagte, sie hätte sie davor in die Ecke getrieben, obwohl sie nicht wusste, dass die Frau, mit der sie redete, meine Mutter war."

„Und sie hat einen Brief an der Tür hinterlassen." Briggs schüttelte den Kopf. „Willst du ihn denn öffnen?"

„Ja." King starrte auf den Umschlag hinab und riss ihn dann abrupt auf. Er musterte ihn und fluchte. Laut.

Kevin,

ich weiß, du bist aufgebracht. Du hast dein Argument vorgebracht. Aber du kannst deine Mutter doch nicht ignorieren. Schick mir das Geld, das du versprochen hast, und ich werde mich darum kümmern, dass deine Freundin sich von ihrem unglücklichen Zustand erholt.

Mom.

„Was steht da?", fragte Briggs.

King reichte ihm den Brief und ließ sich dann zurück in den Sessel sinken, starrte an die Decke, in seinem Inneren brodelte die reine Wut. Was hatte sie getan? King zermarterte sich das Hirn nach Möglichkeiten, hoffte verzweifelt, dass der Brief nur gebluffte war. Aber tief im Herzen wusste er, dass es stimmte. Er hatte die magische Kraft gespürt, die ihn und Sadie verzehrt hatte, als sie auf der Bühne gestanden hatten, und konnte nicht länger die Wahrheit leugnen, die ihm ins Gesicht starrte.

„Was heißt das?", fragte Briggs.

King verlagerte den Blick auf seinen besten Freund und sagte: „Ich bin ziemlich sicher, meine Mutter hat Sadie verflucht."

KAPITEL 19

„*M*elissa?", sagte Sadie ins Handy. „Ja, ich bin hier." Ihre Freundin klang, als würde sie neben sich stehen, überhaupt nicht wie sie selbst.

Sadie setzte sich in den Korbstuhl auf der hinteren Veranda, während sie zusah, wie Cosmo auf dem kleinen Flecken Gras herumschnüffelte. „Alles okay? Was ist los?"

„Ich glaube, ich habe was Schlechtes gegessen. Ich weiß nicht. Mir ist übel, und allmählich breiten sich Kopfschmerzen aus. Ich werde einfach etwas Ginger Ale trinken und ins Bett gehen."

„Das ist bestimmt eine gute Idee. Briggs fühlt sich auch nicht so toll. Vielleicht geht da irgendwas um."

„Vielleicht", sagte Melissa.

„Soll ich dir irgendwas holen? Ginger Ale? Schmerzmittel? Irgendwas, was deinen Magen beruhigt?"

„Ja, okay", sagte sie und klang elend.

„Ich bin unterwegs. Schreib mir, falls dir noch was einfällt, was du brauchst." Sadie beendete den Anruf, und als Cosmo fertig war, ging sie nach drinnen und schnappte sich ihre

Schlüssel. „Ich muss mal raus und Melissa ein bisschen Zeug holen. Sie fühlt sich noch schlimmer als du, Briggs." Sie schaute sich den Mann an, der immer noch seinen Eisbecher hielt. „Brauchst du irgendwas?"

Er schüttelte den Kopf, seine Miene war grimmig. „Ich komme schon klar. Sag Mel, dass es mir leidtut. Vermutlich hat sie sich das bei mir geholt."

„Euch ist beiden gleichzeitig schlecht geworden. Ich schätze, das war jemand anderes auf dem Festival. Mach dir keine Sorgen deswegen. Ich bin sicher, sie macht es dir nicht zum Vorwurf. Ich bin bald zurück." Sie wollte schon zur Tür, aber sie sah die düstere Miene auf Kings Gesicht und hielt inne. „Was ist los?" Sie wandte sich an King. „Es ist der Brief, oder? Was hat deine Mutter gesagt?"

King schüttelte den Kopf. „Einfach noch weiterer Schwachsinn. Mach dir keine Sorgen deswegen. Geh und kümmere dich um deine Freundin. Ich bin dann da, wenn du zurückkommst."

Sadie wollte protestieren, merkte aber, dass King vielleicht einfach Zeit brauchte, um es zu verarbeiten. Darum ging sie hinüber und gab ihm einen Kuss auf den Kopf, dann rief sie Cosmo. „Gehen wir, Kumpel. Tante Mel wird was zum Kuscheln brauchen."

Zwanzig Minuten später klopfte Sadie an Melissas Tür in der Pension von Keating Hollow.

„Ist offen", rief Melissa.

Sadie kam mit einer Tüte in einer Hand herein, und Cosmos Leine in der anderen. Sie stellte fest, dass Melissa unter den Decken begraben lag, ihre Kleidung im ganzen Raum verteilt. „Hey."

„Hey", sagte Melissa, ohne sich zu bewegen.

„Ich habe Verstärkung dabei." Sie stellte die Tüte auf

Melissas Nachtkästchen und hakte Cosmos Leine ab. „Cosmo will sicherstellen, dass es dir gut geht."

Melissa steckte den Kopf unter der Decke heraus und lächelte den Hund schwach an. „Hey, Junge. Komm her."

Sadie setzte ihn neben ihrer Freundin ab und blieb still, während sie ihn streichelte. Als Melissa schließlich aufhörte, lehnte er sich an ihre Seite, schmiegte sich an, wie er es immer machte.

Melissa lächelte ihn an. „Er ist ein guter Hund."

„Ist er." Sadie reichte ihr ein Ginger Ale. „Wie geht's dir?"

„Furchtbar." Sie schob sich hoch, ließ die Decke herabfallen. Sadies Augen wurden groß, als ihr das T-Shirt auffiel, das ihre Freundin trug. Der Aufdruck war ein Bild von ihr und King, während das Mondlicht auf sie herabschien. Unter dem Foto stand der Text: *I see you in my dreams, reflected in the midnight streams.* „Wo hast du denn das her?"

Melissa sah sie mit gerunzelter Stirn an. „Vom Festival. Wo denn sonst?"

„Ich hatte keine Ahnung, dass es bereits Merchandise gibt", sagte Sadie, die den Kopf schüttelte.

„Die waren in den Geschenktüten." Melissa nahm einen Schluck vom Ginger Ale und verzog das Gesicht.

„Nicht das Richtige?"

„Schon, ich muss nur ..." Melissa schüttelte den Kopf. „Was immer das ist, es tritt mir gehörig in den Hintern." Sie rollte sich wieder zusammen, umarmte ein Kissen.

Sadie legte sich auf das Bett neben sie, mit Cosmo zwischen ihnen, hatte vor, still zu sein und ihre Freundin ausruhen zu lassen, aber stattdessen sagte Melissa: „Ich werde erst nächste Woche wieder zurück in meinem Haus sein."

„Was?", stieß Sadie hervor. „Warum? Ich dachte, das würde nur ein paar Tage dauern?"

Sie gab ein leises, genervtes Geräusch von sich. „Das haben

sie anfangs gesagt, aber jetzt sagen sie, sie warten auf irgendein Ventil für den Abwassertank, und dann müssen noch weitere Rohre ersetzt werden. Ich weiß nicht. Es heißt einfach, dass ich eine Weile hier festsitze."

„Tut mir leid, Liebes. Ich bin sicher, das wird dein Budget ziemlich beanspruchen. Vielleicht kannst du kommen und in meinem Zimmer bei Briggs bleiben."

„Bloß nicht", sagte sie ins Kissen. „Das wird nicht passieren."

Sadie starrte auf sie hinab, bemerkte das Stirnrunzeln auf Melissas Gesicht. „Ich dachte, ihr zwei mögt einander. Immerhin habe ich gesehen, wie ihr euch bei dem Auftritt küsst."

„Scheiß auf ihn. Der Mann gehört echt zu den schlimmsten. Tut so, als würde er mich mögen, ist nett und beschützt mich, kauft mir was zu trinken und ist aufmerksam. Ganz zu schweigen von dem glühend heißen Kuss, den er mir gegeben hat. Aber als ich ihn gefragt habe, ob er mal mit mir ausgeht, habe ich noch nie einen Mann so schnell abhauen sehen. Es ist, als wäre er allergisch auf alles, was kein One-Night-Stand ist. Du könntest mir gar nicht genug bezahlen, um bei ihm im Haus zu bleiben."

Hatte King nicht gesagt, dass sein Freund sich nicht so gern festlegte? Er hatte gesagt, er würde schamlos flirten, es aber niemals mit jemandem ernst meinen. „Falls es hilft, glaube ich nicht, dass es an dir liegt. King hat erwähnt, dass er nicht wirklich auf Dates geht."

„Na, dann sollte er aufhören, so toll zu sein!", rief Melissa, dann kniff sie die Augen zu. „Meine Güte, ich klinge so armselig. Hör nicht auf mich. Ich bin nur selbstmitleidig, nach allem, was diese Woche passiert ist. Erst das Fiasko mit Jasper und jetzt sind meine Rohre hinüber, was mich übrigens ein Vermögen kosten wird, und dann werde ich von einem Typen abgewiesen, den ich echt mag. Weißt du, wie lange es her ist, dass ich mit jemandem ausgegangen bin, bei dem ich Schmetterlinge im Bauch habe, anstatt mich nur auf jemanden einzulassen und zu hoffen, dass es funktioniert?"

„Ewigkeiten?", schlug Sadie vor.

„Das kannst du laut sagen. Ich glaube, als ich letztes Mal mit jemandem aus war, bei dem es mir Spaß gemacht hat, in seiner Nähe zu sein, war in der Highschool. Kennst du noch Dare Deckman?"

Sadie nickte und sagte dann: „Ist der dann nicht letztlich schwul gewesen? Oder zumindest bi? Ich glaube, ich habe gehört, dass er einen Mann geheiratet hat."

„Ach! Aber natürlich." Melissa schüttelte den Kopf. „Das erklärt Jasper, schätze ich. Ich scheine Männer anzuziehen, die eigentlich gar kein Interesse an mir haben."

„Das liegt daran, dass du so offen bist, und sie dir vertrauen", sagte Sadie, die ihr einen Arm um die Schultern legte. „Dare warst du wirklich wichtig. Ich glaube, wäre er hetero gewesen, und ihr beiden wärt euch jetzt begegnet, hättest du eine echte Chance gehabt."

„Das ist keine Hilfe", erwiderte Melissa trocken. „Außerdem erklärt es nicht, dass Jas mich als Feigenblatt nutzt oder Briggs so tut, als hätte er Interesse, und dann in dem Augenblick wegläuft, in dem ich dieses Interesse erwidere."

„Sorry." Sadie lachte leise. „Jasper … der braucht doch Therapie, damit er mal eine Möglichkeit findet, sich authentisch auszuleben. Was Briggs angeht, kenne ich seine Geschichte nicht, aber sie spiegelt nicht dich wieder. Vertrau mir. Ich kenne dich besser als sonst jemand, und wenn ich ein Mann wäre, würde ich mit dir zusammen sein."

„Würdest du nicht." Melissa lachte, klang etwas besser als vorhin, als Sadie ins Zimmer gekommen war. „Ich bin viel zu sozial für dich."

„Das mag ich an dir." Sie zwinkerte ihr zu. „Du verhinderst, dass ich zur Einsiedlerin werde."

„Mich kannst du nicht reinlegen", sagte sie. „Aber danke, dass du versuchst, mich aufzumuntern."

Cosmo hob den Kopf und gab ihr einen Kuss auf die Wange.

Sie lachte. „Danke auch dir, Kleiner." Melissa seufzte und nahm noch einen Schluck Ginger Ale. Diesmal schien sie es leicht runterzukriegen. „Ich glaube, ihr zwei habt mich gerettet. Die Übelkeit lässt nach, mein Kopf fühlt sich besser an."

„Soll ich was zu essen bestellen?", fragte Sadie.

Melissa drückte sich eine Hand auf den Bauch und schüttelte den Kopf. „Das geht vielleicht etwas zu weit. Ich glaube, ich schlafe einfach drüber. Danke, dass ihr vorbeigekommen seid. Das hat geholfen."

Sadie glitt vom Bett und setzte Cosmo auf den Boden. „Du weißt doch, dass ich für dich alles tun würde. Ruh dich aus. In der Tasche sind Schmerzmittel und Cracker, falls du irgendwas brauchst, um deinen Magen zu beruhigen."

Melissa dankte ihr noch einmal, bevor Sadie und Cosmo zurück zu Briggs gingen.

Unterwegs dachte sie über Briggs nach, fragte sich, was ihn davon abhielt, es mit jemandem ernst werden zu lassen. Denn in ihrem Kopf passten er und Melissa perfekt zueinander. Briggs war bodenständig und witzig, und genauso Melissa. Sie waren einfach Leute, die jeder liebte, denn sie hatten immer was Witziges vor, aber letztlich waren sie da, um sich um die Leute zu kümmern, die sie liebten.

Sie waren die Menschen, von denen sie und King Glück hatten, dass sie sie hatten.

Als sie zurück zum Haus kam, war das Verandalicht an, aber sowohl King als auch Briggs waren schon ins Bett gegangen. „Sieht aus, als müssten wir zusperren", sagte Sadie zu Cosmo.

Sobald alles abgeschlossen war, zog sich Sadie in ihr Zimmer zurück, machte sich bettfertig und legte sich dann hin, Cosmo an ihrer Seite, während sie an die Decke starrte. Es brachte sie um, dass Kings furchtbare Mutter in die Stadt gekommen war, und sie keine Ahnung hatte, wie sie ihm helfen sollte. Schließlich schlug sie die Decke zurück und schlich durch den Gang zu seinem Zimmer.

Sie klopfte leise. „King?"

Schritte erklangen auf dem Dielenboden, kurz bevor sich die Tür öffnete. Er trug nur seine tief sitzende Schlafanzughose. Ihr Blick wanderte über seinen Oberkörper, musterte die Sixpack-Bauchmuskeln und seine muskulöse Brust.

„Hui", sagte sie leise.

Seine Lippen wölben sich zu einem sexy schiefen Lächeln, während er sie in sein Zimmer zog.

„Ich bin da, um zu sehen, wie es dir geht", sagte sie.

„Jetzt besser." King drückte ihr die Hände an die Wangen und beugte sich vor, küsste sie so heftig, dass sie atemlos war, als er sich zurückzog.

„Okay. Das war schön, aber …"

King legte ihr den Zeigefinger an die Lippen und flüsterte: „Willst du jetzt wirklich gerade reden?"

Sadie schüttelte den Kopf. Wollte sie nicht wirklich. Nach all den Jahren, in denen sie von King geträumt hatte, und dass er zurück in ihr Leben kam, wollte sie nur noch ihn. Sie wollte endlich verstehen, was es bedeutete, die Seine zu sein. „Nicht reden", sagte sie und führte ihn hinüber zum Bett.

Er strich mit den Händen ihre Arme hinab, und dann ließ er sie unter ihr Schlafanzugoberteil gleiten und hielt sie dort an der Taille, seine Finger strichen über ihre nackte Haut. „Bist du dir da sicher?"

„Ich bin sicher." Sie wusste, was sie wollte. Und das war King McGrath.

„Endlich", murmelte er, während er mit den Lippen ihren Nacken streifte und ihr das Oberteil auszog, sodass sie genauso entblößt dastand wie er. „Bei den Göttern, du bist umwerfend", sagte er und zog sie aufs Bett, wo ihnen die ganze Welt entglitt, während sie sich ineinander verloren.

KAPITEL 20

*K*ing wachte mit einem Lächeln auf dem Gesicht auf. Die vorige Nacht war einfach nur magisch gewesen. Er hatte gewusst, dass es etwas Besonderes werden würde, wenn er jemals eine Nacht mit Sadie verbrachte, aber ihm war nicht klar gewesen, dass er danach völlig verloren wäre. Die Liebe, die zwischen ihnen gestrahlt hatte, erfüllte seine Seele, machte ihn vollständig, und er wusste ohne einen Hauch des Zweifels, dass er den Rest seines Lebens mit ihr verbringen wollte.

Er griff nach ihr, aber als seine Hand nur das leere Bett fand, öffnete er die Augen und schaute sich um. Sie war weg, auf seinem Kissen lag eine Nachricht.

King, du hast so fest geschlafen und so friedlich ausgesehen, dass ich dich nicht wecken wollte. Ich musste zur Arbeit. Falls du Zeit hast, komm doch vorbei. Danke für letzte Nacht: Es war wunderbar.

Alles Liebe, Sadie.

„Verdammt", murmelte er, vermisste es bereits, sie zu halten. Er warf die Decke zurück und stolperte in das Bad auf dem Flur.

Dreißig Minuten später, nachdem er geduscht hatte und angezogen war, ging er in die Küche und fand Briggs, der am Tisch saß. Er hatte sich zurückgelehnt, trank eine Tasse Kaffee, während er etwas auf seinem Laptop las. Ein Stapel Waffeln mit frischen Erdbeeren und Schlagsahne stand mitten auf dem Tisch.

„Wow, tolle Auslage", sagte King. „Das hast alles du gemacht?"

Briggs nickte und grinste ihn an. „Ich dachte, du brauchst bestimmt ein gutes Frühstück, um nach letzter Nacht diese Kalorien wieder reinzukriegen."

King hob eine Augenbraue, antwortete aber sonst nicht. Er war nicht überrascht, dass sein Freund ihn wegen seiner Nacht mit Sadie aufzog. Aber King nahm den Köder nicht an. Seine Zeit mit Sadie stand nicht zur Debatte. Was sie miteinander teilten, blieb zwischen ihnen, und nur ihnen.

„Ach, so ist das also?", sagte Briggs, der ernst wirkte. Dann nickte er. „Ja, ich dachte mir, dass das so laufen würde."

„Wirklich?", fragte King, während er sich eine Tasse Kaffee holte.

„Jeder mit Augen im Kopf konnte doch sehen, dass du dich heftig in das Mädchen verliebt hast. Gut für dich, Mann. Ich freue mich für euch beide."

„Danke." King setzte sich an den Tisch und genehmigte sich eine Waffel. Er belegte sie mit Erdbeeren und Schlagsahne. „Dir geht es bestimmt besser, wenn du aufstehst und das alles machst."

„Stimmt. Was immer das gestern Abend war, es ist jetzt weg. Tatsächlich fühle ich mich toll. Und du solltest das auch. Sieh dir das an." Er drehte den Computer um, sodass King einen Artikel von einem der renommiertesten Musikkritiker in der Branche sehen konnte. Die Überschrift lautete:

Aufgepasst, Welt. Ein neues Duo macht die Stadt unsicher, und sie werden dafür sorgen, dass ihr euch genau wie ich verliebt.

King musterte den Artikel, und dann musterte er ihn erneut. Es waren zwei ganze Seiten darüber, wie sehr der Autor die neue Single mochte. Er erklärte alle Elemente des Songs und sagte am Schluss, dass er der Erste wäre, der sich für Konzertkarten anstellen würde.

„Und sieh dir das an." Er zog sein Smartphone heraus und öffnete seinen Musik-Streamingdienst. Gleich da in der Hot 100 der Neuerscheinungen war Kings und Sadies Song. „Das trendet überall. Im Streaming-Radio und auf sozialen Medien. King, Bro, du und Sadie habt da einen Hit kreiert."

King lehnte sich in seinem Stuhl zurück, er war verblüfft. Er hatte gewusst, dass der Song gut war. Hatte das Gefühl gehabt, dass er sogar toll war. Aber das hatte er nicht erwartet. Nicht so schnell. Normalerweise dauerte es, bis sich Songs aufbauten. Aber das fühlte sich an wie … Magie.

Da war wieder dieses Wort. King beschloss, dass Sadie der Grund war. *Sie* war Magie, und soweit es ihn betraf, wurde alles magisch, was sie berührte.

Aber dann bildete sich plötzlich eine dunkle Wolke über seinem Kopf, während er sich an die Nachricht erinnerte, die seine Mutter am Vorabend hinterlassen hatte, und dass er so überzeugt gewesen war, dass Sadie verflucht worden war. Hatte er sich das eingebildet? Gestern Abend, als sie von ihrem Besuch bei Melissa zurückgekommen war, hatte sie völlig normal gewirkt. Es hatte kein Anzeichen von irgendeiner Art Fluch gegeben.

Hatte seine Mutter ihm nur was vorgemacht? Das hätte er ihr durchaus zugetraut. Aber was war dann passiert, als sie gestern Abend auf der Bühne gestanden hatten? King hatte noch nie eine solche magische Energie gespürt, wenn sie vorher gesungen hatten. Klar, er hatte ihre Gedanken gehört, und er war sicher, dass sie seine Gefühle gespürt hatte, aber das war nicht so verzehrend gewesen wie diese Magie, die überall aufgeflackert war. Es war fast, als hätten er und Sadie die ganze emotionale Energie aus dem Raum aufgesogen, und als sie dann mit dem Singen fertig gewesen waren, war alles völlig durchgedreht.

Er wusste einfach nicht, was es bedeutete, und es frustrierte ihn. Er musste mit Sadie sprechen. Das war alles, was zu tun war. King schaute auf die Uhr. Sie hatte vermutlich in ein paar Stunden Pause. Dann würde er runtergehen zur Brauerei und ihr von der Nachricht erzählen.

King wandte sich an Briggs. „Kann ich dich was fragen?"

„Was denn? Hast du Fragen wegen der Bienchen und Blümchen? Es klang ja, als wüsstest du, was du tust, aber ich schätze, das Stöhnen könnte auch vor Enttäuschung gewesen sein", sagte Briggs mit einem schelmischen Grinsen.

„Hör auf. Darum geht es nicht, und niemand war irgendwie enttäuscht."

Briggs kicherte. „Wenn du das sagst."

King verdrehte die Augen. Sein Freund konnte manchmal so kindisch sein. „Warum fängst du niemals mit jemandem was Ernstes an?"

„Äh, was?", fragte Briggs, der verblüfft wirkte. „Was ist denn das für eine Frage? Versuchst du, mich an jemanden zu verheiraten?"

„Nein." King schüttelte den Kopf. „Überhaupt nicht. Du kannst den Rest deines Lebens Single bleiben, wenn dich das glücklich macht. Oder heiraten und ein paar Kinder in die Welt setzen." King schaute sich in der Küche um. „Lass mir nur ein Zimmer, machst du das?"

„Es wird immer Platz für dich geben, du Hohlbirne. Du bist meine Familie." Briggs' Blick verlagerte sich auf etwas anderes, und er fügte hinzu: „Meine einzige Familie."

„Genau", sagte King. „Wir sind die einzige Familie, die wir haben, du und ich. Und ich muss ehrlich sein; ich hoffe, dass Sadie und ich auch zusammen ein Leben auf die Beine stellen können."

„Sagst du mir da, dass ich ersetzt werde oder so was?", fragte Briggs mit einem erzwungenen Lachen.

King lehnte sich zurück und starrte seinen Freund an. „Meinst du das jetzt ernst? Glaubst du echt, dass es jemanden gäbe, der dich ersetzen könnte? Dass ich dich fallen lassen würde, weil ich Sadie gefunden habe?"

„Na ja, nein. Aber so klingt das, was du sagst." Er stand abrupt auf und brachte seinen Teller zur Spüle. „Ganz gleich, was passiert, ob du Sadie heiratest oder sonst jemanden, du hast bei mir einen Platz, und genauso sie. Ich weiß überhaupt nicht, warum wir dieses Gespräch führen." Er spülte seinen Teller und stellte ihn in den Geschirrspüler.

„Weil du mehr verdient hast, Briggs", sagte King leise. „Mehr als nur mich."

Sein Freund drehte sich nicht um, um ihn anzusehen, als er sagte: „Lass es, King. Mir geht's gut. Ich brauche keine Frau, um mich glücklich zu machen." Dann verließ er die Küche, den Kopf gesenkt.

King stieß ein langes Seufzen aus, fragte sich, wie er es so vermasseln hatte können. Er hatte doch eigentlich nur … Teufel, er wusste nicht mal genau, was er da versucht hatte. Briggs war ein Erwachsener. Er konnte sein Liebesleben so gestalten, wie es ihm gefiel.

Es war nur, dass King tief in sich dachte, Briggs gut genug zu kennen, um zu wissen, dass er jemanden brauchte. Jemanden, der nicht nur King war. Jemanden, dem er sein Leben widmen konnte. Er war jemand, der sich kümmerte. Er machte immer sowas wie Frühstückzubereiten und King vor

Fans schützen. Er hatte eine Menge Liebe zu geben. Daran bestand kein Zweifel.

King wusste auch, dass Briggs trotz seiner wilden Scherze über das Dasein als Frauenheld und dass er nur One-Night-Stands wollte, in Wahrheit kaum je mit jemandem rummachte, mit dem keine „Freunde mit gewissen Vorzügen"-Situation bestand. Und seit Briggs nach Keating Hollow gezogen war, dachte King, dass er nicht mal einen von denen gehabt hatte. Er wollte einfach mehr für seinen Freund. Wie immer das aussah.

Nachdem King in der Küche sauber gemacht hatte, brachte er Cosmo raus, sprang dann in seinen Jeep und war unterwegs zum Studio.

„King!", rief Austin, als King ins Büro kam. „Wie geht's meinem Lieblingspopstar heute Vormittag?"

„Mir geht's gut. Wie laufen die Dinge hier?" Er setzte sich auf den Stuhl gegenüber von Austin.

„Fantastisch. Hör mal, ich freue mich, dass du vorbeigekommen bist." Austin tippte auf einen Block, den er auf seinem Schreibtisch hatte, und fragte: „Weißt du, was das ist?"

„Papier?", sagte King, nur um zu klugzuscheißen.

Austin achtete nicht auf ihn. „Es ist eine Liste von Medienanfragen, die entweder einen Live-Auftritt oder ein Interview mit sowohl dir als auch Sadie wollen. Das Telefon hat den ganzen Vormittag ständig geklingelt. Dieser Auftritt gestern Abend ... Ich sag's dir, King, das war pure Magie. Alle reden darüber. Ich habe noch nie gesehen, wie etwas so schnell abhebt. Wir müssen dich und Sadie so schnell wie möglich auf Tour bringen. Wenn man das jetzt ausnutzt, wird eure Single der Song des Jahres. Denk an meine Worte."

„Hey, das ist toll", sagte King, der versuchte, die Stimme in seinem Kopf zu beruhigen, die ihn warnte, dass seine Mutter irgendwas mit Sadie angestellt hatte. Er wusste nur noch nicht, was. Und sich einen anstrengenden Marketingfeldzug anzutun, bevor er das raushatte, schien nicht wie eine tolle Idee. „Hör mal, Austin, ist meine Mutter schon in irgendwelchen Nachrichten aufgetaucht?"

„Nö. Aber ich würde jetzt mich jetzt drauf vorbereiten", sagte er, plötzlich ernst. „Sobald sie die ganzen Schlagzeilen sieht, wird sie gleich wieder an deiner Tür stehen und nach einer weiteren milden Gabe fragen."

„Dachte ich mir", sagte er und fühlte sich niedergeschlagen. Er wusste, dass sie in der Stadt war, und er würde nervös bleiben, bis sie ihren nächsten Schritt machte.

„Tut mir leid, Mann. Ich hatte nie so einen Fall wie du, aber ich weiß, wie es sich anfühlt, wenn deine Familie nicht so ist, wie du sie gern hättest." Austin lehnte sich in seinem Stuhl zurück, dann stieß er plötzlich ein erheitertes Schnauben aus. „Natürlich habe ich rausgefunden, dass mein Vater beschissen war, weil er von einem Geist besessen war, aber das ist vermutlich nicht das Problem deiner Mutter." Er hielt inne und hob die Augenbrauen. „Obwohl es nicht schaden kann, das zu überprüfen."

„Das wäre genau mein Glück", murmelte King. „Aber sie war schon immer scheiße, also ist es nicht wahrscheinlich."

„Man weiß ja nie. Dieser Geist steckte über zehn Jahre in meinem Vater."

„Ach." King wünschte sich von Herzen, er könnte das Verhalten seiner Mutter einer Inbesitznahme zuschreiben, aber irgendwie wusste er, dass das für ihn einfach nicht drin war. „Weißt du, falls sich die Gelegenheit ergibt, könnte ich mir das anschauen, nur um es auszuschließen."

„Kann nicht schaden", sagte Austin. „Und in der Zwischenzeit halte dich an den Plan, den dieser PR-Typ aufgesetzt hat. Das letzte, was du willst, ist, dir von deiner

Mutter etwas wegnehmen zu lassen, das ihr nicht gehört. Wir werden jeden Schritt des Weges hinter dir stehen. Keine Sorge deswegen. Außerdem, so groß, wie dieser Song wird, und mit deiner bereits soliden Fanbase, wird dich jetzt nichts aufhalten. Genieß es, okay?"

„Klar, Boss." King erhob sich. „Vielen Dank für die Aufmunterung."

„Jederzeit", sagte Austin. „Und, King?"

„Ja?"

„Ich gratuliere."

KAPITEL 21

Sadie war damit beschäftigt, den Tresen zu wischen, als Clay und Abby zusammen hereinkamen. „Hey! Wie geht's?", fragte sie sie. „Ich hoffe, ihr beiden musstet nicht zu lange aufbleiben, um die Bar abzubauen, nachdem wir unser Debüt mit dem Song hatten."

„Oh, es war schon spät", sagte Abby, die am Tresen Platz nahm. „Und dann, als wir nach Hause kamen, wurde uns beiden so richtig übel."

„O nein! Melissa und Briggs ging es auch nicht gut", sagte Sadie. „Warum seid ihr hier? Ihr solltet doch im Bett sein und euch erholen."

„Ach, nein." Abby lächelte strahlend. „Beim Aufstehen ging es uns echt gut. Wir haben wohl was Falsches gegessen."

„Abby hat mir letzte Nacht einen ihrer Tränke aufgezwungen", sagte Clay, der sich ein Glas Wasser holte. „Ich muss zugeben, obwohl er nach Erde geschmeckt hat, scheint er gewirkt zu haben."

„Er schmeckt nicht nach Erde", behauptete Abby. „Er schmeckt nach Gras. Die Hauptzutat ist Weizengras."

„Ja, schmeckt nach Gras und Erde", sagte er. „Ich beschwere mich aber nicht. Es hat gewirkt, soweit es also mich betrifft, bist du die Heldin bei dem Ganzen."

Abby strahlte ihn an. „Darum habe ich ihn geheiratet."

Sadie lachte leise. „Gute Entscheidung."

„Kannst du mir einen Cheeseburger, Käse-Pommes und ein Stück Apfel-Pie bringen? Und Kaffee. Auf jeden Fall Kaffee", fügte Abby an. „Ich bin heute am Verhungern."

„Meine Güte, du scheinst dich ja echt besser zu fühlen." Sadie tippte ihre Bestellung ein und arbeitete dann an einer frischen Kanne Kaffee.

Als sie die Kanne herausbrachte, freute sie sich, Melissa und Imogen neben Abby sitzen zu sehen. „Hey! Ich wusste nicht, dass ihr zwei heute vorbeikommen würdest."

„Ich brauche doch Insiderwissen über alles, was sich gestern Abend zugetragen hat", sagte Imogen. „Ich kann nicht glauben, dass ich das verpasst habe! Die Party, die ich auf die Beine gestellt habe, ging länger, und ich musste jemanden von dem Partyladen aufspüren, um auch nur die Stühle und Tische zurückgeben zu können, und das war einfach ein Albtraum. Da es auch noch Halloween war, wollte niemand reinkommen. Das haben sie nur gemacht, weil ich versprochen habe, sie zukünftigen Kunden zu empfehlen. Ansonsten wäre ich gerade jetzt unterwegs und würde sie zurück nach Eureka fahren."

„Ich freue mich, dass du stattdessen hier bist", sagte Sadie. „Lass mich deine Bestellung aufnehmen, und dann können wir plaudern." Nachdem sie die Bestellung an die Küche geschickt hatte, schenkte Sadie ein paar Getränke ein und ging zurück zu ihrer Freundin. „Okay, ich bin wieder da. Wo waren wir?"

„Ich habe gesagt, dass es mir leidtut, dass ich deinen Auftritt verpasst habe." Imogen griff über den Tresen und drückte Sadie die Hand. „Ich habe gehört, der war spektakulär."

„Irgendwas war er schon", sagte Melissa, die Abby zum Lachen brachte.

„Was heißt das?", fragte Imogen. „Ist irgendwas passiert? Erzählt mir bloß nicht, dass was Gruseliges passiert ist, wo doch Halloween war und so. Ihr wisst schon, dass das ein Tag ist, an dem die Geister herumlungern, oder? Besonders hier in Keating Hollow."

„Du hast zu lange deiner Schwester zugehört", sagte Melissa und tat es ab. Dann fuhr sie plötzlich zusammen, wandte sich an Imogen und fügte an: „So habe ich das nicht gemeint. Ich habe nicht nachgedacht."

„Schon in Ordnung", sagte Imogen, ihre Stimme angespannt.

Es war nicht allzu lange her, dass Imogen von einem Geist besessen gewesen war. Einem bösen, der ihr das Leben zur Hölle gemacht hatte. Ihre Schwester Harlow war eine berühmte Geisterjägerin, und selbst sie hatte es nicht bemerkt. Die ganze Situation was sehr traumatisierend gewesen.

„Es ist nicht in Ordnung. Es tut mir leid, dass ich so unbedacht gewesen bin", sagte Melissa.

„Danke, aber echt, das liegt in der Vergangenheit. Keine Sorge deswegen." Imogen wandte sich an Sadie. „Lief es okay? Ich hab gesehen, dass euer Song auf TikTok trendet."

„Wirklich?" Sadie strahlte. „Das ist toll! Vermutlich nur, weil diese PR-Firma Influencer eingeladen hat." Das Abbild von Kings Mutter blitzte in ihren Gedanken auf, und rasch kämpfte sie es nieder. King hatte gesagt, dass sie auf gar keinen Fall eine Influencerin war, wenn es dem Song also prächtig ging, dann nicht, weil sie etwas damit zu tun hatte.

„Klingt, als hättet ihr ein anständiges PR-Team", sagte Abby. „Das ist toll."

„Also, wenn sich der Song gut macht, was war es dann?",

fragte Imogen noch einmal. „Etwas ist doch während der Vorführung gestern Abend vorgefallen. Das spüre ich."

„Bestellung ist da!", rief der Koch aus der Durchreiche.

„Entschuldigt bitte", sagte Sadie und ging, um Abbys Essen zu holen. „Da ist es. Ein Cheeseburger, als Beilage Käse-Pommes und die beste Apfel-Pie auf dieser Seite des Mississippi."

„Meine Güte, das sieht herrlich aus", sagte Abby, während sie eine Käse-Pommes vom Teller holte und sich das ganze Ding in den Mund schob. Mit einem zufriedenen Stöhnen nickte sie zustimmend und genehmigte sich dann die fettige Köstlichkeit.

Sadie ging zurück, um sich vor Imogen zu stellen. „Gestern Abend war ziemlich verrückt. Ehrlich, der Song lief besser, als ich erwartet hatte. King und ich sind beide darin versunken, und alles war perfekt. Ich habe mich besser gefühlt als je zuvor, und die Menge schien dabei zu sein. Erst, nachdem wir mit dem Lied fertig waren, brach die Hölle los."

„Was meinst du? Gab es ein Feuer oder einen medizinischen Notfall oder so was?", fragte Imogen.

„Nö. Nichts dergleichen", erwiderte Sadie. „King und ich haben den Song gesungen, und danach schienen alle irgendwie durchzudrehen."

„Inwiefern?" Imogen runzelte die Stirn. „Übermäßiger Jubel? Denn ich muss sagen, das klingt nach was Gutem."

„Nein", sagte Melissa. „Na ja, es wurde schon viel gejubelt, aber das meint Sadie nicht."

Abby stieß ein ersticktes Lachen aus. „Ja, nachdem das Lied vorbei war, fingen Clay und ich einen riesigen Streit darüber an, wer die Ankündigung machen würde, dass alle gehen müssen. Und ich meine echt einen riesigen Streit. Was seltsam ist, weil wir über so was sonst nie streiten."

Imogen musterte sie, wirkte nicht beeindruckt.

Sadie nahm an, wenn ein Paar über sowas Alltägliches stritt, sprang vermutlich bei niemandem der Radar an, der Merkwürdigkeiten aufspürte, aber sie war von Anfang an bei Clay und Abby gewesen, und es stimmte; sie stritten fast nie über irgendwas. Wenn sie es doch taten, waren es sehr viel wichtigere Dinge, als eine Ankündigung zu machen.

„Ich habe auch mit Briggs geknutscht", sagte Melissa, während sie auf die Zapfhähne deutete.

„Wo?", fragte Imogen mit aufgerissenen Augen.

„Gleich da im Zelt vor Gott und der Welt", sagte Melissa. „Normalerweise bin ich viel anständiger."

„Wann das?", scherzte Imogen.

„Ha. Ha", erwiderte Melissa trocken. „Ich hatte nur das Gefühl, dass irgendwas über mich gekommen ist …"

„Ja, Lust", sagte Abby mit einem Kichern.

„Abgesehen davon." Melissa schüttelte den Kopf. „Es war, als wären meine Filter einfach weg, und ich konnte mich nicht davon abhalten, obwohl ich wusste, dass ich es bedauern würde."

„Du bedauerst es, Briggs geküsst zu haben?", fragte Sadie sie, der ihre Freundin ein bisschen leidtat.

„Nein. Ich meine, ja … Also, irgendwie?" Melissa stieß Luft aus und verzog das Gesicht. „Ich meine, es ist nicht, als würde ich den tatsächlichen Kuss bedauern. Er küsst toll. Es ist eher die Art, wie es passiert es, und wo es passiert ist. Ich schätze, ich bin ein bisschen romantisch, aber mir wäre etwas Spezielleres lieber gewesen als mitten in einer aufgebrachten Menge oder mit diesem verwirrten Idioten Jasper, der auch noch einen Kommentar dazu abgibt."

„Da ist was dran", sagte Sadie nickend. Ihr hätte es auch nicht gefallen, wenn ihr erster Kuss mit King in so einem Szenario stattgefunden hätte.

„Die Menge war mehr als nur aufgebracht. Eher schon außer Kontrolle", sagte Abby.

Imogen beugte sich vor, um an Melissa vorbei zu sehen, damit sie Abby anschauen konnte. „Inwiefern?"

„Na ja, eine Menge Paare haben gestritten. Und dann gab es noch Shannon und Brian, die sich, das schwöre ich, an Ort und Stelle die Kleider vom Leib gerissen hätten, bis Sadie sie woanders hingeschickt hat. Ich meine, ich weiß, dass die beiden fast die ganze Zeit geil aufeinander sind, aber sie konfrontieren normalerweise die Leute nicht damit."

„Hmm, klingt irgendwie, als wären alle besessen gewesen", sagte Imogen. „Wenn man die Tatsache außer Acht lässt, dass ihr alle dort wart, und ich kann keine Anzeichen erkennen, dass ihr verrückte Geister in euch tragt. Und das würde ich wissen, da … na ja, da es mir passiert ist."

„Ich glaube auf gar keinen Fall, dass ich einen Passagier an Bord habe", sagte Abby. „Falls das so ist, hätte ich ihn oder sie ausgekotzt, als ich gestern Abend mein ganzes Inneres von mir gegeben habe, bevor mir endlich eingefallen ist, dass ich den Trank nehmen könnte."

„Dir war gestern Abend auch übel?", fragte Melissa, die sich ihre dunklen Haare aus den Augen schob.

„Ja. Sowohl Clay als auch mir ging es richtig schlecht. Ich war diejenige, die am Ende ihr Abendessen verloren hat. Er aber auch fast. Aber nachdem wir die Tränke genommen haben, ging es uns gleich besser, und dann sind wir heute Vormittag aufgewacht und es ging uns einfach gut." Sie wedelte zu ihrem Essen hin. „Wie du sehen kannst, habe ich keine Probleme, irgendwas bei mir zu behalten."

„Ich auch nicht, und ich habe nicht mal einen Trank genommen", sagte Melissa. „Obwohl meine beste Freundin mit dringend benötigtem Ginger Ale und Crackern vorbeigekommen ist."

Sadie fing ihren Blick auf und lächelte sie an.

„Du meinst, ich hätte diesen Trank gar nicht trinken müssen?", rief Clay von seinem Platz am Ende des Tresens aus.

„Ich bin sicher, der hat geholfen", rief Melissa zurück, während sie Abby entschuldigend ansah.

Abby winkte ab. „Er wird mir schon danken, wenn er zehn oder zwanzig Jahre länger lebt, nur wegen mir."

„Stimmt", rief Clay wieder, und alle lachten.

Aber dann wurde Imogen nüchtern. „Ihr wisst schon, als jemand, der von der Situation gestern Abend hört, klingt es, als wäre etwas Seltsames vorgefallen. Es ist ungewöhnlich, dass sich die kollektive Energie von allen so plötzlich ändert. Bist du sicher, dass nicht jemand einen Zauber auf alle gewirkt hat?"

Ein Beben lief Sadies Rückgrat hinab. Sie hatte nicht so genau darüber nachgedacht, aber die Art, wie Imogen es beschrieb, traf genau. Die Energie hatte sich grundlegend verändert. Und es war geschehen, nachdem Sadie in der Magie gebadet hatte, die sie und King zusammen geschaffen hatten.

Dann traf es sie wie ein Blitzschlag.

Die kollektive Energie im Raum hatte sich magisch verändert, gleich nachdem Sadie, eine Empathin, eine richtiggehend intensive Magie mit King geschaffen hatte.

„Ich glaube, das war ich", sagte Sadie, ihre Stimme leise und voller Angst. „Ich bin diejenige, die alle verflucht hat."

KAPITEL 22

„Was? Das ist verrückt", sagte Melissa und tat es ab. „Du kannst niemanden verfluchen. Du hast doch nicht mal Magie."

„Ich denke ..." Sadie schüttelte den Kopf und ging zurück vom Tresen, als würde sie gleich weglaufen.

King war gerade in die Brauerei gekommen und hörte Sadie sagen, dass sie glaubte, sie wäre diejenige, die alle am Vorabend verflucht hatte. So verrückt es klang, er dachte, dass sie vielleicht recht hatte.

„Sadie!", rief er, während er zu ihr hinübereilte.

Sie stand hinter dem Tresen, blinzelte ihn an wie ein Reh im Scheinwerferlicht. „Ich glaube, ich gehe besser ... Ich weiß auch nicht, irgendwohin, nur nicht hier."

„O nein, machst du nicht." King glitt hinter den Tresen und legte einen Arm um ihre Taille, gab ihr die Unterstützung, die sie so dringend benötigte.

„Aber das muss ich. Ich muss rauskriegen, was ich getan habe. Zu einem Heiler gehen oder sowas", sagte sie und musterte seinen Blick.

„Moment." Er schaute zu den Frauen, die hinter dem Tresen saßen, und sagte: „Entschuldigt uns mal kurz." Dann nahm er sie an der Hand und führte sie durch den Gang, der zu den Toiletten ging, nur damit sie etwas Privatsphäre hatten. „Jetzt erzähl mir, was los ist."

Sie schluckte, wirkte ein wenig erschüttert. „Wir haben über das geredet, was gestern Abend passiert ist, und wir haben Imogen davon erzählt. Als wir erwähnt haben, wie sich alle danach benommen haben, sagte sie, es klang, als wären die Leute besessen. Aber wir wissen, dass das nicht stimmt, denn jetzt geht es ihnen gut. Dann sagte sie, dass die Emotionen von allen verstärkt wurden, klinge nach einem Zauber. Also habe ich darüber nachgedacht, und wie die Magie um uns herumgeflogen ist, während wir gesungen haben, und es hat mich getroffen. Ich bin eine Empathin. Während wir gestern Abend gesungen haben, habe ich irgendwie dafür gesorgt, dass alle ein wenig verrückt werden. Ich glaube, ich habe das getan, und ich habe keine Ahnung, wie oder warum, oder wie man es in der Zukunft verhindern sollte."

King ließ ihre Worte einen Ausblick wirken, bevor er nickte. „Ich glaube, du könntest Recht haben."

„Ach, verdammt." Sie vergrub das Gesicht in den Händen. „Mein zweites Mal, dass ich vor Publikum singe, und ich habe es durchdrehen lassen."

Er stieß schnaubend ein Lachen aus. „Das ist normalerweise die erwünschte Wirkung."

„Ich will nicht, dass Leute streiten oder einander die Kleider in den Straßen vom Leib reißen. Das ist Wahnsinn!"

„Ich weiß." Er zog sie in eine Umarmung, und dann schaute er hinaus auf die Brauerei. Es gab kaum Gäste. Nur ihre Freundinnen und Abby an der Bar. Es schien, als würde der Großteil der Stadt es nach den Halloweenfestlichkeiten ruhig angehen lassen. „Aber falls es hilft, ich glaube nicht, dass es deine Schuld ist."

Sie zog sich zurück, löste sich, bevor sie ihr Oberteil glattstrich. „Wie ist das denn nicht meine Schuld?"

„Meine Mutter hat dich verflucht", stieß er hervor und bedauerte es dann, als ihr Gesicht weiß wurde. Er legte erneut einen Arm um sie und hielt sie fest. „Hol tief Luft", drängte er sie. „Genau so."

Als wieder Farbe in ihre Wangen zurückkam, schaute sie ihn an. „Deine Mutter hat mich verflucht?" Dann runzelte sie die Stirn, die Brauen fest zusammengezogen. „Oh. Du. Meine. Götter! Sie *hat* mich verflucht."

„Wie hat sie es gemacht?", fragte er.

„Sie hat mir die Hand geschüttelt, und ich spürte, wie eine magische Ladung meinen Arm hinaufkriecht, aber dann schien sie wieder zu verschwinden. Und dann sind wir auf die Bühne gegangen, und als nächstes haben die Leute den Verstand verloren."

„Also hat sie dir die Hand geschüttelt und einen Fluch übertragen", sagte er und fragte sich, was für eine Art Fluch seine schreckliche Mutter ihr auferlegt hatte.

„Ich glaube schon. Ist das von Dauer?", fragte sie.

„Das lässt sich nur auf eine Art herausfinden." King nahm ihre Hand in seine und führte sie wieder hinaus an den Tresen. „Ich muss euch Damen um einen Gefallen bitten."

Imogen drehte sich zu ihm um. „Und der wäre?"

„Sadie glaubt, dass sie gestern Abend alle verflucht hat, aber bevor sie sich zu sehr reinsteigert, würde ich gern einen Test durchführen. Ich möchte sehen, ob es wieder passiert, wenn wir jetzt zusammen singen."

„Ich bin raus", sagte Clay von seinem Platz hinter dem Tresen aus.

„Ich mache es", verkündete Abby, die ihrem Mann einen

finsteren Blick zuwarf. „Das ist alles nur, weil du diesen Trank nicht wieder willst, oder?"

„Du bist mir auf der Spur. Tut mir leid, King. Ich bin dann hinten. Ich wünsche euch allen das Beste. Falls ihr letztlich verzaubert werdet", sagte er zu Imogen und Melissa, „trinkt einfach Abbys Erdsaft. Der hat echt geholfen."

„Klingt appetitlich", sagte Melissa trocken. Aber dann schaute sie zu Sadie. „Ich mache es. Sorgt nur dafür, dass ich mich danach nicht zum Narren mache."

Sadie lächelte sie schwach an, wirkte aber nicht annähernd glücklich.

„Ich mache es auch", sagte Imogen. „Ich weiß, wie es sich anfühlt, wenn etwas nicht ganz stimmt. Ich kann helfen, und das mache ich auch."

„Abby?" King wandte sich zu ihr. „Glaubst du, du kannst diese Tränke zur Hand haben, damit sie gleich verfügbar sind?"

„Aber klar." Abby sprang vom Tresen auf und zog sich zurück, während King Sadie auf die Bühne führte.

Rasch ging er das Equipment durch, sorgte dafür, dass es zu seiner Zufriedenheit aufgestellt war, und dann suchte er Sadie eine Gitarre. Sie nahmen beide einen Hocker mit auf die Bühne vor das Mikrofon und warteten, bis Abby zurückkam.

Sobald die grünen Säfte auf dem Tresen standen und die drei Frauen saßen, gab King Sadie das Signal zum Starten.

Ihre Finger glitten mit meisterhafter Präzision über die Saiten, und King war sowohl inspiriert als auch tief berührt von der Abfolge der Akkorde. Es war so gut und so wunderschön, dass er sich fragte, ob sie eine Akustikversion herausbringen sollten.

Sadie warf ihm einen Blick zu, und die beiden begannen zu singen. Wenn King mit ihr sang, fühlte sich jeder Quadratzentimeter seines Körpers lebendig an. Es war anders als alles, was er je mit einem anderen Sänger erlebt hatte. Aber er glaubte nicht, dass das etwas mit dem Fluch seiner Mutter zu tun hatte. Er hatte das sogar gespürt, als sie siebzehn gewesen waren und einfach nur leise am Strand gesungen hatten. Was immer zwischen ihnen war, wenn sie sangen, es war einfach besonders ... als wären sie dazu geboren, Gesangspartner zu sein.

Sie waren gerade durch die erste Strophe gekommen, als King anfing, die Magie über seine Haut kriechen zu spüren. Sie war so schwach, dass es ihm fast nicht auffiel. Aber als er hinüber zum Tresen schaute, sah er, dass alle drei Frauen sich in einer Art erhitzten Diskussion befanden.

King und Sadie wechselten einen Blick, und in einer unausgesprochenen Übereinstimmung hörten sie beide auf zu singen, und Sadie stellte die Gitarre ab.

„Nein, so isst man einfach keine Pommes!", rief Abby, deutete mit dem Finger auf Melissas Teller. „Senf sollte illegal sein."

Melissa funkelte sie an, nahm den Senf und zielte.

„Hör auf, du übertriebene Dramaqueen!", rief Imogen und schnappte sich den Senf. Die zwei Frauen rangen miteinander, jede versuchte die Kontrolle über die Senfflasche zu behalten. Sie rutschten von ihren Hockern und rissen einander vor und zurück, jede wollte den Senfbehälter der anderen entreißen.

Abby runzelte die Stirn, während sie versuchte, zwischen sie zu treten und den Streit zu beenden, aber sobald sie selbst nach dem Behälter griff, drückte eine von ihnen, und der Senf spitzte über Abbys ganzes pinkes *Herbs are Life*-T-Shirt.

„Nein!", rief Abby, die ohne Erfolg über die gelbe Soße rieb, die jetzt über ihrem ganzen Oberteil war.

„Wir müssen was tun", entschied Sadie. „Jetzt, bevor sie den Laden in einen Senfpalast verwandeln."

King nickte, und zusammen liefen sie von der Bühne zu

ihren Freunden. Aber als Sadie sie erreichte, tänzelte sie nur um sie herum und war sich nicht sicher, was sie tun sollte.

„Abby! Imogen! Melissa!", rief King. „Halt! Ihr braucht den Senf nicht!" Sie alle drei achteten nicht auf King. Erst als Sadie eine Hand auf Melissas Rücken legte, hörte sie mit dem Kämpfen auf und trat von den anderen zwei zurück.

„Was ist passiert?", fragte Melissa, die sich eine Hand an den Kopf presste. „Verdammt. Die Kopfschmerzen sind wieder da."

King schnappte sich rasch einen der Tränke, die Abby auf dem Tresen hatte stehen lassen und reichte ihn ihr. „Trink das. Das sollte helfen."

Melissa beäugte den Trank und dann King, bevor sie die Nase rümpfte und anfing, das grüne Gebräu zu trinken. „Ach, eklig. Clay hat recht. Das schmeckt eindeutig nach Erde."

„Tut es nicht!", rief Abby, die herumwirbelte, um zu Melissa zu schauen. „Es schmeckt nach Gras."

„Wenn du das sagst", erwiderte Melissa.

„Ich habe ihn!" Imogen hielt den Senf hoch erhoben, feierte ihren Sieg. Aber als sie sich umschaute und keiner auf sie achtete, warf sie ihn zurück auf den Tresen und nahm Platz, wirkte etwas unsicher.

„Hier, trink das", sagte Sadie, die Imogen einen Trank in die Hand drückte. Dann reichte sie den letzten Abby.

Sobald die Tränke geleert waren, setzten die drei Testpersonen sich einfach an den Tresen der Brauerei und wirkten ziemlich mitgenommen.

„Ich schätze, das beantwortet einige Fragen", sagte King.

Alle vier Frauen schauten ihn an, ihre Mienen sprühten Funken.

Er ging rückwärts, die Hände erhoben, und schaute dann Sadie in die Augen. „Ich glaube, wir müssen zum Heiler."

„Ja. Müssen wir." Sadie umarmte jede ihrer Freundinnen, dankte ihnen, dass sie mit dem Test einverstanden gewesen waren, und sagte ihnen, sie würde sie auf dem Laufenden halten.

Melissa umarmte sie fest und hielt sie, während sie eine geflüsterte Unterhaltung führten.

„King?", sagte Imogen, die zu ihm herüber kam.

„Ja?"

„Falls die Heilerin euch keine Antworten geben kann, lass es mich wissen. Meine Schwester Harlow ist nicht nur ein Medium. Sie kennt sich auch mit Flüchen aus, und wie man sie neutralisiert. Oft ist das der einzige Weg, um einen Geist dorthin zurückzuschicken, wohin er gehört."

„Das ist ... absolut erschreckend", sagte King. „Aber auf die gute Art."

Imogen lachte. „Du hast es gleich verstanden."

„Ich bin bereit", sagte Sadie, die an Kings Seite erschien. Er warf einen Blick auf Abby und Melissa. Beide schienen in Ordnung zu sein, aber noch ein bisschen grün im Gesicht. Doch er nahm an, dass das unvermeidbar war, wenn jemand eine Flasche Grastrank lehrte.

„Geht es ihnen gut?", fragte King Sadie.

„Schon. Sie haben nur nicht erwartet, dass sie wegen einer Flasche Senf austicken."

„Wer würde auch damit rechnen?", fragte er, rechnete nicht mit einer Antwort, doch er war zufrieden, als sie kicherte.

KAPITEL 23

Sadie saß in Kings Jeep und fühlte sich, als wolle sie aus der Haut fahren. Jetzt, da sie wusste, dass sie verflucht war, fühlte sie sich einfach nur beschmutzt. Falsch. Dreckig.

„Wir kriegen das hin", sagte King, der über die Konsole griff, um ihre Hand zu nehmen.

Sie starrte auf die Verbindung und zog sich beinahe zurück, weil sie Angst hatte, dass sie auch ihn beschmutzen würde. Aber dann erinnerte sie sich an die Nacht, die sie miteinander verbracht hatten, und beschloss, dass es dafür viel zu spät war. Stattdessen hielt sie sich also fest, klammerte sich an ihn, als wäre er ein Rettungsanker.

„Ich bin mir sicher, die Heilerin wird für uns einige Antworten haben." King fuhr auf den Parkplatz vor der Heilerpraxis von Keating Hollow.

Bevor Sadie sich auch nur abschnallen konnte, öffnete King ihre Tür und hielt ihr eine Hand hin.

„Ich habe aber keine Behinderung, weißt du", sagte sie mit einem erschöpften Lächeln.

„Und da wundern sich die Leute, warum die Ritterlichkeit tot ist", scherzte er.

Sadie nahm seine Hand, ließ sich von ihm aus dem Jeep helfen. „Danke."

„Immer", King hielt ihre Hand ganz fest, während sie in die Heilerpraxis gingen.

„Einen schönen guten Nachmittag", sagte die lebhafte, rothaarige Empfangsdame mit einem freundlichen Lächeln. „Was bringt Sie heute her?"

„Meine Mutter hat meine Freundin verflucht", sagte King. „Wir wollen wissen, ob die Heiler helfen können."

Freundin?, dachte Sadie. Wann hatte er beschlossen, dass sie seine Freundin war? Dann fiel ihr wieder ein, was er gestern Nacht gesagt hatte, bevor sie sich einander hingegeben hatten. *Wenn wir diesen Schritt gehen, gehörst du mir, Sadie Lewis.* Ihr Herz fühlte sich an, als würde es gleich explodieren.

„Sadie?", sagte King, der klang, als wäre es nicht das erste Mal, dass er versucht hatte, ihre Aufmerksamkeit zu erringen, während sie am Empfangstresen standen.

„Ja?", antwortete sie, schaute zwischen ihm und der Empfangsdame hin und her.

„Bethany hat ein paar Fragen", sagte King.

„Genau." Sie wandte ihre Aufmerksamkeit der Frau hinter dem Tresen zu.

Bethany ging eine Reihe Fragen über ihre grundsätzliche Gesundheit durch und ließ sie dann einen Fragebogen ausfüllen. Sobald Sadie fertig war, sah sie, wie die Frau hinten verschwand. Sie wandte sich an King. „Meinst du wirklich, dass sie etwas tun können?"

„Das werden wir gleich herausfinden." Er führte sie in den Wartebereich, und als sie sich gerade hinsetzen wollten, war Bethany wieder da.

„Sie haben Glück. Heilerin Whipple liegt heute mit ihren Terminen gut in der Zeit und sagt, sie kann Sie jetzt reinquetschen. Kommen Sie mit mir." Bethany hielt ihnen die Tür auf.

Sadie erhob sich, doch als King sitzen blieb, blinzelte sie ihn an. „Kommst du nicht mit?"

„Nur, wenn du das willst", sagte er. „Ich wollte hier keine voreiligen Schlüsse ziehen."

Sie hielt ihm ihre Hand hin. „Ich will auf jeden Fall meinen Freund dabei haben."

Er lächelte schwach, nahm ihre Hand und folgte ihr in das Untersuchungszimmer.

„Heilerin Whipple wird gleich hier sein." Bethany schloss die Tür und ließ sie in dem weißen, sterilen Raum zurück.

„Das ist schon seltsam, oder?", fragte Sadie, die sich immer noch wie eine Fremde in der eigenen Haut vorkam.

„Weniger seltsam, als dass meine Mutter dich verflucht, um mich zu erpressen", sagte er düster.

„Guter Punkt."

„Hallo", sagte Heilerin Whipple, die mit einem freundlichen Lächeln auf dem Gesicht in das Zimmer schlüpfte. Sie hatte kurze graue Haare und nette Augen. „Sadie, schön, dich wiederzusehen."

„Dich auch", erwiderte Sadie „Ich wünschte, wir würden uns unter besseren Umständen treffen."

„So ist es doch immer, meine Liebe." Sie wandte sich an King. „Wir sind uns noch nicht begegnet. Ich bin Heilerin Whipple."

„King McGrath."

Sie schüttelten einander die Hände, und dann wandte sich die Heilerin wieder an Sadie. „Hier steht, du glaubst, du wärst verflucht worden. Kannst du mir was darüber erzählen?"

Sadie nahm sich ein paar Minuten, um ihr in allen Einzelheiten zu sagen, die sie wussten, darunter, dass sie dachten, Kings Mutter wäre diejenige, die den Zauber gewirkt hatte, und dass er ahnungslose Zuhörer betraf, aber hoffentlich vorübergehend war.

„Okay. Sehen wir uns an, womit wir es zu tun haben", sagte Heilerin Whipple, die Sadies Hand in ihre nahm. Sie strich mit den Fingerspitzen über Sadies Handfläche und dann ihren Unterarm hinauf und hinab. Die Heilerin runzelte die Stirn und murmelte dann ein Wort, dass wie Latein klang. Magie funkte auf Heilerin Whipples Fingerspitzen und flitzte über Sadies Haut, hüllte ihre Hand und ihren Unterarm ein.

Einen Augenblick später wurde Sadies Haut leuchtend rot von der Hand bis gleich unter ihren Ellbogen.

Die Heilerin schaute auf. „Da gibt es auf jeden Fall einen Fluch. Du hast gesagt, das war die Hand, die Kings Mom berührt hat, kurz bevor du die Magie gespürt hast?"

„Ja", sagte Sadie.

„Okay. Jetzt, da wir wissen, dass wir es mit einem Fluch zu tun haben, erzähl mir ein bisschen mehr. Er betrifft andere Leute nur, wenn du singst?", fragte die Heilerin, die sich eine Notiz auf ihrer Karte machte.

„Ja", sagte Sadie mit einem Nicken. „Es ist, wenn ich Gefühle am intensivsten spüre, also glaube ich, das ist vielleicht verbunden."

„Interessant." Die Heilerin neigte den Kopf, während sie über etwas nachdachte. „Das bedeutet, dass der Fluch auch zu anderen Zeiten auftauchen könnte, nicht nur, wenn du singst. Es ist möglich, dass er auftreten könnte, wenn du starke Emotionen spürst. Das ist etwas, nachdem ich Ausschau halten würde."

„Das kannst du doch nicht ernst meinen", sagte Sadie, der das Herz schwer wurde. „Du meinst, wenn ich einen schlechten Tag habe, könnte ich einfach nur rumlaufen und Zauber auf Leute wirken, ohne es auch nur zu ahnen?"

„Oder an einem echt guten Tag", sagte sie. „Du bist glücklich, wenn du singst, oder?"

„Verdammt." Sadie schaute zu King und spürte, wie ein leichter Hauch seiner Schuldgefühle auf ihren Armen prickelte. „Es ist nicht deine Schuld", sagte sie. „Deine Mutter ist die Einzige, der man das vorwerfen kann."

Er presste die Lippen fest aufeinander und schaute kurz weg, bevor er ihr ganz schwach zunickte.

„Sie hatte recht, wissen Sie", sagte die Heilerin. „Sie sind nicht dafür verantwortlich, wie sich Ihre Eltern benehmen. Jetzt sehen wir mal, ob wir etwas haben, das gegen diesen Fluch wirkt." Sie stand auf und ging zu einem ledergebundenen Buch, das auf einem Regal über einem Computer stand. Nachdem sie zum Register geblättert hatte, fand sie die Seite, die sie suchte. Einen Augenblick später klappte sie es zu und stellte es wieder aufs Regal. Als sie sich umdrehte, sagte sie: „Hmm. Ich bin mir nicht sicher, ob das genau das ist, wonach wir suchen."

Sadies Brust wurde eng, und Tränen brannten in ihren Augen. Endlich, wenn gerade alles in ihrem Leben zusammenpasste, wurde sie mit einem Fluch geschlagen. Wenn sie keine Möglichkeit fanden, den rückgängig zu machen, was würde mit ihrer Gesangskarriere passieren? Was würde mit ihr und King passieren, wenn er auf Tour ging und Werbung machte, aber sie zu Hause in Keating Hollow saß und Bier ausschenkte. Bitterkeit machte sich breit, und sie sank in ihrem Sessel zurück.

„Probieren wir es mit einem Trank. Wenn es nicht funktioniert, werde ich recherchieren und sehen, ob wir etwas anderes finden, das die Wirkung umkehrt", sagte Whipple.

„Was, wenn Sie nichts finden?", fragte King.

Sie verlegte ihre Aufmerksamkeit auf King, ihre Miene war ernst. „Die beste Möglichkeit, einen Fluch zu neutralisieren, ist es, denjenigen zu finden, der ihn gewirkt hat, und ihn von ihr oder ihm entweder entfernen zu lassen oder sie dazu zwingen. Leider ist es meistens unmöglich, jemanden zu finden, der zugeben möchte, für so etwas verantwortlich zu sein, denn das ist in diesem Staat eine Straftat. Wenn man jemanden erwischt, kommt der- oder diejenige auf jeden Fall ins Gefängnis, je nachdem, wie ernst der Fluch ist."

„Gefängnis." Er nickte. „Das hat man dann auch verdient."

„Das stimmt. Ich bin gleich wieder da." Die Heilerin verließ den Raum.

Sadie starrte King an, ihr Körper war taub vor Schock nach seiner Aussage. Dann bekam sie Kopfschmerzen. Sie würde nie verstehen, wie es war, eine Mutter wie Cindy zu haben. Und es brachte Sadie um, dass Cindy King als Teenager rausgeworfen und so getan hatte, es gäbe es ihn nicht, bis er etwas hatte, was sie wollte. Kein Wunder, dass er entschlossen war, sie ins Gefängnis zu bringen. Hätte Sadie genauso gefühlt, wenn ihr Vater es geschafft hätte, ihr Haus zu stehlen?

Ja. Ja, schon. Und der Gedanke zerbrach sie fast.

„Wir finden sie irgendwie, Sadie", sagte King. „Ob dieser Trank wirkt oder nicht, ich lasse sie damit nicht davonkommen. Es ist schon lange Zeit, dass sie sich den Folgen ihrer Taten stellt."

„Ich weiß", sagte Sadie. Er hatte recht. Das ging weit darüber hinaus, dass Cindy das schreckliche Verbrechen begangen hatte, Sadie zu verfluchen. Sie erpresste auch King, und je eher sie zur Verantwortung gezogen wurde, desto besser.

Die Tür öffnete sich und Heilerin Whipple kam zurück in den Raum. Sie hielt ein Glas mit einer grün gefärbten Flüssigkeit. „Das ist der Trank. Die Anweisung lautet, die

Hälfte jetzt zu trinken, und die andere gleich als erstes am Morgen. Gib ihm die ganzen vierundzwanzig Stunden, um zu wirken. Ungefähr um diese Zeit morgen solltest du spüren, wie sich der Fluch von deinem Körper löst. Und sobald er ganz gelöst ist, wird er zu einem Rauchball verpuffen, und deine Haut wird ihre normale Farbe zurückerhalten. Wenn die vierundzwanzig Stunden vergehen und du dich gar nicht anders fühlst, wissen wir, dass es nicht funktioniert hat."

„Wie zuversichtlich sind Sie, dass Sadie den Fluch damit loswird?", fragte King.

„Ganz ehrlich? Etwa dreißig Prozent. Ich werde die Recherche nach meinem letzten Termin heute beginnen." Heilerin Whipple ging zur Tür. „Nehmen Sie sich Zeit. Ich weiß, es ist eine Menge zu verarbeiten. Wenn ihr Fragen habt, lasst es Bethany wissen. Sie wird zu mir kommen. Ansonsten ruft morgen Nachmittag an und gebt mir ein Update, wie es mit Sadies Leiden steht."

Leiden, dachte Sadie verbittert. So konnte man es auch formulieren.

„Vielen Dank", sagte King. „Wir wissen Ihre Hilfe zu schätzen."

„Ach, eines noch." Sie tippte auf die Karte in ihrer Hand. „Ihr werdet Anzeige bei der Polizei erstatten müssen. Nehmt auf dem Weg nach draußen eine Kopie meiner Diagnose mit. Der Sheriff wird sie brauchen."

„Mache ich." Sadie straffte die Schultern, bereit, diese Anzeige zu erstatten. Zumindest hätte sie dann das Gefühl, dass sie etwas unternahm.

Die Heilerin nickte knapp und schlüpfte dann aus dem Raum.

King deutete auf den Trank in Sadies Hand. „Auf Ex."

Sadie schluckte den Kloß in ihrer Kehle und stürzte dann den halben Trank hinab. Er schmeckte nach bitterem, saurem

Apfel, und als sie den Rest ihrer Dosis schluckte, verzog sie das Gesicht und sagte: „Ich werde Eis brauchen. Oder Schokolade. Oder Pie. Jetzt."

King lachte leise, während er eine Hand auf ihren Rücken legte und sie aus der Tür führte. „Das kann ich einrichten."

KAPITEL 24

„Schoko-Karamell-Pie mit Kekskruste!", rief Sadie, während sie in die Vitrine bei *Ein Löffelchen Magie* starrte. „Ich glaube, ich bin gestorben und im Himmel." Sie spähte auf das Namensschild der hübschen Brünetten hinter dem Tresen. „Zwei, bitte Scarlett." Dann wandte sie sich an King. „Was nimmst du?"

„Schoko-Karamell-Pie mit Kekskruste?", fragte er, weil er annahm, das zweite Stück, das sie bestellt hatte, wäre für ihn.

Sadie wandte sich zurück an Scarlett. „Dann machen Sie bitte drei."

„Drei?", fragte King mit einem Lachen. „Für wen ist denn die dritte?"

„Dich natürlich. Du hast doch nicht gedacht, ich würde meine teilen, oder? Eine ist meine für jetzt. Die andere für später. Wenn du also mehr als eins willst, melde dich jetzt."

„Nö, aber wir sollten was für Briggs mitnehmen." King konnte nicht anders, als zu grinsen. Sadie war alles, worum er hätte bitten können, und noch mehr. Sie hatte gerade bestätigt bekommen, dass sie von seiner Mutter verflucht worden war, und doch war sie hier, stand aufgeregt in dem verzauberten Süßwarenladen. Er wusste, dass sie immer noch Panik schob, aber die Tatsache, dass sie trotzdem den Augenblick genießen konnte, berührte ihn tief in der Seele. Er musterte die Vitrine und sagte: „Doppel-Mokka-Crunch. Einmal bitte."

„Verstanden, mein Hübscher", sagte Scarlett, die ihm rasch zuzwinkerte, bevor sie sich daran machte, ihren Kuchen einzupacken.

King schluckte ein Stöhnen. Er war daran gewöhnt, dass Leute mit ihm flirteten, aber er war kein Fan, dass es so offen genau vor Sadie geschah.

Sadie hob vor ihm die Augenbrauen. „Passiert das die ganze Zeit?"

Er zuckte mit den Schultern. „Nicht die *ganze* Zeit."

„Oft genug", murmelte Sadie.

„Seid ihr zwei zusammen?", fragte Scarlett, die überrascht klang, als sie zwischen ihnen hin und her schaute.

„Ja", sagte King, während er den Arm um Sadies Schulter legte und sie an sich zog.

„Oh." Scarletts Augen wurden groß, als sie anfügte: „Das tut mir soooo leid." Ihr Gesicht wurde ganz rot. „Auf keiner der Klatschseiten stand, dass es eine Freundin gibt. Ich hätte doch nicht – ach, egal. Ich wusste es einfach nicht." Sie warf einen Blick zur Seite. „Ich entschuldige mich."

Sadie reichte ihre Kreditkarte rüber, um für die Einkäufe zu bezahlen. „Keine Sorge deswegen. Zumindest stalken Sie ihn nicht."

Die Klingel über der Tür läutete, und drei Frauen im College-Alter eilten herein. Eine von ihnen hatte dichte schwarze Haare und filmte mit ihrer Handykamera, während die zwei anderen über Keating Hollow plauderten, und dass man einfach niemals wusste, wem man in dem verzauberten Städtchen als nächstes begegnen würde.

Die hochgewachsene Blonde, die am meisten redete, drehte sich plötzlich um und stieß ein lautes, übertriebenes Keuchen aus. „Oh. Mein. Gott. Schaut mal, wen wir gefunden haben!"

Sofort trat King einen Schritt zurück und fragte sich, ob es eine Hintertür gab, durch die er fliehen konnte.

„Das ist King McGrath!" Beide Frauen liefen an seine Seite und taten so, als würden sie ihm einen Kuss auf die Wange geben.

King versteifte sich mit einem aufgesetzten, gespielten Lächeln. „Hallo, die Damen. Wie schön, euch zu treffen, aber wir sind gerade auf dem Weg nach draußen." Er wollte sich an ihnen vorbei schieben, doch eine schnappte sich sein Handgelenk und hielt ihn auf.

Sadie trat dazwischen und lächelte die Frau angespannt an. Sie hob ihre Käufe und sagte: „Wir sind hier fertig, wie er also sagte, wir gehen."

„Aber meine Follower würden unbedingt gern King treffen. Dieser neue Song von ihm ist heißer Scheiß", sagte die Blonde, die King mehr oder weniger ansabberte.

Seine Geduld war bereits am Ende. Auf gar keinen Fall konnte er das heute mitmachen, und er wollte es nicht mal versuchen. „*Unser* Song", sagte King und deutete auf Sadie. „Wenn Sadie nicht wäre, würde es diesen Song nicht geben."

„Klar. Aber sag uns, was du als nächstes vorhast, King. Dein Publikum will es unbedingt erfahren." Die Blonde klimperte vor ihm mit den Wimpern, bis er die Augen verdrehen wollte.

Weshalb konnte er nicht mal zehn Minuten in einem Süßwarenladen stehen, ohne dass er sich mit diesem Müll herumschlagen musste?

Sadie schob den Arm durch den von King und räusperte sich. In ihrer nüchternen Stimme sagte sie: „Tut mir leid, die Damen, aber King muss los."

Die mit dem rabenschwarzen Haar und der Handykamera stellte sich direkt vor Sadie, verstellte ihr den Weg zur Tür.

„Sie werden sich jetzt wegbewegen müssen." Sadies Tonfall war eisig, während Magie von ihr ausstrahlte und sich über dem Laden hinabsenkte.

„Ach, kommen Sie", sagt die Blonde, die inzwischen ungeduldig klang. „Ich brauche diesen Content für die ganzen hirntoten McGrath-Fans, damit sie weiterhin schön klicken. Verstehen Sie nicht, dass ich so meinen Lebensunterhalt bestreite? Mit Marken, die mich bezahlen, nur damit ich sage, dass ich ihre Produkte benutze? Es würde King McGrath überhaupt nichts kosten, mir einen Gefallen zu tun, damit ich bezahlt werde."

Ihre beiden Begleiterinnen keuchten beide laut.

Die Blonde schlug sich eine Hand vor den Mund und schüttelte den Kopf, während sie ihrer Freundin mit der Kamera zuflüsterte: „Du bist aber nicht live, oder?"

Die schwarzhaarige Freundin nickte, ihr Gesicht wurde grünlich.

Die dritte, kleinere Frau warf den Kopf nach hinten und lachte. Sie lachte so heftig, dass ihr Tränen über die Wangen liefen. „Ach, das ist köstlich. Wartet nur, bis der Gruppen-Chat davon erfährt."

„Was für ein Gruppen-Chat?", wollte die Blonde wissen.

„Der geheime, den wir *Kopf ab* nennen, denn du benimmst dich wie eine Königin und behandelst den Rest von uns wie Untertanen." Sie lachte immer noch, als sie den Laden verließ und bereits eine Nachricht schrieb.

Die Blonde wandte sich an ihre schwarzhaarige Freundin. „Bist du Teil dieser Chat-Gruppe?"

Die Frau nickte und biss sich auf die Unterlippe, stieß dann aber hervor: „Ist doch deine eigene Schuld. Du musst nicht immer so eine Bitch sein!"

Das Gesicht der Blonden wurde rot wie eine Tomate, und King dachte kurz, dass ihr Kopf tatsächlich explodieren könnte. Aber bevor er so einen wunderbaren und schrecklichen Anblick bezeugen konnte, stieß sie ein lautes Stöhnen voller Frust aus, dann stapfte sie aus dem Laden.

Die letzte Frau drehte sich zu King. „Das tut mir leid. Ich schätze, Hailees Social-Media-Karriere ist eine Weile auf dem Abstellgleis." Während sie vor sich hin kicherte, ging sie hinaus und ließ sie mit Scarlett zurück.

„Huch", sagte Scarlett. „Das war vielleicht eine Shitshow."

King nickte. „Ist es doch immer."

Sadie wandte sich an ihn, ihr Gesicht wirkte, als wäre ihr übel. „Das wollte ich doch gar nicht."

„Ich weiß."

„Moment!", rief Scarlett. „*Sie* sind dafür verantwortlich, dass diese schrecklichen Mädchen plötzlich so unbedacht waren und gesagt haben, was ihnen durch den Kopf geht?"

„Scheint so zu sein", sagte Sadie, die auf die zornig rote Haut ihres rechten Arms blickte.

„Gut. Sie haben bekommen, was sie verdienen", sagte Scarlett überzeugt. „Die drei und ihre Freundinnen sind die schlimmsten Nervensägen, seit sie hier angekommen sind, sie wollen die ganze Zeit kostenlose Proben, während sie ihren Content aufnehmen. Mir sind im ganzen Leben noch nie oberflächlichere Menschen begegnet."

Sadie hob die Augenbrauen. „Ich wette, das wollten Sie mir überhaupt nicht sagen."

Scarletts Lippen wölbten sich zu einem verlegenen Lächeln. „Nein, aber es ist hundertprozentig wahr."

King nickte ihr zu. „Danke, Scarlett. Sie haben recht. Sie haben bekommen, was sie verdienen." Er ließ die Finger durch die von Sadie gleiten und sagte: „Es ist Zeit, zum Sheriff zu gehen."

„Ich schätze schon", sagte Sadie, die ihm durch die Tür folgte.

~

„HALLO AUCH, KING, SADIE", sagte Clarissa, die Sekretärin im Büro des Sheriffs, mit einem freundlichen Lächeln. „Ihr beiden sorgt in Keating Hollow auf jeden Fall in letzter Zeit für Neuigkeiten."

„Echt?", fragte King. Sie hatten nicht viel gemacht, außer auf dem Festival zu singen. Und obwohl das Publikum nach dem Zauber, der auf sie gewirkt worden war, durchgedreht war, war keiner von ihnen lang genug geblieben, um sie zum Stadtgespräch zu machen, da Sadie noch nicht mit dem Zauber in Verbindung gebracht worden war.

„Oh ja. Habt ihr das virale TikTok-Video nicht gesehen?" Sie zog ihr Handy heraus und tippte ein paar Mal, bevor sie es King reichte.

Er starrte auf das Video von sich und Sadie bei *Ein Löffelchen Magie*. Man sah Sadie, wie sie den College-Mädchen sagte, dass sie aus dem Weg gehen mussten, aber das war es nicht, was das Video hatte viral gehen lassen. Es war die deutlich sichtbare Magie, die aus Sadies verfluchtem Arm sickerte und sich um die Frauen legte, sodass sie glühten, während sie ihre Wahrheiten ausspuckten. Entsetzen machte sich in Kings Eingeweiden breit. Das würde ein Albtraum werden.

Sadie, die über seine Schulter zusah, stieß ein Keuchen aus, während sie seinen Arm packte. „Das ist … verrückt."

„Es ist ziemlich irre", sagte Clarissa. „Aber eines ist sicher, euer Song da? Der wird danach alle Rekorde brechen."

King war das egal. Er wollte nur, dass Sadie von diesem

Albtraum befreit wurde. Er räusperte sich. „Können wir mit Sheriff Baker sprechen?"

„Da bin ich schon." Drew Baker erschien durch die geschlossene Tür hinter Clarissa und fuhr fort: „Kommt nach hinten. Ich habe gerade einen Anruf von Heilerin Whipple erhalten, und es scheint, dass wir hier eine Problemsituation haben."

„Haben wir." King nahm Sadies Hand, und zusammen gingen sie ins Büro des Sheriffs.

Sobald sie saßen, beugte sich der Sheriff vor und sagte: „Heilerin Whipple sagt, du wärst verflucht, und sie hätte das verifiziert."

Sadie nickte und zeigte ihm ihren roten Arm. „Es ist gestern Nacht auf dem Festival passiert, kurz bevor wir auf die Bühne gegangen sind." Sie erzählte ihm von ihrer Begegnung mit Cindy und beschrieb dann, wie die Menge reagiert hatte.

Die ganze Zeit, während King sie sprechen hörte, wurde er immer aufgeregter. Es war eines, dass seine Mutter ihn aufs Korn nahm, aber dass sie Sadie nachstellte? Das überschritt eine Grenze, von der es kein Zurück mehr gab. Als Sadie fertig gesprochen hatte, stellte King die Szene in *Ein Löffelchen Magie* dar, und bat ihn, Clarissa zu fragen, ob er das Video sehen könne.

Drew war während des ganzen Austausches still, während er sich Notizen auf einem gelben Block machte. Schließlich schaute er auf und sagte: „Es besteht keine Frage, dass du verflucht wurdest. Aber gibt .es irgendeinen Beweis, dass Cindy McGrath diejenige war, die den Fluch gewirkt hat?"

„Ich habe doch gesagt, dass ich die Magie meinen Arm hinaufkrabbeln spürte, als sie mich berührt hat", sagte Sadie.

Er nickte. „Das habe ich verstanden. Aber es gibt eine Menge Leute, die Magie haben und niemanden verfluchen. Wir werden ihre magische Signatur vergleichen müssen, um sicherzugehen." Er wandte sich an King. „Wir können sie als mögliche gesuchte Person listen, aber falls es keine weiteren Beweise gibt, haben wir eigentlich nichts, was wir nutzen können, um sie dazu zwingen, diesen Test zu machen. Hätten wir mehr Beweise, einen weiteren Zeugen oder ein Motiv …"

„Sie hat mir eine Erpressernachricht hinterlassen!", stieß King hervor. „Die hat sie an meine Eingangstür gehängt. Dort stand, wenn ich ihr das Geld schicke, um das sie gebeten hat, würde sie sicherstellen, dass meine Freundin sich von ihrem unglückseligen Zustand erholt. Das war gleich nach dem Auftritt."

Drew schürzte die Lippen und nickte ganz langsam. „Das reicht vermutlich für einen Haftbefehl. Haben Sie den Brief noch?"

„Ja. Er ist zu Hause", sagte King, der erleichtert war, dass er etwas tun konnte.

„Den werden wir als Beweismittel brauchen. Bringen Sie ihn vorbei, sobald Sie können."

„Das mache ich heute noch. Vielen Dank", sagte King, während Sadie in ihren Stuhl sank und erschöpft wirkte.

„Ich werde von Clarissa Ihre Aussagen aufsetzen lassen. Wenn ihr beide unterschreiben könnt, bevor ihr geht, dann können wir uns an die Arbeit machen." Er rief Clarissa herein und reichte ihr den Block. Sobald sie weg war, sagte er: „Sagen Sie mir auf jeden Fall, wenn Ihre Mutter wieder mit Ihnen in Kontakt tritt. Das werden wir nicht durchgehen lassen. Niemand kommt damit davon, unsere Familie hier in Keating Hollow zu terrorisieren."

„Vielen Dank, Sheriff Baker", sagte King. Er schüttelte ihm die Hand. Er wusste, dass sie eine solche Hilfe nicht erhalten hätten, wäre das in L.A. passiert. Es sah immer mehr danach aus, als solle er vielleicht auf Dauer nach Keating Hollow ziehen. Er schaute zu Sadie und beschloss hier und jetzt, dass er nirgendwohin mehr hingehen würde.

„Ja, danke, Drew", wiederholte Sadie, die müde klang. „Ich hoffe, ihr findet sie eher früher als später."

„Da bin ich ganz bei dir, Sadie." Der Sheriff brachte sie zurück nach draußen zum Empfangsbereich und sagte, er würde sich melden.

Während sie ihre Aussagen unterschrieben, erschien sowohl auf Sadies als auch auf Kings Handy mit einem Ping eine Nachricht. King musterte die Nachricht auf seinem Handy und spürte das Entsetzen in seinen Eingeweiden. Es war Austin, und er hatte sie beide zu einem Notfalltreffen gerufen.

Sadie starrte ihr Handy ganz lange an, bevor sie tief Luft holte und aus der Polizeiwache ging. King eilte ihr nach und wünschte, es gäbe etwas, egal was, was er tun konnte, um es ihr leichter zu machen. Er legte ihr einen Arm um die Schulter und sagte: „Wir finden meine Mutter und sperren sie ein. Auf die eine oder andere Art werden wir das hinkriegen."

Sie schaute ihm in die Augen und sagte: „Ich weiß. Ich hoffe nur, es ist nicht zu spät."

„Zu spät für was?", fragte er.

Sadie hielt ihr Handy hoch, zeigte ihm ein Reel, das eine Verschwörungstheorie zu dem Video war, wie sie die Frauen bei *Ein Löffelchen Magie* verzaubert hatte. Direkt oben hieß es: *Lass dich nicht von einer Hexe reinlegen. Null musikalisches Talent. Man hat euch zum Narren gehalten.*

King runzelte die Stirn. „Vergiss die Leute, Sadie. Ernsthaft jetzt. Leute posten doch alles, wenn sie heutzutage Klicks und Fame kriegen. Wir wissen, dass unser Song etwas Besonderes ist. Und das tun auch Millionen andere, die ihn bereits gestreamt haben."

„Ich hoffe, du hast recht. Man hat Leute schon für weniger boykottiert." Sie ging hinüber zum Jeep und stieg ein.

King murmelte ein Gebet an die Internetgötter. „Bitte lasst das nicht völlig aus dem Ruder laufen. Nicht jetzt. Niemals."

Als er in den Jeep stieg und sah, wie Sadie immer noch auf ihrem Handy scrollte, während sie nervös auf der Unterlippe kaute, wusste er, dass sein Gebet verschwendet gewesen war.

Ein Narrativ konnte man nicht kontrollieren, sobald der Schaden angerichtet war.

Es schien, als kämen sie zu spät.

KAPITEL 25

Sadie wollte nur noch nach Hause und sich mit Cosmo an ihrer Seite unter der Decke vergraben. Stattdessen ging sie in Austins Büro, um das Schicksal ihrer aufstrebenden Gesangskarriere zu erfahren.

„Da seid ihr ja", sagte Austin, der sie hereinholte. „Das war vielleicht ein Tag, was?"

„Ich schätze, so könnte man es bezeichnen", sagte Sadie, die auf dem Stuhl gegenüber seines Schreibtisches Platz nahm.

„Es war eine Menge", stimmte King zu, der sich hinter Sadies Stuhl stellte und die Hände auf ihre Schultern legte, sie sanft knetete.

Sadie schloss kurz die Augen, dankbar um seine Berührung. Ihr war nicht klar gewesen, wie angespannt sie gewesen war, bis zu diesem Zeitpunkt.

„Erst die guten Nachrichten", sagte Austin. „Der Song bricht Rekorde und steigt die Charts rauf. Auf verschiedenen Streamingradios ist er Nummer 1 und er trendet auf TikTok. Ihr beiden solltet wirklich stolz auf euch sein."

King griff nach Sadies Hand, und sie lächelte ihn an, während sie die Finger ineinander verschränkten.

Austin beobachtete den Austausch und hob eine Augenbraue. „Seid ihr zwei jetzt zusammen?"

Sadie und King nickten gleichzeitig.

„In Ordnung." Austin wirkte nicht sonderlich zufrieden mit diesem Ergebnis, aber er behielt seine Gedanken für sich. Es stand nichts in den Verträgen, das besagte, dass Künstler nicht zusammen sein konnten. Sadie nahm an, er wollte einfach nur nicht die zusätzlichen Problemherde. „Ich habe eine Reihe Auftritte für euch beide auf die Beine gestellt. Ihr müsst entscheiden, ob ihr eure Beziehung öffentlich machen wollt oder nicht."

„Ich halte das nicht geheim", sagte King. „Mir egal, wer es weiß."

Sadie verzog das Gesicht. Sie hatte nicht darüber nachgedacht, was es bedeuten würde, der Welt von ihr und King zu erzählen, aber sie stimmte zu. Sie konnte ihn nicht geheim halten. Er war ihr wichtig, und falls das bedeutete, dass ihn eine Person weniger bedrängte, weil bekannt war, dass er vergeben war, dann hatte es sich gelohnt.

„Okay, wir werden bald eine Geschichte rausgeben, damit wir das Narrativ steuern. Nach dem viralen Video von heute glaube ich, die meisten werden nicht überrascht sein. Sadie, du wirst zu einer Art Legende, nachdem du dazwischen gegangen bist, um King vor aufdringlichen Fans zu schützen", sagte Austin, der sie anlächelte. „Manche sagen, du bist eine Heldin. Niemand mag diese Fake-Social-Media-Influencerinnen."

„Das ist …" Sadie schüttelte den Kopf. „Ich weiß nicht, was ich dazu sagen soll."

Er zuckte mit den Schultern. „Es ist besser als die Alternative, schätze ich. Es schadet auf jedenfalls den Verkäufen oder Streamingzahlen nicht. Also machen wir uns darum jetzt erst mal keine Sorgen. Sprechen wir über die Auftritte, die ich für euch in den nächsten beiden Wochen geplant habe. Es gibt ein paar Late-Night-Talkshows, einen Podcast, einmal Frühstücksfernsehen und einen Musik-Interviewer." Austin lehnte sich zurück und lächelte. „Sagt nur, was es ist, und wir haben jemanden, der euch haben will."

„Ich kann keine Live-Auftritte machen", sagte Sadie. „Nicht, während ich diesen Fluch mit mir trage."

„Fluch? Was für einen Fluch?" Austin erhob sich, die Hände an der Seite zu Fäusten geballt. „Was ist mir da entgangen?"

„Du hast doch nicht gedacht, ich habe diese Mädchen absichtlich verzaubert, oder?", fragte Sadie schockiert. „Sowas würde ich nie tun."

Austin verzog das Gesicht. „Ich habe mal in L.A. gelebt, Sadie. Ich habe alles gesehen. Jetzt erzählt mir doch jemand von diesem Fluch."

King berichtete die gesamte Geschichte und schloss damit, dass der Sheriff einen Haftbefehl für Cindy herausgegeben hatte.

„Deine Mutter hat das getan?" Austin sah aus, als würde er gleich explodieren. „Deine eigene Mutter?"

„Ja. Das Schlimmste daran ist, dass ich nicht mal allzu überrascht bin", sagte King.

Sadie wandte sich heftig um, um King anzusehen. „Du bist nicht überrascht, dass sie jemanden verflucht hat? Hat sie das schon mal gemacht?"

„Nein, nein. Nicht, dass ich es wüsste, auf jeden Fall." King wedelte mit den Händen, als würde er vor sich die Luft reinigen wollen. „Ich hatte keine Ahnung, dass sie das tun würde. Ich meine nur, dass mich nichts, was sie tut, noch wirklich überrascht."

„Klar. Natürlich." Sadie war einfach so müde, dass sie nicht mehr klar dachte. Vielleicht machte der Trank, den die

Heilerin ihr gegeben war, ja allmählich seinen Job. „Austin, hör mal, ich kann im Augenblick nicht mal annähernd vor Publikum singen. Falls ich wegen dieses Fluchs einen Zauber auf sie wirke, könnte ich mir das niemals verzeihen. Ich kann es nicht riskieren. Gerade im Augenblick glauben wir, dass er Leute nur vorübergehend betrifft, aber wir können einfach nicht sicher sein, und ich will das Risiko nicht auf mich nehmen." Sie kaute einen Augenblick lang auf der Unterlippe, bevor sie hinzufügte: „Wenn du mich auf der Platte ersetzen musst, verstehe ich das."

„Dich ersetzen?", fragte Austin gleichzeitig, während King sagte: „Das wird nicht passieren."

„Ich will einfach nicht im Weg stehen, wenn dieser Song doch offensichtlich Erfolg hat", sagte Sadie, die ihre Tränen zurückhalten wollte. „Ich kann nicht auftreten, also kann ich auch nicht dafür werben. Und ich weiß, dass das zur Abmachung gehört. Niemand darf sich ins Studio setzen und einfach nur Musik raushauen, ohne zu touren und promoten."

„Sadie", sagte Austin, der aus seinem Stuhl aufstand und herkam, um sich vor sie zu stellen. Er lehnte sich an den Tisch und schaute sie an. „Du gehst nirgendwohin."

„Aber ich kann nicht …", wollte sie schon einwenden, doch Austin hob eine Hand und hielt sie auf.

„Du bist Teil unseres Teams und ein entscheidender Teil beim Erfolg dieses Liedes. Du wirst nicht fallengelassen, nur weil du von einer Kriminellen als Ziel ausersehen wurdest. So mache ich die Dinge nicht, und ich bin sicher, King wäre dafür auch nicht zu haben."

„Nö", sagte King, die Arme vor der Brust verschränkt.

„Wir sind hier eine Familie. In dieser Familie kümmern wir uns umeinander."

Sadie starrte Austin an, ihr Herz schlug so schnell, weil Emotionen sie überwältigten. Sie starrte auf ihre rote Hand und sagte: „Wenn ich bleibe, verzaubere ich vielleicht am Ende auch dich. Ich bin etwa fünf Sekunden davon entfernt, zu weinen."

„Schon okay, Sadie", sagte Austin freundlich. „Ich verspreche, das sind meine echten Gefühle. Falls ich verflucht werde und dadurch unbedacht bin, werdet ihr sehr wahrscheinlich einfach eine gefühlsduseligere Version von mir kriegen. Also entschuldige ich mich schon mal im Voraus bei euch."

Das brachte sie zum Lachen. Und dann lächelte sie zurück. „Vielen Dank."

„Wir verschieben die persönlichen Auftritte. Vielleicht stellen wir ein paar virtuelle auf die Beine, sodass du und King auftreten könnt. Und dann machen wir von da aus weiter. Okay?"

Sadie nickte und schaute dann hinüber zu King.

„Du wirst mich jetzt nicht mehr los", sagte er mit einem selbstsicheren Lächeln.

„Gut, denn ich liebe diesen Song wirklich, und die Arbeit mit euch beiden", sagte Sadie. „Also danke, dass ihr mich beruhigt habt."

„Ruh dich ein bisschen aus", sagte Austin. „Ich muss ein paar Anrufe tätigen."

Sadie stand auf zittrigen Beinen auf und war dankbar, als King einen Arm um sie legte. Sie lehnte sich an ihn, und zum ersten Mal, seit sie ihre Großmutter verloren hatte, hatte sie das Gefühl, jemand anderen als Melissa oder Rachel Familie nennen zu können.

SADIE LAUSCHTE dem leisen Schnarchen von Cosmo, während sie an die Decke starrte. King war schon eingeschlafen, tief und fest, während sie kein Auge zugetan hatte. Als sie an diesem Tag zurück zu Briggs' Haus gekommen waren, war King aufgebrochen, um die Erpressernachricht an den Sheriff zu liefern, während sie sich damit beschäftigt hatte, Abendessen zu machen. Sie brauchte etwas, um ihre Gedanken von dem Tag wegzuführen. Und dann, als es an der Zeit gewesen war, die Lasagne zu essen, die sie endlich hatte machen können, hatte sie sich an den Tisch gesetzt und kaum etwas angefasst.

Nicht lange danach hatte sie aufgegeben und war ins Bett gegangen.

King war mit ihr gekommen, hatte gesagt, dass er sie einfach halten wollte, während sie einschlief. Zu schade, dass sein Plan nicht funktioniert hatte. Während er relativ bald eingeschlummert war, war es drei Stunden später, und ihre Gedanken rasten immer noch.

Sadie passte auf, weder King noch Cosmo zu wecken, stieg aus dem Bett und tappte in die Küche. Nachdem sie sich eine Tasse Tee gemacht hatte, nahm sie eines ihrer Schoko-Karamell-Pie-Stücke, die sie früher am Tag gekauft hatte. Nach dem Vorfall im Laden und dem Treffen mit dem Sheriff war sie einfach nicht hungrig gewesen. Aber Schokolade war jetzt auf jeden Fall angesagt.

Sadie hatte gerade den ersten Bissen ihrer Pie genommen, als sie leise Schritte hörte und aufschaute, um den zerraauften Briggs in die Küche kommen zu sehen. „Hey", sagte sie. „Kannst du nicht schlafen?"

„Nein." Er fuhr sich mit der Hand durch die zerzausten Haare und beäugte ihre Pie. „Das sieht gut aus."

„Im Kühlschrank ist ein weiteres Stück mit deinem Namen drauf." Sadie hätte wissen sollen, dass ihre Augen größer als ihr Magen gewesen waren, als sie sich selbst zwei Stück gekauft hatte. Es war doch immer so, dass sie von ihren liebsten

Desserts zu viel kaufte und dann niemals alles schaffte. Besser zu viel als zu wenig, oder?

„Danke." Er holte sich das zweite Stück Pie und eine Tasse entkoffeinierten Kaffee und schloss sich ihr am Tisch an. „Warum bist du mitten in der Nacht wach?"

„Nichts. Alles." Sie warf ihm ein schwaches Lächeln zu. „Du weißt doch, wie es ist. Manchmal kann das Gehirn einfach nicht abschalten."

Er stieß ein humorloses Lachen aus. „Ja. Das Gefühl kenne ich nur zu gut."

„Willst du darüber reden?", fragte sie, bereit, sich eine Weile auf jemand anderen zu konzentrieren.

„Nö." Er schnaubte, dann nahm er einen Bissen von der Pie. „Mein Gott, Sadie. Das ist ja die reine Sünde."

„Schon, oder?" Sie nahm einen weiteren kleinen Bissen und ließ die Süße auf ihrer Zunge schmelzen. „Warum können solche Dinge nicht gesund für uns sein? Wir würden alle hundertzwanzig werden."

„Wer will denn das?", fragte Briggs.

„Äh, glückliche Menschen?", schlug sie vor, und dann schaute sie sich ihn genauer an. Er hatte Ringe unter den Augen, und er sah aus, als hätte er tagelang nicht geschlafen. „Briggs, was ist los?"

„Nichts", sagte er zu schnell.

Sie hob beide Augenbrauen. „Du musst es mir nicht sagen, aber rede vielleicht mit King über das, was es ist, okay? Denn offensichtlich ist doch was."

„Er ist der Letzte, mit dem ich darüber reden würde." Briggs lehnte sich zurück und schloss die Augen. „Nicht jetzt. Nicht, bei allem, was mit seiner Mutter los ist. Ich will nicht, dass sich alles nur um mich dreht."

„Was meinst du denn damit, nur um dich? Ist Cindy auch

zu dir gekommen?", fragte Sadie, die sich Sorgen machte, dass sie Briggs irgendwie in ihre fiesen Pläne einbezogen hatte.

„Nein, nein. Überhaupt nichts dergleichen." Er schüttelte den Kopf und seufzte dann. „Der ganze Scheiß mit King und seiner Mom … Das war einfach eine Erinnerung daran, dass meine eigene Familie Müll ist und dass ich mich damit herumschlagen musste, bevor ich in eine Pflegefamilie kam. Du weißt schon, Kindheitstrauma und so. Mach dir keine Sorgen deswegen. Ich komme schon in Ordnung."

Sadie schaute ihm in die Augen und sagte: „Du weißt, dass es in Ordnung ist, wenn man nicht in Ordnung ist, oder?"

„Nicht für mich", erwiderte er und stand auf, um seinen leeren Teller zur Spüle zu bringen. „Je eher ich vergessen kann, umso besser."

„Briggs?"

Er hielt inne und schaute dann zu ihr zurück.

„Ich bin hier, wenn du reden willst. Ich bin nicht King, aber … Ich musste mich mit meinen eigenen Problemen herumschlagen. Ich kann zuhören, wenn schon sonst nichts."

Er schaute auf seine Füße hinab, bevor er einmal nickte. „Danke, Sadie. Das weiß ich zu schätzen."

Sadie beobachtete, wie der Mann sich über den Nacken rieb und durch den Gang verschwand. Sie beäugte ihre halb gegessene Pie, stellte sie zurück in den Kühlschrank und ging wieder ins Bett. Sobald sie unter der Decke lag, rollte sie sich herum und legte den Kopf auf Kings Brust.

Cosmo richtete sich neben ihr neu aus, und sie konzentrierte sich auf das sanfte Geräusch seines Atems und fiel diesmal in einen traumlosen, tiefen Schlaf.

KAPITEL 26

*K*ing ging im Wohnzimmer auf und ab, während er versuchte, nicht auf die Uhr zu sehen. Es waren nur noch zwei Minuten, dann würden sie wissen, ob der Trank, den Heilerin Whipple verschrieben hatte, funktioniert hatte oder nicht. Es waren gerade ungefähr vierundzwanzig Stunden seit der ersten Dosis, die Sadie in der Praxis genommen hatte, und etwa acht Stunden, seit sie die zweite Dosis genommen hatte.

Die Uhr an der Wand tickte.

Sadie und King starrten einander an.

Tick. Tick. Tick.

Fünf Minuten vergingen, und dann zehn. Nichts passierte. Sadies Hand und Arm waren immer noch rot. Die Rauchfahne, die Heilerin Whipple beschrieben hatte, kam nie zustande.

Sadie seufzte und ließ sich auf das Sofa sinken. Sie nahm ihr Handy und rief die Heilerin an, hinterließ eine Nachricht, um sie wissen zu lassen, dass der Trank nicht funktioniert hatte. Nachdem sie den Anruf beendet hatte, sagte sie: „Ich schätze, wir sollten nicht zu überrascht sein. Heilerin Whipple hat gesagt, es wäre im besten Fall weit hergeholt."

„Ich schätze, du hast recht", stimmte King zu, doch während er weiterhin im Wohnzimmer auf und ab ging, wurde sein Zorn größer. Er musste etwas tun. Irgendwas. Er wusste, dass er das nicht auf sich beruhen lassen konnte, während seine Mutter sich weitere Möglichkeiten ausdachte, sich in sein Leben einzumischen. Er schnappte sich sein Handy und drückte auf ihre Nummer.

„Kevin. Ich habe darauf gewartet, von dir zu hören", sagte sie kühl.

„Darauf möchte ich wetten." Er machte sich nicht die Mühe, seine Wut zu verbergen. „Du bist ja nicht gerade darauf aus, dir den Preis für die Mutter des Jahres zu verdienen, was?"

Sie lachte. „Du warst immer schon so ein dramatisches Kind. Hast dich immer aufgeregt, nachdem du die privaten Gedanken der Leute belauscht hast. Ich dachte, ausgerechnet dir würde es gefallen, wenn jemand mal ehrlich ist. Jetzt musst du dich nicht mehr in ihren innersten Gedanken herumdrücken wie so ein Gruseltyp."

King verabscheute die Frau am anderen Ende der Leitung mit der Kraft von tausend Sonnen. Für sie war er nichts anderes als ein Weg zum Geld, das wussten sie beide. Die Tage, dass er versuchte, irgendeine Verbindung zu ihr herzustellen, nur weil sie ihm sein Leben geschenkt hatte, waren längst vorbei. „Wo kann ich mich mit dir treffen? Ich werde dir das verdammte Geld geben, aber nur, wenn du den Fluch neutralisierst, den du auf Sadie gewirkt hast."

„Ich wusste, dass du es so sehen würdest wie ich." Ihr Tonfall troff vor Herablassung.

„Das Geld ist im Austausch dafür, dass du uns in Ruhe lässt", sagte er.

„Also gut. Aber der Preis ist gerade auf hunderttausend

gestiegen, weil du zur Polizei gegangen bist. Wie oft habe ich dir schon gesagt, dass Familie niemals Familie verpetzt?"

„Und was, wenn ich keine hunderttausend Dollar habe?" Die hatte er, doch das Geld war in einer Anlage für seine Rente. Anders, als sie dachte, hatte er kein unbeschränktes Bankkonto.

„Dann wird dieser Fluch auf deiner Freundin nur noch schlimmer werden. Wenn du glaubst, er wäre jetzt schon schlimm, warte nur, bis die Leute jeden fiesen und bösen Gedanken ausüben, den sie haben, sobald sie in ihrer Nähe sind. Es wird ihre Schuld sein, wenn dieses gefühlsselige kleine Städtchen, in dem du dich gerade jetzt aufhältst, letztlich eine Horrorshow wird, die niemals jemand aufsucht, weil jeder zur schlimmsten Version seiner selbst wird. Andererseits wäre das vielleicht eine total geniale Realityshow. Du könntest darauf einsteigen, bevor es sonst jemand macht. Du kannst dich bedanken, indem du mir fünfzig Prozent Tantiemen auszahlst."

King holte das Handy von seinem Ohr weg und starrte es an, fragte sich, ob seine Mutter besessen war.

Aber als er es wieder Ohr legte, sagte sie: „Weißt du noch, als dieser Nachbar ins Auto deines Dads gekracht ist und sich dann geweigert hat, für den Schaden aufzukommen?"

„Du meinst, als Dad ihm die Vorfahrt genommen und einen Auffahrunfall hatte?", sagte King, der wusste, dass sein Dad hundert Prozent die Schuld an diesem Unfall trug.

„Er hatte Vorfahrt", behauptete sie. „Auf jeden Fall hat er sich geweigert, also habe ich ihn mit einem Zauber verflucht, der Pech beim Geldverdienen bringt. Weißt du, wo dieser Nachbar jetzt ist?"

King knirschte mit den Zähnen und sagte nichts. Er wollte es nicht wissen.

„Er lebt in einem heruntergekommenen Camper auf dem Grundstück seiner Tochter, ohne auch nur noch einem Cent zu besitzen. Er hätte wohl doch einfach für das Auto bezahlen sollen, das er kaputt gefahren hat, meinst du nicht?"

Seine Mutter war wahrhaft böse. Anders ließ es sich nicht ausdrücken. „Ich will nur, dass das hinter uns liegt. Du kommst her und neutralisierst Sadies Fluch, und ich besorge dir dein Geld."

Sie stieß ein lautes Lachen aus. „Du glaubst, ich komme irgendwo in deine Nähe? Denk doch mal nach, du kleine Petze. Ich schreibe dir eine Adresse und eine Zeit. Aber ich warne dich … wenn dabei irgendwie die Polizei im Spiel ist, wird dir nicht gefallen, was als nächstes passiert."

Der Anruf wurde beendet, und King drückte so fest auf das Handy, dass er überrascht war, dass es nicht gleich in seiner Hand zerbrach.

„Du bezahlst sie doch nicht wirklich, oder?", fragte Sadie, musterte ihn mit Sorge im Blick.

„Ich werde tun, was immer ich tun muss, um diesen Schlamassel zu beenden", sagte er.

„King, du kannst ihr nicht weiterhin Geld geben", beharrte Sadie.

Er drehte sich um, um sie anzustarren. „Sadie, du weißt nicht, wozu sie fähig ist. Dich würde ich für nichts aufs Spiel setzen, und ganz bestimmt nicht für Geld. Verstehst du? Ich könnte nicht mehr mit mir leben, wenn ich das einfach durchgehen lasse. Ich muss das mit ihr beenden. Irgendwie, auf irgendeine Art, wird es enden."

Sie blinzelte ihn rasch an. „Du rufst aber schon Sheriff Baker an, oder?"

„Ja. Natürlich. Aber ich will erst herausfinden, wo sie ist, sie besser durchschauen, bevor ich die Cops rufe. Sie wird in dem Augenblick fliehen, in dem sie Verdacht schöpft. Ich wünschte einfach, ich hätte eine Ahnung, wie man das macht."

Sadie stieß einen langen Atemzug aus. „Ich glaube, ich weiß jemanden, der helfen kann."

Er hob eine Augenbraue. „Wen?"

„Imogens Schwester." Sadie schnappte sich ihr Handy und tätigte den Anruf.

KING SCHAUTE zum gefühlt tausendsten Mal auf sein Handy. Seine Mutter hatte ihm immer noch keinen Ort für das Treffen genannt, oder Anweisungen für das, was sie geplant hatte. Nicht, dass es eine Rolle spielte. Wenn es nach ihm ging, würde er sowieso innerhalb von einer Stunde erfahren, wo sie war.

Sadie fuhr mit ihrem Auto auf eine lange Zufahrt vor ein großes Farmhaus draußen in den Wäldern. Die hübsche Veranda war mit Kürbissen und einem Herbstkranz verziert. Es sah aus wie all die anderen sorgsam gepflegten Häuser in Keating Hollow. Friedlich. Einladend. Gemütlich.

Das führte nur dazu, dass King noch entschlossener war, den Wahnsinn zu stoppen, den seine Mutter verhieß. In der kurzen Zeit, in der er hier gewesen war, hatte er Keating Hollow lieben gelernt. Der Gedanke, dass seine Mutter es zerstörte, um ein tiefes Loch in ihrer Seele zu füllen, war nicht akzeptabel. Er würde dieses Städtchen nicht eher aufs Spiel setzen als Sadies Wohlergehen.

„Hey", sagte Imogen, die auf die Veranda heraustrat. „Harlow und Cash sind drinnen und bereiten ihren Kreis für euch vor."

„Danke, Imogen", sagte Sadie, die ihre Freundin umarmte. „Ich weiß zu schätzen, dass ihr das für uns auf die Beine stellt."

„Es gibt keine Garantien. Manchmal lügen Geister, also nehmt das alles mit Vorsicht, okay?" Sie schaute mit einer besorgten Miene zurück zum Haus. „Geht ruhig rein. Ich fahre dann mal."

„Du bleibst nicht?", fragte King.

„Geister sind wirklich überhaupt nicht meins", sagte Imogen, dann eilte sie hinüber zu einem grünen Jeep und fuhr los, sodass die Reifen durchdrehten, als könne sie gar nicht schnell genug wegkommen.

„Ich schätze, sie mag wirklich keine Geister", sagte King.

„Das ist noch untertrieben", erwiderte Sadie, während sie klopfte.

„Kommt rein", rief Harlow von drinnen.

King folgte Sadie in das Haus und blieb abrupt stehen, als er den riesigen Salzkreis sah, und die an die hundert Kerzen, die in dem Zimmer aufgestellt waren. Es gab ein Pentagramm in der Mitte des Kreises, und auch eine Schale mit einem Salbeibündel.

„Willkommen", sagte Harlow, die Sadie umarmte, und dann hielt sie King eine Hand hin. „Es ist schön, dich endlich kennenzulernen. Ich habe euren Song gehört. Es ist was Besonderes."

„Danke", sagte King. „Das hören wir gern."

Cash trat hinter sie und schüttelte ebenfalls King die Hand. „Tut mir leid, von dem Ärger mit deiner Mom zu hören. Hoffentlich können wir dir heute ein paar Antworten besorgen."

King dankte ihnen. Harlow und Cash waren ein attraktives Paar, das sich ganz aufeinander abgestimmt zu bewegen schien. Es war die Art Teamwork, die ihn auf den Gedanken brachte, dass sie das schon sehr lange machten. An der Art, wie sie einander immer berührten, entweder vorübergehend, oder während sie nebeneinanderstanden, war auch offensichtlich, dass sie verrückt nacheinander waren. Das war es, was King für sich und Sadie wollte.

„Okay", sagte Harlow zu King. „Wir werden dann unsere Führerin und eure bitten, sich zu melden und uns wissen zu lassen, ob sie feststellen können, wo deine Mutter ist."

„Führerin?", fragte er. Obwohl King mit Zaubern und Tränken vertraut war, waren Geister nichts, worauf er schon groß geachtet hätte. Soweit er wusste, hatte er keine Fähigkeiten als Medium.

„Ja, eure Geisterführer. Wer immer im Jenseits über euch wacht. Hoffentlich können wir sie kontaktieren, und sie haben etwas, das sie euch sagen können."

„Okay. Was soll ich tun?"

Harlow deutete auf den Kreis. „Stell dich in die Mitte des Pentagramms. Hast du irgendwas dabei, was uns mit deiner Mutter in Verbindung bringen kann?"

Er zog den Umschlag, den sie an Briggs' Tür geheftet hatte, aus der Tasche. Obwohl er den Brief zum Sheriff gebracht hatte, hatte er den Umschlag auf seiner Kommode gelassen. Er war dankbar, dass er ihn noch hatte.

„Ist das ihre Handschrift?", fragte Harlow.

Er nickte.

„Perfekt. Okay, nehmt euren Platz ein." Sie wandte sich an Sadie. „Dich wollen wir mit uns am Kreis stehen haben. Hast du viel Magie?"

„Ein wenig. Ich bin eine Empathin, darum wirke ich keine Zauber oder sowas", sagte sie.

„Kein Problem. Das wird gehen." Harlow führte Sadie zu ihrem Platz an dem Kreis, und dann bildeten Harlow und Cash eine Art Dreieck.

Sowohl Harlow als auch Cash nahmen Kerzen zu ihren Füßen auf und bedeuteten Sadie, dass sie das auch tun sollte. Cash schaute King in die Augen. „Du hältst nur den Umschlag. Wir machen den Rest."

„Okay." King stellte sich mitten in den Kreis und wartete, während die Magie um ihn zu wirbeln begann.

Harlow und Cash intonierten beide: „Geister der Schattenwelt, wir suchen Führung durch unsere Liebsten. Wir brauchen eure Hilfe, um einen Weg zu finden. Wir suchen Wissen und friedliche Kontaktaufnahme."

Die Magie wurde intensiver, während sie über Kings ganzen Körper kroch, winzige Lichtblitze funkelten.

„Wir bieten unsere Liebe nur mit guten Absichten dar", rief Harlow. „Bitte helft uns, uns zu derjenigen zu führen, die wir suchen. Die Gabe wird ohne Bedingungen gegeben. Wir suchen nur Wissen."

Die Kerzen flackerten, und die Dielen quietschten. Ein unheimliches, überweltliches Gefühl nahm King ein, und er hatte das heftige Verlangen, aus dem Haus zu fliehen. Eine Geisterbeschwörung hatte definitiv nicht auf der Liste der Dinge gestanden, die er noch erleben musste.

Der Umschlag flog ihm aus der Hand und schoss direkt in die Luft hinaus, flatterte und drehte sich in unterschiedliche Richtungen, bis er schließlich sanft zu Kings Füßen hinabschwebte. Sobald er auf den Dielenboden auftraf, ging der Umschlag in einem Flammenball auf, verwandelte sich rasch in Asche.

King starrte ihn an, fragte sich, ob die Geisterjäger gescheitert waren. Enttäuschung traf seine Brust, aber dann erschien plötzlich, einfach so, ein hübscher weiblicher Geist mit kastanienbraunem Haar und einem freundlichen Lächeln vor ihm.

„Verdammt. Du bist heiß", sagte sie und beäugte King. „Du kannst nicht aus Keating Hollow sein. An dieses hübsche Gesicht und dieses kantige Kinn hätte ich mich erinnert."

„Nein, ich bin neu in der Stadt", sagte King, der den Geist mit aufgerissenen Augen anstarrte. „Bist du echt ein Geist?"

Der Geist schnaubte. „Ja, ich bin echt ein Geist. Und ich war gerade damit beschäftigt, die Stars von *Island Boys* auszuspionieren, während gedreht wird, darum ist das hier lieber mal gut." Sie drehte sich und schaute zu Cash. „Ist er mein Geschenk?"

„Du hast zu viel Trash-TV geschaut, Tante Jane. Wir brauchen einen Gefallen", sagte Cash.

„Aber natürlich, mein Lieber. Das ist der einzige Grund, warum du dich derzeit meldest", sagte sie schnippisch, klang eher verletzt als sonst was.

„Um fair zu sein, man braucht eine ganze Menge Energie, um dich zu beschwören", sagte er ungeduldig. „Wir wissen beide, dass du jederzeit auftauchen könntest, wenn du es wolltest."

„Ich weiß, aber es ist schön, eingeladen zu werden." Sie zwinkerte Cash zu, dann wandte sie sich an Harlow. „Wie kann ich dir helfen?"

„Nicht mir, King", sagte sie und deutete auf den Mann in der Mitte des Pentagramms. „Wir müssen seine Mutter finden. Kannst du die Asche der Gabe nutzen, um ihren Standort zu ermitteln?"

„Ist sie verletzt?", fragte Tante Jane, die plötzlich ernst wirkte.

„Nein. Sie verletzt andere, und wir müssen sie aufhalten", sagte King.

Tante Janes Miene wurde düster. Dann kam Wind auf, und die Asche begann sich immer schneller im Kreis zu drehen, bis Tante Jane direkt in den Windwirbel trat. Die Asche fiel wieder zu Boden, und Tante Jane starrte an King vorbei und sagte: „Das Seacomber Inn, Zimmer 207."

King hatte keine Ahnung, wo das war, aber er was sicher, dass er das herausfinden konnte.

Tante Jane schüttelte sich leicht und blinzelte zweimal. Dann schaute sie King in die Augen und sagte: „Geh. Jetzt."

Die Luft wirbelte noch einmal im Raum, kurz bevor Tante Jane wieder verschwand.

„Na, das war ein Erfolg", sagte Harlow grinsend. „Du hast Tante Jane gehört. Geh. Jetzt. Wer weiß, wie lang deine Mutter dort sein wird?"

King schüttelte erst Cashs Hand, dann die von Harlow. „Vielen Dank. Ihr habt keine Ahnung, wie sehr ich das zu schätzen weiß."

„Doch, schon", sagte Harlow. „Jetzt los. Wir wollen doch nicht, dass das umsonst war."

Sadie, die während des Rituals die ganze Zeit still und ehrfürchtig gewesen war, griff nach Kings Hand. „Gehen wir."

Er nickte, und zusammen eilten sie aus dem Haus.

In dem Augenblick, als sie wieder in Sadies Auto waren, googelte King nach dem Seacomber Inn. „Das ist in Blue Lake. Sieht aus, als wären es etwa zwanzig Meilen von hier."

„Ich kenne den Ort. Halt dich fest." Sadie bog auf den Highway ab und drückte aufs Gas, nahm die Kurven wie eine Expertin. Oder jemand, der auf diesen Straßen aufgewachsen war.

King zog sein Handy heraus und rief Sheriff Baker an. „Wir haben sie gefunden." Er gab die Einzelheiten durch.

„Okay. Gute Arbeit, King. Jetzt lass uns unseren Job tun. Wir holen sie", sagte der Sheriff.

„Wir sind bereits unterwegs. Ich will das sehen."

Baker nahm seine Sheriffstimme, als er sagte: „Fahrt heim, King. Überlasst das den Profis. Wir rufen an, sobald wir sie festgenommen haben, damit Heilerin Whipple den Fluch neutralisieren kann. Verstanden?"

Er schaute zu Sadie. „Sheriff Baker will, dass wir uns zurückhalten."

„Das ist ein Befehl, King." Der Sheriff beendete den Anruf und ließ King ein wenig bedauern, dass er ihn überhaupt angerufen hatte.

King hatte einfach das Gefühl, dass ihnen die Zeit ausging, und er wollte auf keinen Fall umdrehen und vor einer Frau weglaufen, die sein ganzes Leben lang ein Problem gewesen war. Diesmal würde er Gerechtigkeit finden. Gerechtigkeit für Sadie, aber auch für den jungen Mann, der aus ihrem Haus geworfen worden war, weil er eine ungewöhnliche Fähigkeit besaß.

„Drehen wir um?", fragte Sadie.

„Nein. Ich muss das hinter mich bringen", sagte King.

Und zu Kings großer Überraschung nickte Sadie einfach und fasste fester um das Lenkrad, während sie auf dem dunklen Berg-Highway dahinraste.

KAPITEL 27

„Warte hier", sagte King, während er die Autotür aufschob. Sie war rückwärts in einen Parkplatz unter einem Baum und zwischen zwei großen Trucks gefahren, damit man ihr Fahrzeug nicht leicht vom Rest des Parkplatzes aus sehen konnte.

„Auf keinen Fall. Ich komme mit dir", beharrte Sadie. Sie würde sich nicht zurücklehnen und abwarten, um zu sehen, was passierte. War sie nicht diejenige, die mit einem Fluch herumlief?

„Sadie …" Er warf ihr einen gequälten Blick zu. „Ich weiß nicht, wo wir da reinlaufen. Ich will einfach nicht sehen, dass du noch einmal verletzt wirst."

„Das verstehe ich, aber du musst auch verstehen, dass ich auch nicht sehen will, wie du verletzt wirst", sagte sie.

„Aber sie wird mich nicht verletzen. Ich bin doch ihre Geldquelle."

„Verdammt", murmelte sie und schloss die Autotür, ohne auszusteigen. „Du hast recht. Sie wird dich nicht verletzen, solange sie glaubt, dass sie bei dir noch was holen kann. Aber ich …"

„Sie wird alles tun, was ihr einfällt, um sicherzustellen, dass sie sich durchsetzt, dazu gehört auch, dich zu foltern. Das kann ich einfach nicht zulassen", sagte er und schüttelte den Kopf.

Und so sehr sie es verabscheute, sie verstand seine Gründe. Sadie nickte einmal und sagte: „Ich bin dann hier. Schreib mir, sobald du kannst, damit ich weiß, was los ist."

King lehnte sich über die Konsole des Autos, gab ihr einen raschen Kuss und sagte: „Mache ich."

„Viel Glück!", rief sie ihm nach, dann sah sie, wie er die Stufen zum ersten Stock des Motels hinaufging, und dann zu Zimmer 207. Er klopfte zweimal, und während er dastand und wartete, dass die Tür sich öffnete, fing er an, von einem Fuß auf den anderen zu treten.

Die Tür öffnete sich endlich, und King ging hinein.

Sadie wartete gute zwanzig Minuten, bevor sie aus dem Auto stieg und anfing, auf und ab zu gehen. Dann füllten plötzlich Sirenen die Luft, während eine Reihe von drei Polizeiautos auf den Parkplatz raste. Sadie stieg rasch wieder ins Auto, weil sie keine Ablenkung für die Mitarbeiter des Sheriffs sein wollte.

Dann beobachtete sie mit voller Aufmerksamkeit, wie sie Zimmer 207 stürmten. Ihr Magen drehte sich um, weil sie sich Sorgen um King machte, und sie betete, dass er endlich aus dem Motelzimmer kommen würde. Aber sie sah nur die Hilfssheriffs herumeilen.

Weil sie unbedingt Neuigkeiten wollte, schnappte sie sich das Handy und fing an zu tippen, nur um unterbrochen zu werden, als die Autotür aufschwang. Sie riss den Kopf herum und sah Cindy McGrath, die auf sie herabstarrte.

„Cindy, wo ist …"

Ein kleiner Stich traf sie am Hals, und plötzlich

verschwamm Sadies Sicht. „Was ist passiert?", zwang sie hervor, aber sie war ziemlich sicher, dass die Worte verschwommen waren. Einen Augenblick später wurde ihre ganze Welt schwarz.

SADIE ERWACHTE in einem dunklen Raum, ihr Kopf hämmerte. Sie blinzelte, versuchte, ihre Umgebung einzuordnen. Nichts war vertraut, und in dem Zimmer roch es nach schimmligem Käse. Sie stöhnte, während sie sich zum Sitzen hochschob.

„Willkommen zurück", sagte eine sehr unwillkommene Stimme von der anderen Seite des Raumes.

„Wo war ich?", fragte Sadie, ihre Stimme träge, sodass sie die Worte kaum herausbrachte. Sie kniff die Augen zusammen, versuchte, die heruntergewirtschaftete Einrichtung zu erkennen. Es schien ordentlich Mondlicht durch das kleine Fenster, beleuchtete die kahlen Holzwände der Hütte und den groben Boden. Wo zum Teufel hatte Cindy sie hingebracht? Ins Land der Erlösung?

„Nur ein kleines Nickerchen. Nichts Lebensveränderndes." Cindy stand auf und ging hinüber zu dem kleinen Bett, auf dem Sadie gelegen hatte. Sie reichte Sadie ein schwarzes Wegwerfhandy und sagte: „Jetzt nimm dieses Handy und ruf meinen Sohn an."

„Ihn anrufen? Warum? Lässt du ihn mich abholen?", fragte Sadie, die wusste, dass da null Chance bestand. Die Ereignisse des Abends strömten plötzlich zurück in ihre Gedanken, und dass Cindy es geschafft hatte, dem Sheriff irgendwie zu entkommen, bedeutete, dass King zurückgelassen worden war. Ohne Zweifel arbeitete er jetzt mit ihnen zusammen, um sowohl Sadie als auch seine Mutter zu finden.

„Früher oder später. Wenn er mir gibt, was ich brauche,

dann ja, kann er dich zurückhaben. Wenn er das nicht tut, na ja, lass mich einfach sagen, dass es mir leidtut, dass du jemals was mit meinem egoistischen Sohn angefangen hast. Ihm war niemals jemand anders als er selbst wichtig."

Sadie wusste bereits, dass das Schwachsinn war. King liebte sie, und obwohl er es noch nicht gesagt hatte, hatte sie es gespürt. Sie wusste es bis ganz hinab in die Zehenspitzen, dass nicht nur sie ihm wichtig war, sondern auch Briggs. Es war Cindy, die sich um niemanden kümmerte außer sich selbst.

„Ruf ihn an", befahl sie.

Sadie schaute auf das Handy und dann zurück zu Cindy. „Ich kenne seine Nummer nicht."

Cindy verdrehte die Augen und murmelte etwas über faule Millennials. Sie hackte die Zahlen in das Handy und reichte es dann Sadie.

King ging beim ersten Klingeln ran. „Sadie? Bist du das? Wo bist du?"

„In irgendeiner Hütte, die Göttin weiß, wo", sagte sie und warf Cindy einen finsteren Blick zu. „Mit deiner Mutter."

Er schnappte scharf nach Luft. „Hat sie dich verletzt?"

„Nicht nach dem Tranquilizer, mit dem sie mich ausgeschaltet hat. Aber offensichtlich, wenn du nicht machst, was sie will, wird sie ihren Zorn an mir auslassen."

„Hol sie ran", befahl King.

Sadie hielt Cindy das Handy hin. „Er will mit dir reden."

„Da möchte ich wetten." Aber sie schüttelte den Kopf und nahm ein Stahlrohr in die Hand. „Sag ihm, er soll mir das Geld sofort überweisen, oder ich werde keine Wahl haben, als dir die Finger zu zerschmettern."

„Das würdest du nicht wagen!", sagte Sadie, die sich vor dieser Verrückten zurückzog.

„O doch. Und ich freue mich irgendwie darauf. Nichts

würde King mehr verletzen, als wenn ich sein neues Spielzeug verkrüppele."

Sadie wollte ihr die Augen auskratzen, weil sie sich benahm, als wäre sie King nicht wichtig, und genauso sehr dafür, dass sie ihre Hände bedrohte. Sadie würde eine lange Zeit nicht mehr Gitarre spielen können, wenn sie ihr die Hände zerschmetterte. Vielleicht niemals mehr, wenn sie es richtig gut machte.

„Sadie?", rief King. „Hast du eine Ahnung, wo die Hütte ist?"

„Nein. Sie hat ein Metallrohr und droht, mir die Finger zu zerquetschen, wenn du ihr das Geld nicht überweist", sagte Sadie.

„Sag ihm, er soll es verdoppeln. Das ist die Gebühr dafür, den Sheriff zu rufen", warf Cindy ein.

„Du bist böse." Sadie funkelte die Frau an und fragte sich, weshalb sie sich die Mühe gemacht hatte, überhaupt je ein Kind zu bekommen.

„Sag es ihm."

Sadie stieß ein leises Knurren aus, gab die Nachricht aber weiter. „Sie sagt, du sollst es verdoppeln, aus Rache, weil du den Sheriff eingeschaltet hast."

„Sie macht sich doch was vor", sagte King leise. „Aber sag ihr, ich mache es, wenn sie mir verrät, wo ich dich abholen kann."

Sadie wiederholte Kings Forderung vor Cindy, die langsam den Kopf schüttelte. „Das haben wir doch bereits versucht. Darauf falle ich nicht wieder rein." Sie schnappte sich das Handy. „Schick das Geld, und ich lasse Sadie gehen. Das war's." Sie schob das Handy zurück zu Sadie.

Sadie starrte Cindy an, während sie auf Kings Erwiderung wartete. „King? Hier ist wieder Sadie. Ich glaube, sie ist fertig mit dir."

„Wie praktisch, denn ich bin auch fertig mit ihr." Es gab

eine Pause, dann sagte King: „Sag ihr, das Geld wird in zehn Minuten da sein."

In dem Augenblick, in dem Sadie Cindy von Kings Entscheidung in Kenntnis setzte, schnappte sie sich das Handy von Sadie und sagte: „Keine Minute später. Ich sende die Koordinaten für dein ach so wichtiges Stück Fleisch, sobald ich ein gutes Stück aus Keating Hollow weg bin."

„Nenn sie nicht so", hörte Sadie King seine Mutter anbrüllen.

Sie schnaubte abwertend und beendete den Anruf. Dann zertrümmerte sie das Handy und warf es in eine Ecke. Sie setzte sich auf ihren Sessel und ignorierte Sadie.

„Warum verabscheust du deinen Sohn?", stieß Sadie hervor.

Cindy blinzelte. „Was lässt dich denn glauben, dass ich ihn verabscheue?"

Sadies ganzer Körper brannte vor Zorn. „Brauchst du eine Liste?"

„Nur weil ich ihm Druck mache, damit er mir Geld gibt, heißt das doch nicht, dass ich ihn verabscheue. Ich liebe meinen Sohn. Aber er muss mehr für seine Mutter tun. Er war immer schon so ein trotziges Kind, aber er ist jetzt noch eine Million Mal schlimmer, da er den Ruhm gekostet hat."

Eifersucht und Hass trafen Sadie heftig, während Cindy sich aus dem Stuhl erhob und sich ein kleines Tablet aus ihrer Tasche schnappte. Sie fuhr Sadie an. „Hör auf, meine Gefühle zu lesen."

„Ich kann nicht anders", sagte Sadie.

„Du kleine Lügnerin!" Sie schnappte sich das Rohr und schwang es zu Sadie, zielte aber nicht auf ihre Hände, sondern den Kopf.

Sadie rollte sich vom Bett, ihr Herz hämmerte unbeherrschbar, während sie Cindys Angriff auswich. Die Angst hatte übernommen, und Sadie war voll im Fluchtmodus, nur dass es keinen Weg hinaus gab. Sie stand an eine raue Wand gepresst und beobachtete, wie Cindy auf sie zukam, das Rohr immer noch in der rechten Hand.

„Warum bist du so verbittert?", schrie Sadie sie an. Sofort begann Sadies Arm zu prickeln, und die Magie sickerte von Sadie in Cindy, zwang sie dazu, die Wahrheit zu sagen.

Cindy blieb stehen und starrte Sadie lange an, bevor sie hervorstieß: „Das wärst du auch, wenn deine Mutter dich den Großteil deiner Kindheit über im Keller eingesperrt hätte."

Sie stieß ein lautes Keuchen aus. Das hatte sie nicht erwartet.

„Verglichen mit ihr bin ich die gottverdammte Mutter des Universums. Ich habe nie irgendetwas ansatzweise Ähnliches meinem Sohn angetan, selbst als King in meine Gedanken und Erinnerungen eingedrungen ist. Hast du eine Ahnung, wie es ist, wenn jemand an den Strängen der Erinnerungen an die schlimmsten Tage deines Lebens zerrt? Deshalb musste er gehen. Es war entweder das, oder ich hätte mich von ihm in den offiziell anerkannten Wahnsinn treiben lassen, oder ihn verstoßen. Ich habe getan, was ich tun musste."

Es gab keine Worte, die das Entsetzen beschrieben, das Sadie für die jüngere Version von Cindy empfand, und was sie wohl durchgemacht hatte. Aber Sadie hätte eingewandt, dass die Frau bestimmt nicht ungeschoren daraus hervorgegangen gegangen war. Sie war komplett durchgedreht, und jede Mutter, die ihr Kind auf die Straße setzte für etwas, über das es keine Kontrolle hatte, brauchte ernsthaft eine Therapie.

„Verurteile mich nicht, du kleine Schlampe", höhnte Cindy. „Nicht alle von uns wachsen in Mayberry auf, mit einem perfekten kleinen Leben, wo niemals was Schlimmes passiert, bis die böse Hexe in die Stadt kommt."

Sie machte sich nicht die Mühe, sie zu verbessern. Sie

schuldete Cindy keine Einzelheiten aus ihrem Leben. Stattdessen fragte sie: „Wo sind wir?"

„In den Wäldern", sagte Cindy, während sie auf ihr Tablet tippte.

„In welchen Wäldern, und wie weit weg von der Zivilisation?"

„Das geht dich verdammt noch mal nichts an." Cindy berührte den Bildschirm ihres Tablets und ließ dann ein freudiges Jubeln hören. Ihre Finger flogen über den Touchscreen, während sie vor sich hin murmelte, dass es etliche Überweisungen gegeben hatte. Dann schaute sie auf und funkelte Sadie finster an. „Wie schade. Ich hatte mich drauf gefreut, diese Finger zu brechen." Sie neigte den Kopf und sagte: „Vielleicht mach ich's trotzdem als Erinnerung."

„Versuch es, und du stirbst", zischte Sadie.

Cindy schob ihr Tablet in den Rucksack, schnappte sich das Rohr und ging ohne ein weiteres Wort aus dem Raum.

Sadie rannte ihr nach, brauchte ein paar Sekunden, um zu merken, dass sie absolut keine Ahnung hatte, wo sie war, und erschrak dann, als sie hörte, wie ein Quadmotor brüllend losging. Sie wusste, dass sie die Frau in die Dunkelheit davonfahren lassen sollte. Dass es bedeutete, dass sie sich nicht mehr mit ihren Drohungen herumschlagen musste, aber sie wollte auch nicht, dass sie mit Kings ganzem Geld davonkam. Wenn sie jetzt nicht aufgehalten wurde, würde das King immer wieder und wieder passieren. Sadie musste etwas tun.

Aber was?

„Wir können helfen", sagte eine sehr vertraute und sehr willkommene Stimme. Sadies Augen füllten sich sofort mit Tränen, als sie die Stimme ihrer Mutter erkannte.

Sadie drehte sich um, um zu sehen, dass ihre Mutter neben ihr schwebte, mit ihrer Großmutter auf der anderen Seite. Sie grinsten sie beide an.

„Du bist so mutig, Honigkuchen", sagte Sadies Großmutter.

„Mom? Oma? Was macht ihr … Wie habt ihr … Warum seid ihr hier?"

„Du hast uns beschworen", sagte ihre Mutter freundlich. „Nun lass uns tun, wozu wir hergekommen sind."

Sadie war nicht sicher, was sie meinten, aber im nächsten Augenblick standen sowohl ihre Großmutter als ihre Mutter vor dem Quad, Seite an Seite. Sie materialisierten sich als voll ausgestaltete Menschen, sodass Cindy kreischte, während sie das Lenkrad herumriss, um sie nicht zu überfahren.

Das Quad schlingerte, während Cindy am Lenkrad riss, überkompensierte und schließlich direkt in einen Mammutbaum fuhr.

Sadie sprintete los, blieb aber stehen, als sie am Quad ankam. Cindy saß darunter fest, hatte Mühe, aus dem Sitz zu kommen. Sadie starrte nur auf sie herab und schüttelte den Kopf. „Es ist echt scheiße, wenn man die Böse ist und auch noch inkompetent." Dann grinste sie Cindy ganz breit an und sagte: „Gut gemacht."

„Heb das von mir runter!", forderte Cindy.

„Auf gar keinen Fall", sagte Sadie, und dann klopfte sie Cindys Taschen ab, suchte vergeblich nach ihrem Handy. Cindy hatte es bestimmt konfisziert, als sie in die Hütte gekommen waren. Sie schaute ihre beiden Mutterfiguren an und fragte: „Wisst ihr, wo mein Handy ist?"

Ihre Großmutter deutete auf Cindy. „In ihrer vorderen Tasche."

„Das passt ja." Nachdem sie etwas mit ihrer Gefangenen gerungen hatte, schaffte es Sadie, ihr Handy zu holen, und rief King ran. „Ich weiß immer noch nicht, wo ich bin, aber deine Mutter ist vorerst ausgeschaltet."

„Was? Wie?", fragte King, der schockiert klang.

„Das ist eine lange Geschichte, aber meine Mom und meine

Großmutter haben es getan. Echte Heldinnen. Was ist mit dir? Was ist passiert, als du in dieses Motel-Zimmer gegangen bist?"

Er stieß ein frustriertes Knurren aus. „Meine Mutter hat mich mit so einem Schlaftrank erwischt, und als ich aufgewacht bin, wart ihr beiden schon weg, doch der Sheriff war da. Ich hatte keine Ahnung, was los war."

„Mich hat sie mit demselben Trank erwischt", sagte Sadie, „wenn ich das Tracking auf meinem Handy einschalte, kannst du mich dann finden?"

„Ich *werde* dich finden", versprach King. „Immer."

„Genau das musste ich hören."

KAPITEL 28

Sadie saß auf der eingebrochenen Veranda, lächelte mit Tränen in den Augen. Ihre Großmutter war auf ihrer einen Seite und ihre Mutter auf der anderen.

„Ich liebe dich, Sadie. So sehr. Ich bin sehr stolz auf den Menschen, zu dem du geworden bist", sagte ihre Mutter, die sie strahlend anlächelte.

„Genauso wie ich, Kitty", sagte ihre Großmutter. „Du hast schon immer jeden Raum zum Leuchten gebracht, und jetzt wirst du das von einer Bühne aus machen. Ich glaube nicht, dass mich ein junger Mensch schon jemals so beeindruckt hat."

Sadie lachte leise. „So jung bin ich nicht. Das weißt du doch, oder, Oma?"

Ihre Großmutter wedelte ungeduldig mit der Hand. „Falten hast du noch nicht. Du bist jung. Schließ es in die Arme."

Sie lachten alle drei.

„Du wirst ein großer Star werden", überlegte Sadies Mutter. „Das sehe ich bereits. Die Art Star, dessen Namen alle kennen." Sie streckte sich, um mit der Hand Sadies Arm zu berühren, aber in ihrem geisterhaften Zustand ging das nicht. Der

Besuch von ihrer Mutter und Großmutter war mehr, als Sadie sich je hätte erträumen können, bis auf die Tatsache, dass sie keine von ihnen umarmen konnte.

„Ich vermisse euch beide schrecklich", sagte Sadie.

„Das wissen wir, meine Liebe", sagte ihre Großmutter. „Aber du musst wissen, dass wir immer da sind. Immer über dich wachen."

Ihre Mutter schwebte von der Veranda und blieb am Ende in der Luft stehen. Einen Augenblick später machte es Sadies Großmutter genauso. Sie schwebten zusammen auf gleicher Höhe, während Sadie hörte, wie ein Jeepmotor auf der Zufahrtsstraße dröhnte, gefolgt von der regelmäßigen Sirene des Fahrzeugs des Sheriffs, der ihm nachfuhr.

Sie spürte eher, als dass sie sah, wie ihre Mutter und Großmutter sich entspannten, als ihnen klar wurde, dass King und der Arm des Gesetzes kamen. Und je näher die Fahrzeuge kamen, desto durchsichtiger wurden die Geister.

„Es ist Zeit, dass wir gehen, meine Liebe", sagte Sadies Mutter, in ihren Augen standen Tränen. „Bis wir uns wieder sehen. Ich bin immer da, wenn du mich brauchst."

Sadie nickte, machte sich nicht die Mühe, ihre eigenen Tränen zurückzuhalten. „Ich habe euch lieb."

„Ich habe dich auch lieb, Süße." Ihre Mutter verschwand als erste im Äther, und Sadie glaubte, ihr Herz würde an Ort und Stelle zusammenschrumpfen und sterben. Es war fast, als wäre sie wieder dieses siebzehnjährige Mädchen.

Aber dann meldete sich ihre Großmutter zu Wort. „King ist dein Seelengefährte, Sadie. Ich hoffe, dir ist das klar."

„Seelengefährte?", fragte Sadie mit einer heftigen Dosis Skepsis.

Ihre Großmutter grinste und zwinkerte ihr dann zu, während sie ihrer Tochter folgte und vor Sadies Augen direkt verschwand.

„Sadie!", rief King, der aus dem Jeep lief, der halb entlang des schuttübersäten Zufahrtswegs geparkt war. Er kam zu ihr und nahm sie in die Arme, hielt sie so fest, dass Sadie kaum Luft bekam. Aber es war ihr egal. King war da, und seine Mutter saß immer noch unter dem Quad fest.

„Entschuldigung", sagte Sheriff Baker, der sehr nach einem verstörten Gesetzeshüter klang. „Sadie, ich brauche einen vollen Bericht über das, was hier vor sich gegangen ist. Außerdem, wo ist Cindy McGrath?"

Sadie deutete auf die Frau, die immer noch unter dem Quad zappelte, und sagte: „Ihr Tablet ist in ihrer Tasche. Besorg dir das auf jeden Fall. Damit hat sie alle ihre Überweisungen gemacht, nachdem King sie bezahlt hat."

„Keine Sorge deswegen. Das Geld lässt sich zurückverfolgen, und es wurde bereits abgefangen", sagte Sheriff Baker. „Weit wäre sie nicht gekommen, aber mir gefällt dein Stil, Sadie Lewis. Sehr viel interessanter, als sie an der Grenze aufzugabeln." Er grinste und ging dann, um sich um Kings Mutter zu kümmern.

„Ich kann es nicht erwarten, hier wegzukommen", sagte Sadie.

Doch King wirkte nicht so fröhlich. Er starrte auf ihren Arm. „Sie hat den Fluch nicht von dir genommen, bevor sie versucht hat, zu fliehen?"

Sadie schüttelte den Kopf.

„Das hätte ich ahnen sollen", sagte er. Ohne ein Wort zerrte er Sadie hinüber zum Quad und seiner schreienden Mutter. Dann kniete er sich neben sie und sagte: „Neutralisiere den Fluch."

„Warum?" Cindy schaute ihn nicht einmal an.

„Weil du es mir schuldig bist, weil du eine beschissene Mutter warst", sagte King, und dann trat er auf ihr schlaffes Handgelenk.

Cindy stieß einen Schmerzensschrei aus.

„Willst du, dass ich weitermache, oder wirst du den Fluch neutralisieren?"

„Nein!", rief sie. „Ich meine, ja, ich neutralisiere den Fluch."

„Gut. Das dachte ich mir doch", sagte King, bevor er seine Hand Sadie hinhielt und sie herüberzog. „Jetzt sofort."

„Ich habe doch schon okay gesagt!", brüllte Cindy.

King lächelte und schob Sadie vor. „Dann mach mal."

Sadie wollte Cindy nicht berühren. Niemals wieder. Sie vertraute dieser Hexe einfach nicht. Aber als Cindy anfing, Sätze auf Latein zu murmeln, und Sadie die reinigende Energie spüren konnte, die von ihr ausstrahlte, trat sie näher, bereit, den Fluch endlich loszuwerden.

In dem Augenblick, in dem Cindy Sadie berührte, wurde ihr Arm warm, und überall auf den roten Flecken prickelte es. Und dann verwandelte sich die Röte abrupt in eine Rauchwolke.

Sadie wusste sofort, dass sie von dem Fluch befreit war, und trat ein paar Schritte zurück, versuchte so viel Abstand zwischen sich und Cindy zu bekommen, wie nur möglich.

King fiel es auf, und er kam herüber und legte die Arme um sie. „Jetzt ist es gut, Sadie. Es ist vorbei."

Sie vergrub das Gesicht an seiner Brust und schaute dann mit einem schwachen Lächeln auf den Lippen zu ihm auf. „Und jetzt können wir unseren perfekten Anfang haben."

Er lächelte auf sie hinab und sagte: „Den haben wir doch schon." Dann neigte er den Kopf, und Sadie hob ihren, um seine Lippen für sich zu beanspruchen.

DIE NÄCHSTE WOCHE verbrachten sie damit, Live-Auftritte unten in L.A. zu machen, um Sadies und Kings Song zu bewerben. Niemand wurde von Sadies Magie betroffen. Der Song stand an der Spitze aller Charts, und Sadie und King hatten angefangen, an neuer Musik zu arbeiten.

Sie waren gerade in Briggs' Haus gekommen und fanden Briggs und Cosmo auf dem Boden. Cosmo hatte die Pfoten in der Luft und tat alles dafür, um sich von Briggs ganz großzügig den Bauch kraulen zu lassen.

Sadie lachte. „Ich schwöre es, wenn Cosmo dich noch mehr lieben würde, würde er mich für dich links liegen lassen."

„Ach, nö. Der erträgt mich nur, bis du herkommst", sagte Briggs mit einem Schulterzucken.

Cosmo wurde reglos und drehte sich plötzlich um, um zu Sadie zu laufen, sprang hoch und wollte unbedingt hochgenommen werden. Sadie nahm ihn in die Arme, kuschelte ihn dicht an sich, und ließ sich von ihm das Gesicht ablecken.

„Da siehst du es." Briggs schüttelte den Kopf und schlug King auf die Schulter. „Willkommen zu Hause, Bruder. Wie lange bleibst du diesmal?"

„In Keating Hollow? Ein paar Wochen. Aber hier?" King verzog das Gesicht. „Sadies Haus ist fertig, also gehen wir heute Nachmittag rüber."

„Du ziehst bei Sadie ein?", fragte Briggs, der überrascht wirkte.

Sadie fragte sich, ob sie und Cosmo sich in das Zimmer zurückziehen sollten, das sie benutzt hatte, um ihnen etwas Privatsphäre zu geben, aber als King sie an seine Seite zog, lehnte sie sich nur an ihn.

„Ja. Ich wollte dich damit nicht überfallen, aber wir haben es gerade heute entschieden, als Sadie den Anruf bekommen hat, dass die Arbeiten erledigt sind", sagte King.

„Was? Nein, das regt mich doch nicht auf." Briggs schüttelte den Kopf. „Ist schon gut. Es ist eigentlich wirklich toll. Ich gratuliere. Und dadurch bekomme ich mehr Frieden und Ruhe. Kein enttäuschtes Stöhnen mehr mitten in der Nacht. Ich schwöre, manchmal glaube ich, ihr braucht noch etwas Unterricht."

„Was?", fragte Sadie, während sie ein lautes Lachen ausstieß.

King verdrehte die Augen. „Nichts. Briggs glaubt nur, er wäre witzig."

„Ich bin die Wucht", sagte er und zwinkerte Sadie zu. „Ich freue mich für euch beide. Aber ich erwarte auf jeden Fall, dass ich Besuchsrechte für diesen kleinen Herrn hier bekomme." Er deutete auf Cosmo. „Außerdem will ich Übernachtungen, wenn ihr beiden unterwegs seid."

Sadie grinste. „Verstanden."

Briggs nickte. „Jetzt raus mit euch. Ich habe ein heißes Date."

„Wirklich?", fragten Sadie und King gleichzeitig.

Briggs zeigte ihnen nur den Stinkefinger, während er in sein Schlafzimmer verschwand.

Sie lachten leise und gingen, um zu packen.

Eine Stunde später fuhren sie bei Sadies Haus vor. Sie grinste über die frisch gestrichene Veranda, und obwohl sie sich gefreut hatte, bei Briggs zu wohnen, war zu Hause einfach das Beste.

King beschäftige sich mit dem Gepäck, während Sadie sich um Cosmo kümmerte. Bis sie und ihr Hund damit fertig waren, den Rasen zu begutachten, hatte King alles auf der Veranda, bereit, um einzuziehen.

„Es ist echt gut, dich hier zu haben", sagte Sadie.

„Ich tue mein Bestes." Er lächelte sie sanft an.

„Schau mich doch nicht so an", sagte sie.

„Warum?"

„Weil ich dir deine Kleider vom Leib reißen will." Sie sperrte die Tür auf.

Bevor sie Cosmo nach drinnen folgen konnte, riss King sie von den Füßen und sagte: „Auf unser neues Leben zusammen."

Sie schaute zu ihm auf, Liebe strahlte aus jedem Molekül, und sie sagte: „Ich kann mir niemanden vorstellen, mit dem ich dieses Leben lieber bestreiten würde als mit dir, King McGrath."

„Ich auch nicht, Sadie Lewis. Jetzt sag mir, dass du mich liebst."

Sie kicherte. „Erst du."

„Also gut", erwiderte er. „Ich liebe dich seit dem ersten Tag, als ich dich in Westhaven getroffen habe. Und jetzt liebe ich dich jeden Tag einfach nur noch mehr. Sadie Lewis, wirst du mir versprechen, mich den Rest deines Lebens zu lieben?"

Einen langen Augenblick war Sadie sprachlos. Dann sagte sie: „War das gerade ein Antrag?"

„Hat doch so geklungen, oder?", fragte er, in seinen Augen funkelte der Schalk.

„Schon, und da ich dich schon genauso lange liebe, sage ich ja. Ich werde dich den Rest meines Lebens lieben. Was sagst du dazu?"

„Das klingt, als würde irgendwer Imogen anrufen und einen Termin ausmachen müssen." Er grinste. „Aber wie wäre es, wenn ich dir erst mal zeige, wie sehr ich dich liebe?"

Sadie lachte leise. „Habe ich dir gesagt, dass du immer die besten Ideen hast?"

„Schon, oder?" Er ging durch die Tür, stieß sie mit einem Fuß zu, und dann brachte er sie ins Schlafzimmer, wo er ihr nicht einmal, nicht zweimal, sondern dreimal zeigte, wie sehr er sie wirklich liebte.

KAPITEL 29

JANUAR

„Meinen Glückwunsch!" Melissa hob ihr Sektglas, stieß auf das glückliche Paar an.

Die kleine Versammlung in der Brauerei erhob die Gläser auf Sadie und King. Sie hatten gerade erfahren, dass ihr Song Goldstatus erreicht hatte. Es war der beliebteste Song des Winters, und von da an konnten die Dinge für sie nur noch besser laufen.

Melissa fand es witzig, dass Sadie sich in eine Art urbane Legende verwandelt hatte. Nachdem dieses Video viral gegangen war, das zeigte, wie Sadie diese Influencerinnen verzaubert hatte, hatten die meisten sich von King ferngehalten, weil sie geglaubt hatten, dass Sadie sie verhexen würde. Es war eigentlich ein Segen gewesen, sodass King jetzt ein wenig Normalität genießen konnte, ohne die ganze Zeit gestalkt zu werden. Da seine Mutter sicher hinter Gittern saß, war ihr Leben so perfekt, wie es nur sein konnte.

„Prost!", sagte Sadie und strahlte.

Melissa hatte ihre Freundin noch nie so glücklich gesehen. Sie war begeistert für sie. Obwohl sie sie vermisste. Sadie und

King waren jetzt lange weg, um zu arbeiten, und Melissa bekam einfach nicht mehr genug Zeit mit ihrer Freundin.

Sadie setzte sich auf einen Barhocker und sagte: „Mann, es ist ewig her, seit wir zusammen Essen waren. Können wir das diese Woche nachholen?"

Melissa schaute zu ihr hinüber und fragte sich, ob sie ihre Gedanken gelesen hatte.

„Was?", fragte Sadie. „Musst du auf Dienstreise?"

„Nein. Gar nichts. Ja, Abendessen diese Woche. Ich kann es nicht erwarten."

Sadie umarmte sie von der Seite und sagte: „Ich weiß nicht, was ich ohne dich tun würde."

„Geht mir auch so."

Ihre Freundin gab ihr einen Kuss auf die Wange und eilte hinüber zu King, der an der Bar saß und sich ein Stück Mokka-Karamell-Käsekuchen genehmigte.

Melissa konnte nur lachen. Falls es eines gab, das zwischen sie und ihre beste Freundin kommen konnte, war es ein gutes Stück Käsekuchen.

„Hallo, Hübsche", sagte Briggs, der Sadies leeren Platz übernahm.

„Briggs", erwiderte sie kühl.

„Ach, sei doch nicht so, Mel. Ich dachte, wir wären Freunde", sagte er, während er den Blick über sie wandern ließ, eindeutig ihren Körper bewunderte.

„Solche Freunde sind wir nicht", rief sie ihm in Erinnerung.

„Das ist aber schade, denn ich glaube, wir wären echt, *echt* gut als Freunde." Das dachte sie auch. Das Problem war, Briggs war Mr. Unentschlossen. und Melissa suchte nach Mr. Right, nicht nach Mr. Für-eine-Nacht. „Tut mir leid, Briggs. So eine Art Mädchen bin ich nicht mehr."

Er lachte leise. „Da habe ich Pech gehabt. Na ja, wenn du es dir anders überlegst …"

„Briggs Williams, bist du das?", rief eine Frau mit einem Südstaatenakzent. Der Mann neben Melissa versteifte sich plötzlich.

„Du *bist* es", rief die Frau. „Diesen Bizeps würde ich doch überall erkennen."

Briggs warf einen Blick auf Melissa und sagte lautlos: *Hilfe.*

Sie öffnete den Mund, um zu antworten, doch bevor sie das konnte, legte ihr Briggs einen Arm um die Schultern, zog sie fest an seine Seite und sagte: „Kassie Kinny, was um alle Welt machst du denn hier?"

Die umwerfende zierliche Frau mit den glänzend schwarzen Haaren rückte an Briggs heran und beugte sich über ihn. „Nach dir suchen natürlich."

„Oh", sagte Briggs, seine Augenbrauen gingen bis hoch zum Haaransatz. Dann räusperte er sich. „Kassie, darf ich dir Melissa vorstellen, meine Verlobte."

„Deine waaaa…", setzte Melissa an, doch ihr wurde plötzlich das Wort abgeschnitten, weil Briggs' Mund sich ihrem näherte. Er küsste sie so heftig, dass sich ihr der Kopf drehte, als er sich schließlich zurückzog.

„Na, das ist ja eine Entwicklung", sagte Kassie, die genervt wirkte.

„Es ist noch ganz neu", sagte er süß, und dann schmiegte er sich ja Melissas Ohr und flüsterte: „Bitte, tu mir diesen Gefallen."

„Was machst du denn wirklich hier in der Stadt, Kassie?", fragte Briggs.

„Ach, ich hab nicht gelogen, dass ich dich suchen gekommen bin", sagte sie und funkelte Melissa finster an. „Ich nehme was in Austins Studio auf, also wirst du meine Tracks mischen. Ich hatte gehofft …" Sie legte ihm einen Finger auf die Brust und senkte ihn langsam, während sie hinzufügte:

„Dass wir zusammenkommen können, während ich in der Stadt bin. Um der alten Zeiten willen."

Melissa verabscheute die Art, wie diese Frau direkt vor ihren Augen mit ihrem vorgespielten Verlobten umsprang, und ohne nachzudenken sagte sie: „Finger weg, Kassie. Der Typ ist vergeben."

ÜBER DIE AUTORIN

New York Times- und *USA Today*-Bestsellerautorin Deanna Chase wurde in Kalifornien geboren und in den behäbigeren Lebensstil des südöstlichen Louisiana versetzt. Wenn sie nicht schreibt, faulenzt sie oft mit ihrem Mann in New Orleans oder spielt mit ihren beiden Shih Tzus. Weitere Informationen und Neuigkeiten zu ihren neuesten Veröffentlichungen findet man auf ihrer Website unter deannachase.com.

www.ingramcontent.com/pod-product-compliance
Lightning Source LLC
Chambersburg PA
CBHW022109240626
47153CB00007B/2289